La librairie des rêves suspendus

EMILY BLAINE

LA LIBRAIRIE DES RÊVES SUSPENDUS

ROMAN

&

HARPERCOLLINS FRANCE
83-85, boulevard Vincent-Auriol, 75646 PARIS CEDEX 13.

www.harlequin.fr

ISBN 978-2-2804-1096-0 – ISSN 2271-0256

« On est souvent trompé en amour, souvent blessé et souvent malheureux ; mais on aime, et quand on est sur le bord de sa tombe, on se retourne pour regarder en arrière, et on se dit : J'ai souffert souvent, je me suis trompé quelquefois ; mais j'ai aimé. C'est moi qui ai vécu, et non pas un être factice créé par mon orgueil et mon ennui. »

ALFRED DE MUSSET

Chapitre 1

Je m'affalai un peu plus contre le velours noir de la banquette et étendis mes bras sur le dossier. Par-dessus la balustrade, j'admirais la foule dense se déhancher à l'étage inférieur au rythme de la musique trop forte. Des basses surpuissantes faisaient vibrer les murs sombres et les sols étincelants. Les spots colorés éclairaient alternativement des jambes nues, des poitrines découvertes et des visages luisants de sueur. Les corps se frôlaient, se touchaient parfois, des sourires lascifs s'affichaient. Je récoltai au passage un ou deux clins d'œil de filles étroitement enlacées dans un corps à corps suggestif.

J'aimais cette ambiance saturée de fragrances capiteuses, de sexe et d'effluves d'alcool. Ce qui différenciait cette boîte de toutes les autres, c'était la présence, en plus, d'un délicat et entêtant parfum d'argent dans l'air. J'étais à des années-lumière de ma première nuit en boîte : provinciale, ringarde et imprégnée d'une odeur de bière bon marché. À l'époque, c'était la seule distraction du coin. Aussi sinistre que ma vie d'avant.

Dans cette autre vie, mes perspectives professionnelles se limitaient à un poste de manutentionnaire dans un hypermarché des Charentes. Du mardi au samedi, huit heures par jour, je portais des cagettes en bois. Je les empilais, les vidais, les fracassais, les portais par piles de cinq. J'avais dix échardes par semaine, les mains en sang et un salaire si maigre que je le bouffais en dix jours. Même si je n'avais pas le même métier, j'avais finalement la même vie que mon père et j'étais en colère, effrayé de finir comme lui, voûté de fatigue, perclus de douleurs. Je détestais ma vie. Je la détestais au point de la saboter avec une rigueur méthodique : je me disputais avec mes parents, je me battais aussi souvent que possible, j'insultais ceux qui me méprisaient et je noyais le tout dans l'alcool.

Chaque matin, j'observais mon reflet dans le miroir de la salle de bains de mes parents. Une cicatrice au-dessus du sourcil droit, une dent ébréchée, des yeux sombres mais vitreux de fatigue, un corps musclé – le seul point positif de mon boulot – et un tatouage de ronce ceignant mon biceps gauche… Rien d'étonnant à ce que je colle la frousse à la plupart des gens.

Je l'admettais volontiers : j'avais eu de la chance. Une chance si énorme que j'avais parfois l'impression de vivre une vaste fumisterie. J'étais un fraudeur en puissance, un imposteur. Célèbre et riche, certes. Mais un escroc quand même.

C'était en déchargeant une palette que j'avais été repéré par une directrice de casting. Après deux auditions et un bout d'essai concluant à Paris, je m'étais retrouvé catapulté dans mon premier tournage de long métrage et dans une vie où je ne m'abimais plus les mains en travaillant. C'était ça le plus beau : j'étais payé pour jouer les mecs en colère, pour me battre contre d'autres et pour embrasser des filles qui ne m'auraient jamais jeté un œil en temps normal. Une superbe escroquerie.

J'avais fait mes adieux à mes habitudes ringardes de province, à mes fringues à bas prix, mes bières éventées et mes amis minables. J'avais fait une croix sur mon passé et je n'avais aucune intention de retourner au pays. J'en avais presque oublié le mépris que je décelais dans chaque regard qui avait croisé ma route. Pour tous ces gens, tous ceux qui m'avaient vu porter des caisses, je n'étais rien.

Presque. Parce que maintenant, c'était moi qui dominais le monde. À tout point de vue.

Un verre de cognac à la main, je savourai ma nouvelle vie. J'avais de l'argent, j'étais admiré, j'étais reconnu. J'allais de bars en boîtes de nuit, de tournages en interviews, de défilés de mode en soirées mondaines. Très honnêtement, je n'avais pas vu les rayons d'un supermarché depuis presque dix-huit mois. Une femme de ménage, une assistante et mon agent se chargeaient de ce type de mission ennuyeuse pour moi. Mon réfrigérateur était rempli, mon bar, garni, et les baies vitrées de mon appartement donnant sur le parc Monceau étaient parfaitement nettoyées.

J'avais tout et ne regrettais rien de ma vie d'avant. Pourtant, ma rage bouillonnait toujours, à fleur de peau, prête à s'enflammer à la moindre étincelle. Ma réussite fulgurante ne l'avait en rien éteinte ; toutes ces années à ruminer contre ma vie misérable avaient laissé des traces. L'adrénaline me manquait parfois et, même loin des caméras, j'aimais toujours me battre. Après deux scandales affichés dans la presse, mon agent avait vite trouvé la parade : une salle de boxe privatisée deux fois par semaine pendant quatre heures. De quoi évacuer mon énergie destructrice, tout en gardant la forme.

Quand la presse ne se régalait pas de mes coups d'éclat, elle s'émerveillait de ma détermination, de mon envie évidente de réussir, de mon talent inné. Peut-être. En fait, je voulais juste rester ici, à surplomber le monde, à dominer la foule et à faire mon choix parmi les femmes qui s'offraient à moi. Assis dans ce canapé en velours, avec un jean de créateur et une montre hors de prix au poignet, j'étais résolu à ne laisser ma place à personne.

— Laquelle as-tu repérée ?

Je pivotai vers la voix de Simon. Sans attendre ma réponse, il s'appuya contre la balustrade, le regard perdu vers la foule. Un sourire carnassier orna ses lèvres et il but une gorgée de ce whisky infâme et hors de prix qu'il aimait tant.

— La blonde avec le short en jean ? proposa-t-il.

— Brune. Microrobe dorée.

Il plissa les paupières, tentant de trouver ma cible malgré la lumière aveuglante des spots.

— Celle qui danse avec un mec ?

Il se tourna vers moi, pendant que j'acquiesçais. Simon, acteur et second rôle de mon dernier tournage, étouffa difficilement un rire. Il termina son verre d'un trait et passa le dos de sa main sur sa bouche pour en effacer la trace.

— Mec qui n'a pas vraiment l'air d'être son frère, poursuivit-il.

— Un peu de défi ne fait jamais de mal, dis-je.

— Ce n'est pas du défi que tu cherches. Tu as juste envie de te battre.

— Ça fait longtemps que je n'ai pas mis une dérouillée à quelqu'un.

Simon esquissa un sourire, tandis que je cognais mon poing droit dans la paume de ma main gauche. La dernière fois, la presse en avait profité pour remettre en cause mon avenir dans le cinéma – j'étais trop instable, trop difficile, trop caractériel. Paradoxalement, j'avais remarqué que, tant dans mon ancienne vie que dans la nouvelle, je persistais à être scruté et jugé. Villageois ou paparazzi, rien de bien différent dans le fond.

Je bus une nouvelle rasade de cognac, suivant d'un air distrait une serveuse appétissante. Pour elle aussi, je me serais bien battu. Après ce dernier tournage éprouvant, j'avais besoin de me défouler. Cela faisait presque un mois que je n'avais pas boxé et j'étais tendu, avec la sensation que tout mon corps était sous pression, au bord de l'implosion. Je serrai le poing et pris une profonde inspiration.

— Un jour ou l'autre, ça finira mal pour toi. Pourquoi fais-tu ça ?

— Pour évacuer la pression. J'aime bien me battre. Et je fais ça discrètement maintenant.

— Les gens normaux prennent des vacances, tu sais. Tu pourrais… faire une virée au Canada ou entamer un tour du monde.

— J'y penserai, mentis-je en ravalant un rire.

Quitter le cinéma maintenant signerait la fin de ma carrière. Le monde artistique a horreur du vide. Si vous n'êtes pas sur un projet, vous n'existez pas. Prendre des vacances n'était donc aucunement à l'ordre du jour. Je fis signe à la serveuse et la gratifiai d'un généreux pourboire en échange de deux nouveaux verres. Elle m'offrit un sourire audacieux, son regard me détaillant avec intérêt.

Avec un peu de patience, j'aurais pu me faire cette fille sans même devoir la ramener chez moi. Ma voiture, une ruelle, ou les toilettes du club auraient fait l'affaire. Mais Simon avait raison, j'avais envie de me battre.

— Tu as un tournage prochainement ? demandai-je, dans le vague espoir de me calmer.

— Dans deux mois, en Grèce. J'irai avec Emma.

Je grimaçai. Je ne comprenais pas pourquoi Simon s'était entiché d'elle : cette fille un peu idiote était un véritable pot de colle et attendait des gens qu'ils lui fassent la révérence en guise de salutations. Insupportable... et hautaine : elle savait parfaitement d'où je venais et prenait un plaisir dingue à me le rappeler.

— Tu ne vas pas la demander en mariage, quand même ? m'inquiétai-je.

Sous mes pieds, le sol vibra davantage et la foule se déchaîna sous les projecteurs. La température grimpa de quelques degrés, rendant l'atmosphère étouffante. J'aperçus le visage de Simon, qui prit le temps de boire une gorgée de son verre, avant de me répondre.

— Aucune chance, assura-t-il. Et toi, ton programme ?

— Deux tournages, dont l'un en Afrique du Sud. Le réalisateur est bien barré, ça devrait être sympa comme tournage. On vise Cannes.

Simon arqua un sourcil. Il était plus dubitatif qu'étonné. Mon premier film m'avait ouvert de nombreuses portes et, chaque semaine, je recevais un scénario. Mon choix se portait toujours sur les rôles les plus âpres, j'aimais les personnages difficiles et les intrigues tordues. Je me reconnaissais dans les scénarios dangereux.

Simon, lui, alternait entre les comédies et les drames. Acteur depuis l'âge de cinq ans, il incarnait le gendre idéal et inspirait la confiance grâce à son physique de gentil garçon.

— Cannes ? Vraiment ?

— Cannes. J'ai toujours voulu me pointer à une de ses fêtes indécentes au Martinez et déclencher une bagarre générale.

— Ce qui te branche, c'est faire parler de toi.

— Oh ! tu n'approuves pas, on dirait ?

Simon était du genre prudent. Le genre de mec à aider les petites vieilles à traverser, à se nourrir de produits bio et à éviter de faire des vagues. Propre, lisse et conciliant. Tout ce qu'aimaient l'industrie et la presse – du moins en apparence. Notre amitié était un mystère, mais après quelques soirées ensemble, nous avions réussi à créer un véritable lien. Il m'apportait son expérience, je le sortais de sa zone de confort en le défiant régulièrement.

Un jour, j'avais même réussi à l'entraîner à la salle de boxe pour lui coller une raclée mémorable. Pour la première fois de sa carrière, Simon avait mis au chômage toute une équipe de tournage pendant une semaine, le temps que son nez retrouve un volume normal. Au départ, il m'en avait voulu. Puis, après avoir descendu quelques bières, nous en avions ri.

— Tu sais très bien ce que j'en pense, reprit Simon.

— Qu'un jour ou l'autre, je finirai par m'en mordre les doigts. Tu te sens obligé de me faire la morale ?

— J'ai vu des mecs tout perdre. Façon grand huit : tu dégringoles si vite que tu ne vois même plus où tu étais arrivé. Tu es un type dangereux, Max, aux limites de l'inconscience.

— Tu es un type chiant, Simon. Aux limites du cimetière. Tu devrais t'amuser un peu et arrêter d'être un gentil garçon.

— Les gens aiment les gentils garçons.

— Et tu fais tout pour qu'ils continuent de t'aimer. Ça mériterait une analyse chez un psy, dis-je avec un sourire en me levant de la banquette. Je vais te laisser, j'ai une fille à draguer.

Le regard de Simon se dirigea vers la microrobe dorée. Je m'approchai de la balustrade, pour constater qu'elle dansait étroitement avec son petit ami, ses yeux rivés aux siens. Le défi devenait de plus en plus intéressant.

— Ça va être compliqué de lui demander son prénom, ironisa Simon.

— Ça tombe bien, je me fiche de comment elle s'appelle.

Je levai mon verre vers lui, annonçant ainsi la fin de la discussion. Je voulais cette fille et ce n'était pas son copain qui allait m'empêcher de mener mon plan à terme. J'attrapai ma veste en cuir, puis dévalai les escaliers et rejoignis le rez-de-chaussée. La musique était assourdissante et la piste de danse, pleine à craquer, m'empêchait de rejoindre le bar. Je relevai les yeux vers le premier étage. Simon leva son verre dans ma direction, avant de pointer de l'index vers ma droite.

J'acquiesçai, puis fendit la foule vers ma cible. La jeune femme brune et mince se dandinait toujours, perdue dans le son des basses. La chance me souriait : son petit ami n'était plus aux alentours, sûrement en train de se débattre avec le barman pour commander deux verres. J'approchai et fis de mon mieux pour me retrouver face à elle. Quand son regard croisa le mien, elle marqua un temps d'arrêt et cligna des yeux plusieurs fois.

— Maxime, me présentai-je en approchant ma bouche de son oreille.

Un léger sourire orna ses lèvres. Je ne reculai pas et elle reprit sa danse, ondulant lascivement pour moi. Elle colla son corps au mien, pendant que mes mains trouvaient ses hanches. Cette histoire de petit ami n'avait pas l'air de l'embarrasser. Elle ne me repoussa pas et, au contraire, noua ses mains autour de mon cou.

Ma carrière cinématographique m'avait offert du travail et de l'argent ; elle facilitait aussi les relations. Face à moi, la plupart des gens étaient désinhibés : aucune méfiance, aucune retenue. La célébrité semblait leur faire oublier les règles sociales élémentaires. J'avais donc épousé ce mode de fonctionnement, me contrefichant du prénom, des qualités et de la vie même des filles que je sautais.

— Tu es venue seule ? demandai-je, pour faire la conversation.

Elle secoua la tête, avant de pointer son mec du doigt. Il patientait toujours au bar s'agaçant de la foule remuante.

— Je sais qui tu es, murmura-t-elle sur mes lèvres.

Ses mains glissèrent de ma nuque à mon torse. Son regard se voila et je bougeai dans un rythme lent contre elle. Avec ses longues jambes et ses lèvres appétissantes, cette fille était sexy. J'étais presque déçu qu'elle ne soit pas plus préoccupée par l'homme qui l'avait accompagnée ici. J'avais espéré un peu de résistance, un peu de jeu, voire un début d'altercation. Mais cette fille était visiblement prête à se donner sans lutte.

— Tu veux qu'on sorte ? proposai-je, déjà lassé de cette facilité.

Elle ondula à nouveau, caressant sensuellement mon corps avec le sien. Je la laissai faire, la surplombant de mon mètre quatre-vingts, pendant qu'elle se redressait. Elle leva ses yeux brûlants vers moi et mordit sensuellement sa lèvre inférieure. Mon envie de me battre était en train de s'estomper, remplacée par l'excitation et le désir ; j'envisageais sérieusement de lui faire garder ses talons pendant le reste de la nuit.

Je tournai la tête vers le bar, remarquant que le petit ami avait quitté son poste. Je le cherchai pendant quelques secondes, fermant le poing, prêt à en découdre. Avec un peu de chance, mon physique et un regard colérique suffiraient à l'éloigner et à me préserver d'un nouveau scandale.

— Sortons, m'ordonna la microrobe dorée.

Je lui saisis le poignet et visai une des sorties de secours de la boîte. Devant ma détermination à quitter la salle, la foule s'écarta. Derrière moi, les talons de la fille cliquetaient sur le sol en verre trempé. Je sentis des mains m'agripper et j'entendis mon prénom chuchoté comme un secret honteux. J'ignorai les murmures désapprobateurs et poussai la lourde porte qui donnait vers l'extérieur.

L'air frais de la nuit me saisit un court instant et dissipa un peu les effets de l'alcool. Je fis quelques pas et me retrouvai dans une impasse sombre.

— Ici ? fit la voix de la fille.

— Ici.

Je la plaquai contre le mur du bâtiment en béton et promenai mes mains sur son corps. Le vrombissement des basses nous parvenait toujours. Elle émit un sifflement et râla contre la température trop fraîche. Je posai mes lèvres contre son cou, devinant un voile de sueur mêlé à un parfum luxueux. Sa contrariété se mua en excitation et elle laissa échapper un gémissement saturé de désir. Mes mains descendirent sur sa taille, puis sur ses fesses. Elle se frotta contre moi, indécente et volontaire. Je trouvai ses cuisses nues et remontai mes doigts sous sa robe minimaliste.

La fille se cambra contre moi, s'abandonnant à mon désir. Je me fichais pas mal de ce qu'elle ressentait, je voulais juste son corps et en faire ce dont j'avais envie. J'effleurai son entrejambe, pendant que mes lèvres traçaient un chemin vers sa poitrine à peine développée. Je capturai le tissu de son bustier entre mes dents et le tirai brutalement ; désormais, sa robe ressemblait plus à une grosse ceinture dorée. Elle émit un petit cri de surprise, pendant que j'admirais les pointes de ses seins érigées par un mélange de froid et d'excitation.

Ma langue maltraita sa poitrine, tandis que mes doigts caressaient son sexe à travers le tissu de son sous-vêtement. Cette fille était un vrai pantin : les mains plaquées contre le mur, elle ne me touchait même pas et ne prenait aucune initiative.

— Hé ! cria une voix masculine près de nous.

— Merde, s'affola la fille.

D'un geste brutal, elle me repoussa et rajusta précipitamment sa robe. À bout de souffle et passablement contrarié d'être interrompu, je pivotai vers l'intrus. Mon excitation retomba en flèche : le petit ami. Évidemment. Cela pimentait la situation.

— Qu'est-ce qu'il se passe ici ?

Il jeta un coup d'œil vers sa copine et secoua la tête, entre dégoût et incompréhension. En quelques secondes, il retira sa chemise et la lui donna.

— Couvre-toi, bon sang ! On va rentrer.

Il avança vers moi, ses yeux flamboyant de colère, les épaules tendues, la mâchoire serrée. Sa colère semblait irradier par vagues de plus en plus fortes. Je me redressai et le toisai. Généralement, un simple regard suffisait à calmer le jeu.

— L'acteur, c'est ça ? demanda-t-il.

— C'est ça. Je trouve ta copine plutôt mignonne, le provoquai-je.

Derrière lui, la pauvre fille enfilait la chemise de son copain. Les yeux rivés au sol, elle suintait autant l'humiliation que son mec transpirait de rage. J'aurais pu avoir de la peine pour elle… si j'en avais eu quelque chose à faire. Elle avait perdu tout son attrait dès qu'elle m'avait repoussé. Pour être honnête, j'avais désormais plus envie de me battre avec son mec que de baiser avec elle.

— Donne-moi une bonne raison de ne pas t'en coller une, reprit l'homme face à moi.

— Aucune chance, sifflai-je.

L'instant qui suivit, son poing s'écrasa contre ma tempe. Je vacillai, surpris par la puissance de l'impact et fis quelques pas en arrière. Quand il arma son deuxième coup, je réussis à le bloquer, et à enfoncer mon poing dans son estomac. Il émit un petit gargouillis de douleur, avant de se plier en deux, hors d'haleine. Il se redressa, et un nouveau coup de poing s'abattit sur ma mâchoire, puis sur ma joue. Il me coinça contre le mur, et sa main se referma sur mon cou à m'en faire suffoquer. Mon crâne heurta le béton et j'eus la sensation que le choc se répercutait dans tout mon corps.

Il parvint à esquiver mes coups, mais finit par grogner de douleur quand mon genou entra en contact avec son entrejambe.

Ma tête me faisait un mal de chien et je titubai dans l'impasse, à distance de sécurité du type. Je passai mes doigts sur ma bouche ; la saveur familière et métallique du sang attisa ma colère et me redonna de l'énergie. Je fonçai sur le type en face de moi, bien décidé à lâcher toute ma rage sur lui. Dans son regard, je décelai une étincelle de peur ; il regrettait maintenant d'avoir lancé les hostilités. Il recula, prêt à prendre la fuite, mais trébucha et finit les fesses sur le sol crasseux.

De mes poings, je fis pleuvoir les coups malgré les bras qu'il leva pour protéger son visage. Ma respiration était sifflante et ma tête bourdonnait, mais je ne marquais aucune pause. Il payait. Il payait pour tous ceux qui m'avaient honoré de leur condescendance. Il payait pour avoir eu un meilleur jeu que moi dès le départ et pour sa vie parfaite. Et, pendant quelque temps, j'étais apaisé. Je tenais ma revanche.

La fille cria, m'implorant d'arrêter, avant de menacer d'appeler la police. Quand enfin je me redressai, j'étais à bout de souffle et ma chemise était maculée de sang. Mes poings étaient écorchés, mais j'étais soulagé. Cette pression qui m'avait submergé dans la boîte était enfin apaisée.

Au sol, le mec geignait, emplissant l'impasse de soupirs et de gémissements. Je le fixai, pendant que sa copine, penchée au-dessus de lui, pleurait à chaudes larmes. Je crachai vers le sol et constatai les dégâts : ma chemise était dans un triste état et j'aurais sûrement un hématome grand comme l'Australie sur le visage d'ici à quelques heures.

— J'aime me battre, dis-je finalement. Puisque tu voulais une bonne raison…

— Va te faire foutre, gronda-t-il.

— J'aimerais bien. Mais ta copine a l'air moins d'accord, maintenant.

Le reflet de lumières bleues et rouges sur le mur en brique effaça mon sourire victorieux : voir la police débarquer n'était pas prévu dans le plan. Il leur faudrait cinq secondes pour comprendre ce qui s'était passé ici. Je listais déjà les problèmes que je devrais affronter : des poursuites judiciaires pour avoir tabassé ce mec et pour un taux d'alcool trop élevé, un beau scandale dans la presse, le décalage de mon prochain tournage, la colère mythique de mon agent, les regards hypocrites du métier. Ça durerait quelques jours, puis tout le monde oublierait.

C'était l'avantage de ce métier : vous pouviez être quelqu'un d'odieux, dépasser les limites, frapper un type innocent dans un coin sombre, on acceptait vos erreurs, en les qualifiant « d'écarts de conduite ». Quelques excuses et une vague attitude contrite plus tard, tout rentrait dans l'ordre. On effaçait facilement l'ardoise.

Aidé de sa copine, le type se redressa et tituba jusqu'au mur sur lequel il s'appuya. Je mesurais mes chances : avais-je le temps de prendre la fuite ? J'étais dans une impasse. Dans tous les sens du terme. Vu mon état, même si j'arrivais à regagner la boîte, je serais vite repéré. Le sang séchait déjà sur mes mains et sur mes lèvres. Je remontai l'impasse, persuadé de pouvoir esquiver la police et laissant derrière moi le couple d'amoureux en ruine. Je débouchai sur l'avenue qui bordait l'arrière de la boîte et jetai un coup d'œil aux alentours.

Si les flics avaient débarqué, ils se montraient maintenant discrets. Sûrement qu'ils avaient dû être appelés pour un truc plus important qu'un acteur se battant avec le commun des mortels.

C'était une douce illusion. J'eus à peine le temps de faire deux pas qu'un agent m'appelait par mon nom, m'ordonnant de rester où j'étais. Je l'ignorai, sortant un paquet de cigarettes de la poche arrière de mon jean.

— Arrêtez-vous ! hurla une voix déterminée.

Je continuai ma marche, tournant le dos aux flics, et allumai ma cigarette. Je n'eus pas le temps de ranger mon briquet. Brutalement, je me sentis propulsé en avant et mon visage s'écrasa contre le capot d'une voiture. Je grimaçai au contact glacé et brutal contre mon hématome.

— J'ai dit, on s'arrête ! asséna l'homme au-dessus de moi, une main ferme entre mes épaules.

Ses mains me fouillèrent, palpant mes poches et le bas de mon dos.

— Tu as quelque chose ? demanda-t-il en jetant mon paquet de cigarettes au sol.

— Rien.

Ce n'était pas ma première arrestation. J'étais parfaitement au courant de ce qui allait suivre : j'allais subir une séance de remontrance en pleine rue et on me laisserait partir si je promettais de me tenir à carreau.

Soudain, l'agent saisit mon poignet droit et je devinai le contact des menottes. L'autre main suivit et je fus brutalement tiré en arrière par la petite chaîne qui tenait mes poings. Le métal glacé me cisaillait les poignets, et la brutalité de mon arrestation me tira un grognement désapprobateur. Rien ne se passait comme prévu.

— Doucement, grondai-je.

— On peut toujours rêver, rétorqua-t-il aussitôt. Tu vas aller passer une petite nuit au frais, histoire de te calmer.

— Laissez-moi appeler quelqu'un.

Pour toute réponse, le flic tira sèchement sur la chaînette, et tous les muscles de mon corps se révoltèrent ; mes épaules, en particulier, n'appréciaient pas ce traitement. Je trébuchai sur une plaque d'égout et baissai les yeux. Malgré tout, je gardais le sourire : toute cette mascarade était comme un grand jeu.

L'agent ouvrit la portière d'une voiture banalisée et me fit pencher la tête pour que j'y entre.

— C'est vraiment nécessaire ? demandai-je.

En levant les yeux, je constatai qu'une rangée de photographes se tenaient sur le trottoir, prêts à vendre la photo du siècle. Mathilde allait me faire ravaler mon sourire.

— Grimpez !

La voiture démarra en trombe et j'eus à peine le temps

de voir les paparazzis nous suivre en courant, armés de leurs appareils.

— On va où au juste ?

— Commissariat du 9e. Très accueillant, vous allez voir !

Chapitre 2

— Bon sang, tu en as commandé combien au juste ?

— Ils vendent au poids. J'ai fait une très bonne affaire ! me défendis-je en poussant le canapé en velours gris du coin lecture.

Baptiste me lança un regard exaspéré. Je baissai les yeux, vaguement embarrassée et un peu honteuse. J'avais la sensation d'être une enfant prise les mains dans le pot de confiture. Ma confiture, c'était les livres d'occasion.

Ma livraison d'aujourd'hui avoisinait les quarante kilos.

D'accord : ce n'était pas un pot, c'était carrément le confiturier et j'y avais le bras plongé jusqu'au coude. J'assumais tout, et la honte fut vite estompée par un sentiment de fierté indéboulonnable.

— Lire est une saine addiction, soulignai-je pendant que mon voisin empilait un quatrième carton. J'ai commandé ce qu'il faut pour tenir quelques semaines.

— Sarah, tu es censée revendre ces livres, tu sais.

Grand et costaud, Baptiste tenait le seul restaurant acceptable de la ville. Prévenant, il avait l'âge de mon père et adorait me traiter comme sa fille : il s'assurait que je mangeais à heures fixes et me sermonnait régulièrement au sujet de la librairie. D'après lui, je n'avais aucun sens du commerce et je risquais de faire faillite avant la fin de l'année.

— Je sais. Mais je vais d'abord m'assurer qu'ils vont bien.

— Sarah, me réprimanda-t-il, en fronçant les sourcils.

Je l'ignorai et ouvris le premier carton. Les livres de poche étaient ce qui se vendait le mieux. J'avais même fini par créer une offre spécifique avec le « *capochino* » : pour un livre acheté, j'offrais une boisson chaude. Cela récompensait les lecteurs et attirait les caféinomanes, qui, leur tasse à la main, finissaient par déambuler dans les rayons de la librairie.

Acheter les livres d'occasion en grand nombre revenait moins cher, et j'avais la sensation de faire une bonne action en les sauvant de la décharge. Je les triais, les réparais, les proposais en vitrine, les regroupais parfois en thématiques pour les soirées du club de lecture.

Mais mon moment préféré était celui-ci : l'instant où je les découvrais, le moment où nous faisions connaissance et où j'essayais d'imaginer dans quelles mains ils avaient circulé. Je sentais leur parfum, caressais le papier et me perdais dans la contemplation des couvertures.

Je n'avais jamais eu l'occasion de voyager. Mais je lisais, et c'était presque pareil – sans l'effet du *jet-lag* et avec le confort de mon canapé.

Je tirai un livre du carton et en fis défiler les pages avant de poursuivre :

— Il faut que je vérifie l'état général, la couverture. Tu sais qu'il y a des personnes cruelles qui cornent les pages des livres ?

— De dangereux criminels, sans aucun doute, se moqua Baptiste.

— Comme ceux qui coupent ton bordeaux avec de l'eau.

— Ceux-là méritent de mourir dans d'atroces souffrances. Je ne pense pas que corner une page...

Je levai ma main pour le faire taire. En silence et avec toute ma délicatesse, je relevai le coin d'une page massacrée par une âme malfaisante. J'étais outrée qu'on puisse avoir si peu de reconnaissance pour un livre.

— Je vais chercher les autres cartons, lâcha finalement mon voisin.

J'acquiesçai distraitement, plongée dans les pages jaunies.

— Sarah ?

— Oui.

— Ne lis pas. Contente-toi de les sortir des cartons, tu as du travail.

J'étais déjà en train de dévorer cette nouvelle histoire, oubliant volontiers qu'avant de profiter de ma lecture il me faudrait tout vider et tout répertorier. Baptiste fit encore trois allers-retours et je me retrouvai bientôt, assise à même le sol, cernée par une muraille de cartons. Je retirai mes chaussures et vidai le premier carton, empilant religieusement chacun des livres.

— Tu vas trouver de la place ? demanda Baptiste, appuyé contre le mur.

— Anita doit me ramener de vieilles étagères. Tu pourrais venir me les fixer ensuite ? Je comptais les mettre sous l'escalier, pour combler le vide.

— Si tu veux.

Il soupira et sa réponse sembla suspendue dans les airs, comme s'il attendait une remarque de ma part. Je le dévisageai quelques instants, avant de lui adresser un sourire. L'air préoccupé, il me proposa :

— On va boire un verre de vin avec la troupe, tu veux venir ?

Je relevai les yeux vers lui. J'étais entourée de cartons, en pleine transe de la découverte, imaginant déjà des regroupements thématiques pour toutes ces merveilles, et il me proposait un verre ? Devant mon silence, il avança vers moi, habillé de sa mine paternelle désapprobatrice.

— On s'inquiète pour toi, dit-il finalement.

— Je vais bien.

— Je sais que la librairie n'est pas florissante en ce moment.

Je m'apprêtais à lui répondre quand il leva un index impérieux dans ma direction. Baptiste prenait ce rôle de père de substitution un peu trop au sérieux ; parfois, cela m'exaspérait. Pendant des années, ma grand-mère avait tenu cette librairie. À sa mort, elle m'avait tout transmis : ce magasin, son amour des livres, son sens du partage. Tout. Depuis, je faisais de mon mieux pour assurer la pérennité de la boutique.

— Ça ira. Les vacances d'été approchent, c'est toujours beaucoup plus favorable pour les ventes.

— Sarah…

Je m'activais à vider un deuxième carton, ignorant le regard inquisiteur de mon voisin. Il n'avait pas besoin de savoir que les comptes étaient dans le rouge et que ma banque me harcelait pour obtenir un rendez-vous. « Faire le point sur votre situation »… Une expression bien commode pour me mettre à genoux et m'achever en me demandant de vendre.

Baptiste m'arracha des mains le livre que j'étais en train d'examiner. Je relevai les yeux vers lui, passablement agacée.

— Je travaille en face, je vois très bien ce qu'il se passe. Est-ce que tu veux en parler ?

— Tout va bien, je t'assure, dis-je avec conviction.

— Et Pauline ?

— Quoi Pauline ?

Je me relevai et époussetai mon jean bleu ciel. Du pied, je repoussai une pile de cartons, tentant de faire un peu de place. Le coin lecture, composé d'un canapé et de trois bergères jaune moutarde, était inaccessible. Il me faudrait tout évacuer d'ici à demain matin pour l'ouverture.

— Je sais que son mariage vous a un peu éloignées. Peut-être que tu devrais rencontrer d'autres personnes.

— Pauline était en lune de miel. Et puis, je t'ai toi. J'ai Anita et j'ai toute la troupe. Je n'ai pas besoin de nouvelles rencontres. J'ai déjà assez à faire avec vous !

— Avec une bande de vieilles carcasses pour moitié sourdes et souffrant d'arthrose ?

— Et l'autre moitié ? demandai-je, amusée.

— L'autre moitié a des problèmes de mémoire ou de prostate. Voire les deux, pour ceux qui ont de la chance. Sarah, personne ne veut traîner avec des gens qui considèrent leur médecin comme un proche. Tu devrais fréquenter des personnes de ton âge.

Je me figeai, entre amusement et stupéfaction. J'appréciais de m'occuper de la troupe de théâtre de la ville. J'aimais la librairie et j'aimais la vie ici. À mes yeux, j'avais tout et je ne ressentais aucun besoin de faire autre chose.

— Je n'ai pas le temps, éludai-je. Et encore moins envie !

— Tu as pensé à Internet ? Tu pourrais faire des rencontres, partager ta passion.

— Ça ne m'intéresse pas, Baptiste.

— Et pourquoi tu n'irais pas à la soirée avant les vendanges ? Il y a plein de jeunes…

— … ivres morts, décérébrés et qui sentent mauvais.

Pour un type qui veut mon bien, je trouve tes idées douteuses.

— D'accord, d'accord. Mais tu ne peux pas rester seule ici ! Ta boutique aurait besoin d'un homme pour faire les travaux... et pour porter les cartons.

— Je vais faire comme si ta remarque n'avait rien de sexiste et te recommander pour le premier rôle féminin de notre prochaine pièce.

— Tu sais bien ce que je veux dire, soupira-t-il. Je m'inquiète pour toi. On s'inquiète tous. Une jolie fille comme toi...

— Une jolie fille comme moi peut tout à fait rester seule.

Cette conversation devenait pénible. Tout le monde avait un avis sur moi et ma vie amoureuse. Même mes amis. Depuis plusieurs semaines, la troupe prenait un malin plaisir à essayer de me faire sortir de la boutique mais j'avais tenu bon. J'aimais être ici, j'aimais être seule. Cela ne me pesait pas. Je n'avais besoin de personne et ne ressentais aucun manque ; la boutique m'occupait à temps plein. Honnêtement, je ne voyais pas comment j'aurais pu consacrer du temps à une relation.

— Je suis bien ici, au milieu des livres et loin de la réalité. Et je suis désolée pour ta prostate, continuai-je pour détourner le sujet.

— Mais... Mais comment...

— Simple déduction. Maintenant, est-ce que je peux finir de ranger ? Je ne les vendrai jamais s'ils restent là-dedans !

— Même pas un verre ? insista-t-il.

— Non. Merci, Baptiste.

Pour clore la conversation, je déposai un baiser sur sa joue habillée d'une légère barbe grisonnante. J'entendis mon voisin soupirer à nouveau, signe qu'il acceptait une nouvelle défaite.

— Tu as encore besoin d'aide ? m'interrogea-t-il tout en se dirigeant vers la porte.

— Non, ça ira. Rentre. Gloria va t'attendre.

— Elle fait partie de la moitié qui est sourde : à cette heure, elle doit dormir devant sa série. Le bruit d'un avion au décollage ne lui tirerait même pas une grimace !

— Je le lui répéterai...

— Je m'en doute.

Sur le seuil de la porte de la boutique, il m'adressa un dernier sourire et m'offrit une étreinte amicale et chaleureuse. En une seconde, j'oubliai notre conversation et lui pardonnai sa curiosité intrusive.

— Ne te couche pas trop tard, me recommanda-t-il. Et ferme bien les portes.

Je restai sur le pas de la porte, pendant qu'il refermait son gilet et qu'il s'installait au volant de son utilitaire. Sans Baptiste, j'aurais été contrainte de demander une livraison qui m'aurait fait dépenser une fortune. Sans le savoir, il m'aidait déjà beaucoup et je ne l'aimais que davantage pour ça.

Je lui fis un petit signe de la main et attendis qu'il disparaisse au coin de la rue pour rentrer. Je refermai la porte derrière moi, laissant mon regard vagabonder sur mes voisins proches : sur la droite, le restaurant de Baptiste et sa terrasse fleurie longeaient la place, à gauche se tenait la boulangerie, accolée au primeur. Enfin, en face de moi s'élevait la boutique de Frédéric. Fleuriste, souriant, armé d'un humour dévastateur, il m'avait très vite montré que nous avions des points communs : il aimait la lecture et appréciait son expresso matinal sans sucre. De temps en temps, il me rapportait des fleurs, désespéré à l'idée de les mettre à la poubelle. Ce seul détail me tira un sourire pendant que je verrouillais la porte.

Je retournai vers le coin lecture et ouvris avec précaution tous les cartons. Au milieu des livres, je me sentais en sécurité et apaisée. Baptiste s'inquiétait de ma solitude alors qu'en vérité elle me soulageait. Grâce à elle, je n'avais plus à subir les regards apitoyés. Je n'entendais plus les murmures et les quolibets de ceux qui avaient connu mes parents. Parfois, je me disais qu'il aurait été plus simple de partir, de m'offrir une nouvelle vie, vierge des frasques de ma famille. À plusieurs reprises, j'avais rempli ma valise, avant de me raviser : où aurais-je pu aller ? Toute ma vie était ici.

Je passai une grande partie de la nuit à ranger mes derniers achats. Après avoir replié les cartons et les avoir entassés dans un coin de la boutique, je grimpai les escaliers jusqu'à mon appartement. En plus de la boutique, ma grand-mère m'avait légué un logement à l'étage supérieur. Après son décès, j'avais entrepris des travaux de rafraîchissement ; les tapisseries jaunies avaient laissé place à une couche de peinture blanche et à quelques photos en noir et blanc. Le salon débordait de livres qui envahissaient même mon bureau. La plupart du temps, je travaillais sur mon canapé, établissant le planning du club et proposant de nouvelles activités aux habitués.

Le reste de l'appartement était composé de deux chambres : je dormais dans celle qui avait une baie vitrée donnant sur le parc à l'arrière, tandis que la deuxième chambre servait à entreposer encore plus de livres.

Je me préparai un dîner léger et listai ce que je devrais faire le lendemain. J'ignorai ostensiblement les deux factures – téléphone et électricité – qui attendaient patiemment leur tour. Je finirais par trouver une solution.

Le lendemain, je profitai du soleil éclatant pour installer quelques tables à l'extérieur. Je sortis également la carte minimaliste des boissons et fis rouler péniblement un présentoir pour le caler devant la vitrine. Les livres de la veille s'y trouvaient, parfaitement alignés, parfumés de cette odeur de vieux papier et d'encre passée, prêts à être achetés.

Comme à son habitude, Anita, son exubérance et ses cinquante-cinq printemps déboulèrent à 11 heures à la boutique. Toujours habillée de façon originale – aujourd'hui, elle avait choisi une salopette en jean customisée de broderies et de morceaux de tissus écossais –, elle débordait d'une bonne humeur perpétuelle, associée à un sens de l'humour assez mordant. Depuis son troisième divorce, quatre ans plus tôt, elle avait décidé de s'installer à la campagne et d'aider des jeunes dans leur réinsertion. Ses ex-maris se chargeaient d'assurer son confort financier. Après m'avoir embrassée chaleureusement, Anita me détailla des pieds à la tête, puis grimaça.

— Je dirais… Moins de cinq heures de sommeil ?

— Trois heures et demie, dis-je en réprimant un bâillement.

— Baptiste m'a dit que tu avais acheté des livres.

Malgré cet air nonchalant, Anita savait parfaitement exprimer sa réprobation. Entre son demi-sourire et ce léger froncement de sourcils, j'avais appris à décoder les signes ; cette fois, c'était le ton de sa voix, légèrement plus grave que d'habitude, qui l'avait trahie.

— Ne me fais pas la morale, dis-je aussitôt en replongeant dans mon travail. Tu sais que j'ai besoin de renouveler le stock en permanence pour fidéliser la clientèle.

— Tu as déjà des kilomètres de rayonnage. Tu pourrais te montrer plus raisonnable.

— Je sais où cette conversation va mener, éludai-je.

— Vraiment ?

— Vraiment. Tu vas me parler des livres, puis tu vas me dire que tu t'inquiètes pour la boutique. Tu enchaîneras avec une vague suggestion sur ma vie amoureuse inexistante…

— Sarah, m'interrompit-elle.

Je levai une main dans sa direction et repris :

— Ça sera évidemment quelque chose d'assez précis pour que je me sente vexée et à la fois suffisamment flou pour que j'en tire les conclusions de mon choix. Tu insisteras sur le fait que je suis seule depuis longtemps et tu me proposeras de rencontrer quelqu'un de mon âge comme le meilleur ami de ton fils.

Anita me dévisagea, bouche bée, accrochée au bar qui me servait de point d'accueil. Elle se redressa et un sourire ravi s'étira sur ses lèvres. Je repris mon souffle, satisfaite d'avoir paré ses attaques.

— Un café ? lui proposai-je.

— Un déca. Et j'allais te parler de mon neveu, corrigea-t-elle.

Je pivotai vers la machine, tournant le dos à mon amie.

— Pourquoi voulez-vous absolument me caser avec quelqu'un ? l'interrogeai-je en remplissant le réservoir à eau. J'aime être seule, j'ai du travail et vraiment pas le temps pour batifoler avec le premier venu.

— Batifoler ?

Je lui lançai un regard sombre, avant de sortir une tasse et de la glisser sous la buse à café. Je tentais de réprimer mon agacement, en vain. J'avais toujours détesté qu'on se mêle de mes affaires. Et cette obsession sur ma vie amoureuse devenait un peu vexante : soit ils voulaient se débarrasser de moi, soit ils estimaient que j'étais trop empotée pour parvenir à séduire un homme.

Jamais je ne leur avouerais que la seconde option était la bonne. J'étais incapable d'être une de ces femmes féminines, pleines d'esprit et à l'aise avec leur corps. Je m'habillais en jean et en T-shirt, mes cheveux séchaient à l'air libre et ma peau était dénuée de tout maquillage. J'enviais les femmes qui savaient se mettre en valeur, celles qui jouaient avec leurs cheveux, avec un air déterminé et un sourire sensuel.

Ma vie, c'était cette librairie. Je pensais aux livres à chaque moment de la journée... et j'en parlais. Même aux hommes qui étaient susceptibles de me plaire. Et cela me transformait invariablement en bonnet de nuit, gauche et insipide.

J'étais le seul et unique obstacle à ma vie amoureuse, un véritable tue-l'amour de compétition, en chaussettes épaisses et gilet en laine.

— Batifoler, oui, continuai-je. Je n'ai pas le temps pour tout ça ! Et franchement, j'ai constamment les pieds gelés, je ne vois pas à quel genre d'homme ça pourrait plaire.

— Sarah...

— De toute façon, ce n'est certainement pas ici qu'un homme débarquera pour m'inviter à dîner.

— Sarah...

— Ou alors, ceux qui le font ont l'âge d'être mon grand-père et un regard lubrique. Crois-moi, le prince charmant ne...

Je m'interrompis en pleine tirade, la tasse d'Anita à la main, pendant que Frédéric, mon fleuriste de voisin, échangeait un regard complice avec mon amie, un bouquet de pivoines rouges à la main. Je posai le déca d'Anita sur le comptoir et frottai nerveusement mes mains contre mon jean.

Non seulement j'étais un tue-l'amour sur pattes, mais j'étais aussi dotée d'un talent prodigieux pour les gaffes.

— Salut, dis-je dans un murmure.

— Salut. C'est pour toi, je me suis dit que ça te plairait, répondit Frédéric en me tendant son bouquet.

Je pouvais compter sur les doigts d'une seule main le nombre de fois où un homme m'avait offert des fleurs. À lui seul, Frédéric représentait les quatre cinquièmes. C'était déprimant. Cependant, j'acceptai son cadeau avec un grand sourire. Il garda ses yeux rivés aux miens et nos mains s'effleurèrent à l'instant où mes doigts se refermaient sur les fleurs. Embarrassée et le cœur en plein marathon, je baissai les yeux et arrachai brutalement le bouquet de ses mains.

Lui, évidemment, ne cilla pas et me fixa en s'interrogeant certainement sur ma santé mentale.

— Merci, murmurai-je, les joues chaudes.

— Tu devrais acheter des fleurs plus souvent !

— Je le ferais si j'avais les moyens. Merci pour celles-ci !

— De rien. Je me doutais que tu les aimerais. J'ai vu que tu avais sorti les tables sur la terrasse.

— L'après-midi va être superbe, je pense. Et toi, des commandes à venir ?

— J'ai un mariage ce week-end, ça devrait me tenir bien occupé pour le reste de la semaine. J'aurai certainement un peu trop de fleurs, je te les apporterai.

Malgré moi, je ressentis un léger pincement au cœur. « Occupé pour la semaine » voulait surtout dire qu'il ne me rendrait certainement pas visite. Frédéric avait pour habitude de surgir en fin de journée, il commandait un café, errait dans la boutique et finissait par me demander ce qu'il devait absolument lire.

Mon voisin me plaisait. Grand, brun, musclé, prévenant, drôle, subtil et attachant, il correspondait à tout ce que j'aimais chez un homme. Enfin, presque. S'il avait été intéressé par moi, il aurait définitivement été l'incarnation de l'homme idéal. Mais j'avais très vite compris qu'il ne me voyait que comme sa voisine sympa et serviable.

— Oh. Génial ! m'enthousiasmai-je pour cacher ma déception.

— Alors c'est quoi cette histoire d'homme qui t'invite à dîner ?

Je lançai un regard à Anita qui, prudemment, pendant que je la maudissais sur plusieurs générations, recula de quelques pas avant de se réfugier dans le rayon thriller. Je pris un crayon, me saisis du planning et fis comme s'il avait besoin d'être rectifié dans l'instant. Mes mains tremblaient d'affolement et j'ignorai la bouffée de chaleur inconfortable qui m'étreignit. Je barrai deux cases, gribouillai une note inintelligible, avant de tourner la feuille pour noter deux titres de roman.

Quand je relevai les yeux, encore tendue de nervosité, Frédéric était toujours là, un sourire amusé sur les lèvres. Mon cœur s'affola un peu plus quand je découvris cette petite fossette irrésistible au creux de sa joue et son regard rieur.

— Je rêve ou tu fais comme si je n'étais pas là ?

Je suis la fille qui, même au fond du trou, continue à creuser. Sûrement que je cherche à enterrer ma honte, ma timidité et mon estomac qui fait des loopings.

— Je… C'était… Personne ne m'a invitée à dîner, dis-je finalement en tordant mon crayon.

— Tu fais quoi demain ?

Mon crayon voltigea dans les airs et je me retrouvai à me tordre les doigts, me dandinant comme une fillette pressée d'aller aux toilettes. J'étais à la fois terrifiée par cette innocente petite question et consternée par mon comportement. Ma timidité maladive allait anéantir mes maigres chances avec cet homme.

Soudain, Frédéric perdit le sourire et fronça les sourcils.

— J'oubliais, tu as le club de lecture.

— Ah… Euh… oui. Mais…

— Et je sais que tu n'annules jamais une séance du club.

— Ah oui ?

— C'est l'une des premières choses que tu m'as dites quand je suis arrivé ici. Je ne voudrais pas empiéter sur ton programme et sur celui des autres.

Je retins un gémissement de frustration et de désespoir. J'allais devoir apprendre à me taire, sinon je finirais par saborder ma vie tout entière. Je cherchai un moyen de sauver la situation, sans avoir l'air au bout du rouleau.

— Un autre soir peut-être ?

Je fus épatée de n'avoir ni bégayé, ni couiné comme une adolescente. Cependant, je trépignai toujours sur place comme une gosse au matin de Noël. Devant moi, Frédéric marqua une courte hésitation, avant d'acquiescer et proposer :

— Et pourquoi pas un déjeuner ?

— Oui, parfait ! Demain ?

Je me fustigeai intérieurement pour mon excitation trop visible et me pinçai les lèvres pour éviter de sortir une nouvelle énormité. Pour éviter tout débordement intempestif, je me cramponnai même au comptoir – ramper à ses pieds aurait été humiliant.

— J'ai un rendez-vous demain, mais… après-demain ?

— Oui, parfait !

— J'apporterai des fleurs, promit-il en s'éloignant pour rejoindre sa boutique.

— Oui, parfait !

Je me serais giflée. J'étais tellement contente qu'il aurait pu me proposer de me jeter dans le vide et j'aurais seriné « oui, parfait ! ». Il allait finir par croire que je prenais des euphorisants.

Dans les faits, il n'y avait que lui qui me mettait dans cet état.

Dans les faits, il n'y avait que lui qui s'intéressait à moi. J'aimais me perdre dans son regard bleu azur, tout en rêvassant niaisement du contact de sa main dans la mienne.

— Je repasserai ce soir, pour mon café, promit-il en m'adressant un ultime signe de la main.

— Oui, parfait ! fit la voix d'Anita sur ma droite.

Frédéric traversa la place d'un pas rapide, pendant qu'Anita secouait la tête, atterrée. Elle posa sa tasse encore fumante sur le comptoir, puis ramassa mon crayon au milieu de l'allée pour me le rendre.

— C'était déplorable, lâcha-t-elle.

— Je sais, geignis-je. Je suis nulle avec les hommes.

— Apparemment. Pourquoi n'as-tu pas lâché le club pour aller dîner avec lui ?

Je cachai mon visage dans mes mains. Je voulais disparaître pour de bon et oublier cette histoire. Malheureusement, avec Anita comme témoin, cet échange piteux avec Frédéric était dorénavant gravé dans le marbre. Elle se chargerait de me le rappeler à loisir, rien que pour me torturer.

— Je ne m'y attendais pas, me défendis-je.

— C'est le problème avec les hommes : dès qu'ils prennent une initiative, ça nous fait un choc. Tu aurais quand même dû accepter ce dîner.

— J'ai eu un déjeuner.

— On déjeune avec ses amis, Sarah. Un déjeuner, c'est chaste et sans intérêt.

— Tu exagères.

Malgré mon échange désastreux avec Frédéric, je conservais une pointe de fierté d'avoir réussi à convenir d'un repas en tête à tête avec lui. C'était plus que tout ce que j'avais pu imaginer. Mon regard se dirigea vers la boutique de fleurs. Frédéric s'activait, sortant les seaux et les fleurs pour les disposer devant sa boutique. Je poussai un soupir d'envie, puis me tournai vers Anita qui leva les yeux au ciel.

— Tu as donc deux jours pour apprendre à cesser d'hyperventiler devant lui.

— Tu veux un autre café ? l'interrogeai-je pour détourner la conversation.

— Non. Ça ira. Tu mettras ta robe jaune, elle te va bien.

— Anita ! Ce n'est pas... Enfin, il n'y a pas que...

— Je sais. Mais, crois-moi, cette histoire ridicule de beauté intérieure ira parfaitement avec cette robe jaune. Tu pourras ensuite miser sur toutes tes qualités, comme ta gentillesse, ta générosité, ton sens de l'organisation. Ou ta sérénité, ajouta-t-elle.

— Ma sérénité ?

— J'hésite entre sérénité et résistance face à l'adversité, reprit-elle pensive.

J'étais une vraie angoissée. Tout me fichait la trouille : des factures qui s'accumulaient à la météo, en passant par mon prochain déjeuner avec Frédéric. Chaque soir, je vérifiais deux fois que les portes étaient correctement fermées et le moindre grincement du parquet me collait une peur panique.

J'étais l'exact opposé de la sérénité, et Anita le savait parfaitement.

— Mais enfin, Anita, qu'est-ce que tu racontes ?

Elle termina son café d'un trait, avant de désigner de l'index l'espace derrière moi.

— Ton coin lecture est inondé.

Chapitre 3

Ma nuit en cellule avait été plus longue que ce que j'avais imaginé. Habituellement, on m'informait que j'étais libre au bout d'une heure ou deux. C'était presque un jeu : à chaque nouvelle nuit en cellule, je me demandais si on m'en sortirait plus vite que la dernière fois. Le sang sur ma chemise vert forêt avait fini par sécher, dessinant une myriade de taches noirâtres. La police avait pris soin de me faire retirer mes lacets, mes pieds flottaient donc dans mes lourdes chaussures montantes.

Après quelques heures, j'avais fini par m'allonger sur le banc en béton gris. Mon cuir roulé en boule sous ma tête, les pieds croisés et mes mains écorchées jointes sur le ventre, j'étais même parvenu à m'endormir quelques heures, espérant que Mathilde finisse par débouler pour me tirer de là.

— Allez, debout !

Le néon scintilla avant de m'aveugler complètement. Je me redressai dans une grimace et passai ma main sur mon visage crasseux. La sueur mélangée à la poussière et au sang séché formait un voile désagréable sur ma peau. J'avais besoin d'une douche et d'un café très serré.

L'agent de police déverrouilla la porte, signifiant ainsi la fin de ma nuit de dégrisement. Je lui adressai un petit sourire victorieux et passai devant lui. Nous prîmes plusieurs couloirs impersonnels et j'en profitai pour l'interroger.

— Comparution immédiate ? demandai-je.

— Peut-être.

Nous débouchâmes dans le hall du commissariat. Je m'attendais à y découvrir Mathilde, mon agent et ange gardien, passablement agacée d'avoir été réveillée si tôt un dimanche. Si, en plus, elle avait dû confier son mioche à la voisine, elle allait être sacrément remontée. J'allais en prendre pour mon grade.

— On t'attend dans cette salle, m'indiqua le flic.

Je marquai un temps d'arrêt, surpris. En quelques mois, j'avais passé plusieurs nuits en cellule, et ce réveil-là ne ressemblait à aucun autre. Dans la plupart des cas, Mathilde ronchonnait, m'ouvrait la porte et me faisait un sermon interminable devant un expresso. À l'occasion, je finissais devant le juge, je prenais une tape sur les doigts – officiellement un rappel à la loi – et je rentrais ensuite chez moi. Cela fonctionnait ainsi : d'une manière ou d'une autre, on passait l'éponge sur mes écarts et j'en profitais grandement.

Le flic ouvrit la porte vitrée de la salle et la referma derrière moi. L'odeur de désinfectant industriel et de renfermé me tira une grimace. Mon humeur s'assombrit en découvrant les trois personnes qui m'attendaient.

— Le grand jeu, ironisai-je.

— Tu devrais t'asseoir, répondit immédiatement Mathilde, d'une voix glaciale.

Je jetai un œil à mon avocat et à Damien. Je n'avais pas parlé à ce dernier depuis une éternité. Il me salua d'un hochement de tête, ses épaisses mains marquées par le travail manuel croisées sur la table.

— Sinon quoi ? la provoquai-je.

— Je n'ai pas envie de jouer, Maxime.

— Assieds-toi, intervint mon avocat.

Habituellement tiré à quatre épingles et habillé en costume chic sur mesure, il était ce matin en sweat-shirt et en jean. Apparemment, j'avais sorti un paquet de gens de leur lit confortable. Dans un soupir, je finis par obéir. Je tirai une chaise bruyamment et m'y assis. Je fixai mon avocat, tentant de décrypter son humeur.

— C'est quoi ce cirque ? demandai-je finalement.

— Simon m'a appelée, m'expliqua Mathilde.

— Ce brave Simon, dis-je dans un sourire.

— Au moins, lui, ne me fait pas sortir de chez moi un dimanche matin.

— Il ne sait pas ce qu'il manque. Dites-moi plutôt ce que vous faites là, j'ai envie d'aller dormir.

— On a trouvé un arrangement, répondit mon avocat.

Mes yeux naviguèrent sur les trois personnes devant moi. La présence de Mathilde n'avait rien de surprenant, celle de mon avocat pouvait tout à fait s'expliquer. Mais je ne comprenais toujours pas ce que Damien faisait ici.

— Tu as abandonné tes vignes ? lui demandai-je.

— Juste pour deux jours, le temps de venir ici.

— Tu as bien choisi ton moment, le complimentai-je. Je suis au meilleur de ma forme.

Il se contenta d'un sourire énigmatique. L'explication que j'attendais ne vint pas.

— Maxime ? m'interpella Mathilde.

— Quoi ? soupirai-je. Tu vas encore me faire la leçon ?

Mathilde n'avait que quelques années de plus que moi. Apparemment, cela lui suffisait pour se comporter comme ma mère, en se répandant en remontrances et conseils pénibles. J'étais un adulte, je n'avais pas besoin qu'on me chaperonne en permanence.

— Non.

— Tant mieux. Je n'ai aucune envie de t'entendre me rabâcher que je mets mon avenir en jeu. Est-ce que je peux partir maintenant ?

— Non, répondit Damien.

Son ton sans appel me surprit. Plus jeunes, nous avions été amis. Son père, propriétaire d'une vigne dans les Charentes, m'avait embauché pendant deux saisons pour les vendanges. Damien et moi avions sympathisé, mais il était bien plus droit et honnête que moi. Je n'étais jamais parvenu à l'attirer dans mes coups douteux : sa moralité était à toute épreuve.

— J'ai bien compris, riposta-t-elle, d'une voix teintée d'amertume. Je choisis mes combats, Max. Puisque je n'ai aucune prise sur toi, j'ai décidé de te donner ma démission.

Un ricanement m'échappa.

— Si j'avais gagné une pièce à chaque fois que tu m'avais parlé de démission…

— Voici ma lettre, me coupa-t-elle en la posant sur la table.

Je me redressai et mes yeux vagabondèrent sur sa lettre. Je me fichais de Mathilde, comme je me fichais de ce qu'elle pensait de moi. D'un revers de la main, je chassai la feuille de papier de la table et fusillai des yeux mon désormais ex-agent.

— Parce que tu crois que ça va m'émouvoir ?

— J'avais encore ce vague espoir.

— Je me fiche que tu sois avec moi. Je trouverai un nouvel agent en un claquement de doigts.

— Maxime !

La main de mon avocat s'abattit avec force sur la table. Si Mathilde sursauta de surprise, Damien ne cilla pas. Avec ses fringues bas de gamme – T-shirt élimé à l'encolure et veste en jean – il faisait tache ici. Chez lui, tout transpirait le plouc de province. Pourtant, il n'était nullement impressionné. Au contraire, il semblait se régaler du spectacle.

— Quoi ? grognai-je à son intention.

— Rien. Tu devrais écouter ce qu'on te dit.

— Je m'en tape, d'accord ? Je me fiche de vous tous. Maintenant, vous m'expliquez ce cirque ? Mathilde, si tu veux partir, je ne te retiens pas. De toute évidence, tu n'as aucune envie de travailler avec moi.

— Je n'ai aucune envie d'assister à ta déchéance. Tu peux jouer comme tu le veux avec ta carrière, mais évite de flinguer la mienne.

— Je m'en cogne. Je te l'ai déjà dit !

— Voici la situation, Maxime, reprit mon avocat.

Il ouvrit un dossier et, méthodiquement, déposa trois feuilles devant moi. Je ne pris même pas la peine de me pencher pour en regarder le contenu. Je savais que Claude finirait par m'annoncer ma sentence dans un jargon juridique tout juste compréhensible. Et à ce moment-là, pour faire bonne figure, j'emploierais mes talents d'acteur et présenterais mes plus plates excuses en promettant de ne plus frapper quelqu'un.

Je tiendrais sûrement une semaine avant ma prochaine incartade. Au mieux.

— Ce ton si dramatique est-il nécessaire ? me moquai-je.

Il m'adressa un regard furieux, puis reprit :

— Le couple que tu as agressé va porter plainte : coups et blessures, auxquels s'ajoute l'agression sexuelle.

— Elle était consentante, sifflai-je, dents serrés. Et je l'ai à peine touchée. Cette fille se dandinait dans une robe si courte que…

— Son fiancé a le nez cassé et deux côtes fracturées, me coupa-t-il. On attend encore le rapport complet de l'hôpital. De toute façon, même si le juge ne retient pas l'agression sexuelle, ce dont je doute, tu seras forcément mis en cause pour le reste. Et c'est sans compter le délit de fuite.

— Le délit de fuite ?

— Le flic dit qu'il t'a couru après. Maxime, je t'assure que, cette fois, c'est très sérieux. Tu risques gros.

— Et tu risques de détruire ta carrière, ajouta Mathilde.

— Dans la mesure où tu n'es plus mon agent, qu'est-ce que ça peut bien te foutre ?

— Je pensais que nous étions amis. En fait, je crois que nous le sommes, sinon je ne serais pas venue pour tenter de sauver tes fesses.

— Trop aimable. Mais je ne crois pas avoir besoin de qui que ce soit, dis-je en me levant de ma chaise. Je ne vois pas ce qu'on fait ici. Si c'était si grave, je serais déjà en comparution immédiate, non ?

Je serrai les poings, tentant de canaliser une soudaine vague de colère. J'étirai mes bras au-dessus de ma tête, chassant une vague douleur dans le dos. J'étouffai dans cette salle aveugle. Je fouillai dans mes poches, à la recherche d'une cigarette. En vain, le flic m'avait tout confisqué à mon arrivée au commissariat. Je poussai un soupir, franchement énervé.

— C'est vrai, tu devrais déjà être devant le juge, confirma mon avocat pendant que j'arpentais la petite pièce.

— On est parvenu à négocier, poursuivit Damien.

— On leur fait un chèque ? ricanai-je.

— On a parlé au juge. Maxime, avant de t'expliquer

ce qui est prévu, tu dois savoir que, pour ce nouvel écart, tu risques de faire de la prison ferme.

Mon accès de nervosité reprit. J'accélérai le pas et passai une main dans mes cheveux sales. J'avais eu l'honneur de goûter à un petit séjour en taule quand je vivais encore chez mon père et je n'avais pas franchement envie de renouveler l'expérience.

— Et il y a déjà des dommages collatéraux : ton tournage en Afrique du Sud est annulé.

— Annulé ? Tu veux dire reporté le temps que je fasse mon petit tour en prison ?

— Je veux dire totalement annulé. Ils vont refaire un casting pour le premier rôle. Ils ne veulent pas de mauvaise publicité autour du film.

J'encaissai la nouvelle. En temps normal, j'aurais sûrement envoyé Mathilde se faire voir avec ses mauvaises nouvelles et son étouffante bienveillance. Cette fois, je me contentai de baisser les yeux vers le sol.

— Et je ne sais pas dans quelle mesure je vais pouvoir sauver tes deux films suivants. Les producteurs sont assez frileux à l'idée de confier leur film à un mec qui risque de finir derrière les barreaux, précisa mon agent.

— Eh bien, j'espère au moins leur donner raison. Je vais la voir cette fameuse cellule ?

— Nous avons fait notre possible pour que tu y échappes.

Mon avocat sortit une nouvelle feuille de son dossier. Du regard, il m'invita à me rasseoir. J'obtempérai, attendant la suite tout en ignorant le regard pesant de Damien sur moi.

— Le juge est d'accord pour te faire bénéficier d'un aménagement de peine. Cela te permet d'éviter la prison et, surtout, d'éviter le scandale d'une éventuelle incarcération.

— Je me méfie de ce genre de plan, le prévins-je.

Il repoussa la feuille vers moi, me laissant ainsi découvrir les conditions de cet accord.

— Tu n'as qu'à signer en bas de la page, précisa mon avocat alors que je parcourais, sans le comprendre, le charabia juridique.

— Et ça dit quoi, en gros ?

Je relevai les yeux vers mon avocat. Ce dernier lança un coup d'œil vers Damien, qui hocha la tête.

— En gros ? Qu'en lieu et place de la prison, tu effectueras deux mois de travaux d'intérêt général, répondit ce dernier.

Un bref sourire s'étira sur mes lèvres. Une fois encore, j'échappais au pire. Des travaux d'intérêt général. Bien. Je ferais ça quelques jours, avant de présenter des excuses publiques et de demander une diminution de peine. Rien de bien méchant.

Et rien qui m'empêcherait de vivre ma vie comme je l'entendais. Je garderais mes habitudes nocturnes, j'assurerais mes rendez-vous. Au pire, je devrais pointer régulièrement au commissariat.

— Évidemment, tu porteras un bracelet électronique, reprit mon avocat.

— Ce qui veut dire ?

— Aucune sortie entre 22 heures et 8 heures.

— Je picolerai chez moi.

— Tu ne seras pas chez toi.

Je pivotai vers Damien, le fixant sans comprendre. Quelque chose clochait. Cette histoire de travaux d'intérêt général était bien trop belle. Et surtout, elle n'expliquait pas cette petite scène de justice artisanale.

— Tu vivras en Charente, ajouta-t-il.

Je me relevai, refrénant autant que possible la furieuse envie de fracasser quelque chose. Je repoussai ma chaise violemment et tentai de rassembler mes esprits. Je n'avais pas vu le piège venir et, maintenant, il se refermait sur moi.

— Je ne retournerai pas là-bas, grondai-je.

— Damien a trouvé une solution, dit Mathilde.

— Je savais que tu ne voudrais pas retourner chez ton père. J'ai une amie qui aurait vraiment besoin d'un coup de main pour des travaux dans sa librairie.

— Une librairie ? Tu te fous de moi ? Et pourquoi pas chez toi ?

— Le juge a estimé que l'environnement n'était pas suffisamment sécurisable. Les vignes ne sont pas clôturées, alors que le périmètre de la librairie est parfaitement identifiable. Ils veulent se prémunir de toute fuite.

Ma respiration s'accéléra. En une seconde, ma vie parfaite venait de basculer. Une vraie chute libre, sans parachute, avec un atterrissage violent qui me laisserait sûrement des séquelles. Je me relevai de ma chaise et pris la feuille de papier sur laquelle était inscrit l'accord.

— Alors, c'est ça, votre… arrangement ? Je dois abandonner tout ce que j'ai ici pendant deux mois, pour retourner dans une ville de ploucs ? J'espère que l'hôtel est sympa au moins !

— La libraire met une chambre à disposition.

— Et si je ne suis pas d'accord ?

— Tu vas en prison, conclut mon avocat. Tu as le choix.

— Vraiment ? C'est un putain de choix, oui ! Aller en taule ou moisir dans le bled de Chateaurenard ?

Je lançai mon pied sur la chaise, qui valdingua à l'autre

bout de la pièce dans un bruit métallique. À nouveau, Damien n'eut même pas un geste de recul.

— Évidemment, reprit ce dernier, l'idéal serait que tu acceptes de suivre une thérapie sur place.

— Et je tenterai de venir te voir, pour t'apporter des scénarios.

— Va te faire foutre ! Tu as démissionné de toute façon !

Mathilde se rembrunit et ramassa ses affaires. Ses gestes étaient saccadés et colériques, pendant qu'elle fourrait ses dossiers dans son sac à main. Elle se leva et se dirigea vers la porte.

— Je ne vois vraiment pas pourquoi on s'emmerde à vouloir sauver ton cul. Après tout, si tu continues à détruire tout ce qui t'entoure, c'est que tu veux vraiment retourner dans ton trou pour trimballer des fruits et légumes jusqu'à la fin de ta vie, non ?

— Sors, lançai-je, glacial.

— Va te faire foutre, Maxime. Tu n'attires que le pire, de toute façon.

Elle quitta la pièce en claquant violemment la porte. Je ravalai un rire, la félicitant intérieurement de ses talents de comédienne. Je me tournai vers mes deux autres acolytes.

— Alors, c'est quoi le plan B ? les interrogeai-je.

— Pas de plan B, Maxime. Soit tu retournes à Chateaurenard et tu aides ma copine libraire, soit tu files directement en prison.

Il se leva de sa chaise, étirant son épaisse silhouette. La pièce me parut encore plus petite. Depuis son plus jeune âge, Damien avait travaillé dans les vignes, se forgeant des épaules carrées et une musculature imposante. C'était certainement le dernier type que j'irais provoquer pour une bagarre. Malgré mon expérience et ma stature, je n'avais aucune chance.

Il s'imposa face à moi, me forçant à stopper mes allées et venues.

— Max...

— C'est pour ça que tu es venu ici ? le coupai-je. Pour savourer cette petite scène humiliante où je dois rentrer au pays la queue entre les jambes ?

— Je suis venu ici parce que tu as besoin d'aide. Tu peux encore sauver ta carrière.

— En retournant là-bas ?

— En faisant amende honorable. Dans deux mois, tout le monde aura oublié que tu as pété le nez de ce type. Tu pourras te refaire une santé en toute discrétion.

— En toute discrétion ? répétai-je, entre hilarité et colère. Est-ce que tu te fous de moi ? Combien de temps tu donnes aux journalistes pour débarquer et faire un sujet de ma descente aux enfers ?

— Parce que tu crois que tu serais plus épargné en prison ? Tu crois que des petits malins n'en profiteraient pas pour vendre des photos ou des interviews aux plus offrants ? Réagis, Max, on te donne une nouvelle chance ! Honnêtement, je pense aussi que c'est la dernière.

D'un geste du bras, Damien désigna Claude.

— Mathilde est déjà partie, est-ce que tu veux faire fuir les dernières personnes qui tiennent à toi ?

— Je suis très entouré, assurai-je.

— Par qui ? Qui d'autre est ici ce matin ? rétorqua-t-il, furieux. Mathilde a laissé son fils à une amie, Claude a annulé son week-end en famille et je viens de rouler toute la nuit pour être ici dans les temps. Nous sommes là pour toi, Max. Mais on ne pourra pas t'aider si tu passes ton temps à nous repousser.

Je jetai un regard vers Claude. Comme d'habitude, il était indéchiffrable. Ce masque d'avocat m'empêchait de déceler la moindre colère.

— Je n'ai demandé à personne de venir.

— C'est vrai. Et pourtant, on est là. Alors, qu'est-ce que tu préfères ?

Un silence pesant s'installa. L'oppression que j'avais ressentie quelques minutes auparavant s'accentua. Le piège se refermait sur moi, je n'avais aucune porte de sortie.

— Soit tu viens avec moi, on fait un sac et, ce soir, tu es dans ta nouvelle chambre avec vue sur le parc de la ville... Soit tu préfères la jouer solo et on appelle le juge pour dénoncer cet accord.

— Et elle y gagne quoi, la fille qui m'héberge ?

— On la paye, répondit mon avocat. Suffisamment cher pour qu'elle ne soit pas tentée de vendre des images aux journalistes et pour qu'elle garde un œil sur toi.

— Oh. Génial. Une vieille peau va donc me faire regarder des jeux télévisés et m'initier au tricot, en buvant du schnaps. Et après, elle ira raconter ça à ses copines ?

Damien eut un bref sourire, avant de secouer la tête.

— Elle a signé un accord de confidentialité. Mais je lui dirai, ça lui fera sûrement très plaisir.

— Je ne veux pas retourner là-bas ! assénai-je dans un ultime sursaut de fierté.

— Peut-être que tu aurais dû y réfléchir hier soir...

— ... et toutes les fois d'avant, compléta mon avocat. Il faut que tu signes cet accord. Crois-moi, tu n'auras pas deux fois une chance pareille.

— Parce qu'il faudrait en plus que je te félicite, raillai-je.

— Je n'en demande pas tant, Maxime. Un simple « merci » pourrait me suffire.

Avec un soupir défait, je m'approchai de la table. Je

détestais me sentir acculé, détestais qu'on me prive de ma liberté de choisir. Je tenais à mon indépendance et à ma vie actuelle. J'avais la sensation désagréable de tout perdre et je n'étais pas certain de tout récupérer à l'issue de ces deux mois.

— Je t'assure, Max, que c'est la meilleure des solutions. Tu pourras t'éloigner de Paris, vivre une vie normale, renouer avec tes racines.

— J'avais justement tout fait pour m'échapper de là-bas, marmonnai-je en signant rageusement l'accord juridique.

— Tu en veux une copie ?

— Pour quoi faire ? M'endormir plus vite dans une ville où toute trace de vie disparaît après le journal télévisé ?

En secouant la tête, Claude glissa l'accord dans un dossier. Il se leva et tendit sa main vers moi pour me saluer. Je l'ignorai et lui lançai un regard mauvais.

— Je ne te retiens pas plus que Mathilde, tu sais.

Sa main retomba et il me sembla déceler une pointe de déception dans son regard. Je ne parvenais même pas à culpabiliser. Décevoir les gens qui m'entouraient était devenu une habitude pour moi. Ma mère, mon père… Mathilde et Claude ne représentaient que deux nouveaux noms – et certainement pas les derniers – qui venaient allonger la liste.

— Je sais. Mais je sais aussi que tu as besoin de personnes de confiance autour de toi. Je t'assure que d'ici à quelques semaines, tu comprendras que nous ne voulons que ton bien.

Il tendit la main vers Damien et le remercia avec chaleur.

— Appelez-moi s'il se passe quoi que ce soit.

— Sans problème, assura Damien.

Mon avocat quitta la pièce, me laissant seul avec un de mes plus vieux amis.

— Bien. Maintenant que le staff officiel est parti, tu peux m'expliquer ce que tu fais ici ?

— J'aide une amie à résoudre son problème d'argent. Et j'aide un autre ami à résoudre ses problèmes... tout court.

— Qui t'a appelé ?

— Ton père.

Je me tendis dans l'instant et passai une main sur mon visage. Je n'avais plus aucune relation avec mon père depuis des années et je ne comptais pas renouer le contact. Depuis la mort de ma mère, j'avais fait une croix sur la famille.

— Il m'a demandé de t'aider. Vu que nous sommes amis et que Sarah a vraiment besoin d'aide, j'ai proposé cette solution.

Il haussa les épaules, puis réprima un bâillement. Étant donné l'heure matinale, il avait dû rouler toute la nuit pour arriver si tôt à Paris. En signe de gratitude, je lui adressai un maigre sourire. Damien était du genre loyal et fiable, une force de la nature qui plaçait l'honneur et le sens du devoir au-dessus de tout. Je n'aurais pas dû être surpris de le voir ici.

— Allons chez toi, il faut que tu fasses un sac.

— Je n'ai même pas le droit à une journée de... transition ?

— Je n'ai pas le temps pour ta journée de transition. Nous autres, pauvres gens, devons travailler tous les jours.

Il désigna la porte d'un mouvement du menton. J'enfilai ma veste et retrouvai l'air frais des petits matins parisiens. Le soleil était à peine levé et j'aurais donné un sacré paquet de pognon pour un café. À la place, je montais dans l'utilitaire de Damien, repoussant des bons de livraison jaunis et deux bouteilles d'eau vides du siège passager.

— Pas eu le temps de faire le ménage, tu m'excuseras.

— Je survivrai, marmonnai-je.

J'étais encore sous le coup de ce qui m'attendait. Deux mois dans ma triste et morne province. Deux mois. Ce qui équivalait à presque une vie tout entière pour un acteur. Et sans Mathilde à mes côtés, je n'avais plus personne pour sauver mes fesses.

— Tu me guides ? Ou est-ce que tu vas ronchonner pendant tout le voyage ?

— Il doit y avoir une solution, soupirai-je.

— Oui. La prison.

— Retourner là-bas est pire que la prison.

— Sarah est une fille adorable. Je suis certain qu'une fois sur place tu ne voudras plus partir ! En revanche, il faut que tu arrêtes ça.

Ses yeux se portèrent sur mes mains abîmées par les coups. Ce n'était pas en retournant là-bas que j'allais me calmer. Au contraire, plus que jamais, je devrais évacuer cette rage et cette énergie.

— Ne m'en demande pas trop. Prends à gauche.

Le reste du trajet se passa en silence. En moins de dix minutes, je retrouvais mon appartement impeccable, propre et bien rangé. Damien se permit même un sifflement admiratif.

— La prochaine fois que je recherche un investisseur, je t'appelle. Si je cherche un décorateur aussi, d'ailleurs. Je ne savais pas que tu aimais la peinture.

— Je n'y connais rien. L'appartement était comme ça à mon arrivée, expliquai-je en sortant une valise du placard de l'entrée.

— Tu n'as rien changé ? Rien ajouté ?

— Rien.

Damien se dirigea vers la terrasse et tira les rideaux. La lumière du petit matin inonda agréablement le salon. D'un pas traînant, j'allai à ma chambre. Faire cette valise allait me coûter plus que ma nuit en cellule, ou notre conversation trop matinale au poste de police. Je cherchais toujours un moyen de m'en sortir.

Je jetai mes vêtements en vrac dans ma valise, puis me dirigeai vers la salle de bains. Là encore, tout était parfaitement immaculé. Je pris le strict nécessaire, persuadé que je ne passerais pas les deux prochains mois là-bas.

— Dis-moi, criai-je, j'ai le temps de prendre une douche ? Je me sens dégueulasse avec ces fringues !

— Fais vite !

Je me débarrassai de mes vêtements et n'attendis pas que le jet soit brûlant pour me glisser sous la douche. Cela n'apaisa pas ma colère. Au contraire, je me rejouais le film des derniers événements, en espérant comprendre quand ma chance m'avait subitement lâché.

— Prêt ? demanda Damien quand je revins dans le salon.

— Est-ce que j'ai le droit à un café, au moins ?

— Évidemment !

Pour un peu, j'aurais presque pu sourire. C'était la première fois depuis deux heures que j'obtenais enfin gain de cause. Je me dirigeais vers la cuisine, quand d'un geste de la main Damien m'arrêta. Il secoua la tête et tapota sa montre.

— Sur la route. On a cinq heures pour rentrer.

Chapitre 4

Après avoir constaté les dégâts – parquet inondé, mur détrempé et meubles ravagés –, j'avais contacté mon assureur. Ce dernier, absent, devait me rappeler. Dire que je frôlais la crise de panique aurait été un heureux euphémisme. Devant Anita, j'avais tenté de préserver ma dignité. Je n'avais pas versé une larme. J'avais grogné, insulté ma mauvaise étoile et maudit la tuyauterie moyenâgeuse de la librairie.

Anita m'avait aidée et nous avions fini toutes les deux à quatre pattes, serviettes à la main, à éponger toute cette eau qui menaçait les livres. J'avais tout de même réussi à sauver mon étagère de livres suspendus. Dès que mon amie était partie, j'avais fermé la librairie à double tour, avant de m'effondrer sur la minuscule partie sèche du canapé.

Devant le mur à la peinture beige en cloques, je finis par remiser ma fierté et je pleurais. Je pleurais pour la librairie, pour ma solitude, pour ma vie ici. Mes yeux embués naviguèrent sur la boutique. J'avais trop de livres. Trop pour cette ville moyenne, trop pour tous ces gens qui me considéraient comme une fille un peu loufoque. J'avais conscience d'être irrationnelle avec tous ces achats, mais c'était plus fort que moi. Être ici, entourée de romans et d'histoires, me rassurait.

Cette inondation m'avait ramenée à la réalité. J'étais déjà dans une situation financière très délicate. Ma trésorerie n'était pas franchement à l'équilibre, et je ne devais ma survie qu'à mon statut de propriétaire et au fait que Baptiste m'offrait mes repas. Même si l'assurance allait prendre en charge les réparations, il me faudrait sûrement avancer de l'argent. Argent que je n'avais pas. Je cachai mon visage entre mes mains et soupirai.

Au désespoir succéda l'inquiétude. J'avais toujours fait l'impossible pour conserver la librairie. Je multipliais les offres, proposais des activités, animais le spectacle annuel de théâtre. Je dépensais une énergie monstre, m'épuisant presque chaque dimanche, en décorant la vitrine d'un nouveau thème. J'avais fini par ajouter le bar à café et le coin lecture, espérant retenir les clients un peu plus longtemps.

Mais cela ne marchait plus. Plus personne ne venait flâner dans une librairie. Et encore moins de gens venaient me demander des conseils. J'avais toujours considéré la lecture comme une passion à partager. C'était d'ailleurs pour cette raison que j'avais créé le club de lecture. Assise sur le parquet qui gondolait déjà d'humidité, je me sentais maintenant plus seule que jamais.

Les yeux brûlants de larmes, je finis par me redresser. Pleurer m'avait soulagée, mais n'avait rien changé à la situation. Un début de migraine m'enserrait le crâne et je décidai de me reprendre. C'était un coup dur, certes, mais je pouvais m'en sortir. Je pouvais faire vivre cet endroit, je pouvais réussir à tenir cette librairie et attirer les foules.

Je pris une profonde inspiration et grimpai les quelques marches qui menaient à mon appartement à l'étage supérieur. Un coup d'œil dans le miroir de la salle de bains me confirma ce que je redoutais : j'avais le visage bouffi et les yeux rouges. Mon nez était irrité d'avoir été trop essuyé. Je passai de l'eau sur mon visage et brossai mes cheveux. Après avoir préparé du thé, je redescendis à la boutique. Je traversai devant la zone dévastée sans même la regarder.

C'était ma meilleure technique. En toute occasion, dès qu'une tuile m'arrivait ou si une situation potentiellement dangereuse se présentait, je faisais l'autruche. J'évitais. Je faisais comme si tout allait bien. J'étais le genre de fille qui, jouant à cache-cache plus jeune, se planquait derrière sa main, persuadée que personne ne la voyait. J'avais conscience que c'était puéril, mais cela m'évitait de gamberger et de sombrer dans la déprime.

Je rouvris la boutique, laissant la porte grande ouverte. La douceur estivale chassa mes derniers tourments. Je me risquai à sourire, pendant que j'arrangeais les tables et les chaises sur la terrasse.

— Salut !

Je me figeai en entendant la voix de mon voisin. Quelles étaient les chances que mon visage ait dégonflé suffisamment pour que je ne ressemble pas à un ballon de baudruche écarlate ?

— Salut, marmonnai-je en bougeant inutilement une chaise.

L'autruche, comme toujours. En temps normal, j'avais déjà du mal à affronter mon voisin. Cette fois, entre les traces de ma crise de larmes et l'inondation du coin lecture, j'étais à deux doigts de me cacher sous une table.

— Tout va bien ? demanda-t-il.

— Je… Oui.

— Anita m'a dit que tu avais un dégât des eaux…

Je me tournai finalement vers lui, presque soulagée de

ne pas avoir à jouer la comédie. Mon sourire s'élargit et mon humeur s'allégea en découvrant le bouquet de fleurs des champs qu'il tenait à la main.

— Ça n'aide pas à éponger, mais je me suis dit que ça ne ferait pas de mal.

— Merci, murmurai-je avec reconnaissance.

Je portai les fleurs à mon nez, finalement apaisée par leur parfum. En quelques secondes, je me sentais déjà mieux.

— Il ne fallait pas, dis-je en entrant dans la librairie.

— Anita m'a dit que c'était sérieux et que tu allais devoir fermer ?

— Disons que c'est une grosse inondation. Rien de méchant, mais cela va nécessiter quelques travaux. J'attends que l'assureur vienne chiffrer.

Je plaçai les fleurs dans un vase, pendant que Frédéric arpentait l'entrée de la boutique. Je fis une grimace, avant de balayer le sujet d'un geste de la main. Si je faisais l'autruche, ce n'était pas ensuite pour remuer le couteau dans la plaie avec le fleuriste.

— Vraiment, rien de dramatique.

J'approchai de Frédéric, qui slalomait entre les étagères basses. L'entrée de la boutique était la zone que je travaillais le plus. J'aimais que le lieu soit accueillant et qu'il fasse immédiatement sourire. J'avais multiplié les essais et les propositions, avant de me concentrer sur l'animation qui fonctionnait le mieux.

— À l'aveugle ? demanda Frédéric en désignant une étagère devant lui.

— Pour tous ceux qui arrivent ici et me disent « Je ne sais pas de quoi j'ai envie ». Ce que tu fais la plupart du temps…

Après une longue hésitation, Frédéric prit un des

livres emballés dans du papier cadeau. Chaque semaine, je choisissais cinq titres – des nouveautés comme des anciens –, je les recouvrais et j'ajoutais une carte avec seulement quelques mots sur l'œuvre. La curiosité et la surprise parmi mes clients faisaient le reste.

— Et puis, quand ils l'offrent, ça leur donne une parfaite excuse en cas d'erreur. Ils n'ont que le hasard et moi à blâmer.

— Évitons d'offrir un thriller médical à une infirmière…

— Ou de la littérature érotique à une nonne, m'esclaffai-je. C'est déjà arrivé, continuai-je en découvrant l'air éberlué de mon voisin.

— Vraiment ?

— Elle est revenue le changer ensuite. Elle a pris un livre de voyages. Beaucoup plus… sage pour elle.

Il rit avec moi et ouvrit la petite carte attachée au livre, qui contenait les mots-clés. Il haussa un sourcil, puis reprit :

— Bien. Donc, si ça se trouve « une rencontre inattendue », « un parfum d'Italie » et « la famille, ça craint », est… un huis clos étouffant autour d'un barbecue familial qui tourne mal ? Ou peut-être un livre de recettes de cuisine intergénérationnelle ?

— C'est *Roméo et Juliette*, répondis-je en riant.

— Dommage. Le livre de cuisine aurait été plus utile, notamment pour notre déjeuner.

Un silence embarrassant s'installa. Je me contentais de sourire, faisant comme si ma tension ne crevait pas le plafond. Mon cœur bondissait dans ma poitrine et je frottai mes mains moites l'une contre l'autre. J'étais nerveuse… non pas à cause du déjeuner, mais à cause de moi. Je ne savais pas interagir avec les hommes.

La plupart du temps, je gloussais lamentablement ou balançais une énormité.

Je ne savais pas faire ça, je ne savais pas séduire en subtilité. Je ne savais pas séduire tout court. Le moindre rapprochement me faisait paniquer. Je craignais de mal interpréter les gestes, de bafouiller et de m'enfoncer dans les profondeurs de l'humiliation.

Frédéric dut interpréter mon silence comme une vague de doutes, car il reprit :

— Ça te va si on déjeune ensemble ?

— Euh... Oui, bien sûr...

— Je me suis dit que vu que tu déjeunais quasiment tous les jours toute seule, un peu de compagnie te ferait plaisir.

— Ah oui. Bien sûr ! Enfin, faisons simple, hein ! Un sandwich ira très bien !

Anita m'aurait frappée de ruiner ainsi le moment. Un homme m'invitait enfin à partager son repas, et je lui proposais des sandwichs. J'aurais dû me bâillonner, puis filer au rayon « développement personnel » pour tenter de trouver un guide pratique sur les relations hommes-femmes.

— Je visais quand même un peu mieux.

— D'accord. Mais, vraiment, ne t'embête pas, je...

— Sarah, ça me ferait très plaisir de t'emmener au restaurant, me coupa-t-il d'une voix douce. J'aimerais bien passer du temps avec toi.

— Ce n'est pas ce qu'on fait déjà ?

À l'instant où je répondis, je me sermonnai. Frédéric allait finir par croire que je n'avais pas du tout envie de ce déjeuner. Alors que c'était tout l'inverse. J'en avais tellement envie que ça me collait la frousse et que ça me rendait nerveuse et sur la défensive. Et, fatalement, je laissais échapper tout un tas d'âneries.

— Je voulais dire, de manière plus... intime.

Une bouffée de chaleur m'étreignit, et ma gorge se serra. Cet homme ne faisait que me parler et j'étais déjà au bord de l'évanouissement ; un déjeuner signerait mon arrêt de mort. Un nouveau silence se glissa entre nous. Je fixai les livres « à l'aveugle » sans vraiment les regarder. La seule chose qui me rassurait, c'était de jeter un coup d'œil à mon voisin. Il avait l'air aussi mal à l'aise que moi, bras le long du corps.

— Et la pièce ? demanda-t-il.

— La pièce ? Ah... Tu es au courant de ça ?

— Anita est une sacrée pipelette. Elle dévoilerait les codes de l'arme nucléaire au premier venu. Elle m'a dit que chaque année, à la fin de l'été, vous présentiez une pièce. Vous avez déjà commencé à répéter ?

— Pas vraiment. Le club de lecture n'a pas encore tranché parmi les textes proposés.

— Une préférence ? Il y a un rôle que tu aimerais tenir ?

— Jamais de la vie ! Je me contente de diriger les volontaires et de leur crier dessus de temps à autre en bon metteur en scène capricieux.

— Plutôt en retrait alors ?

— C'est pas trop mon genre d'être... sous les feux des projecteurs. Je préfère rester dans les coulisses.

Frédéric me fixa avec curiosité. Ses yeux pétillants de malice s'assombrirent légèrement et je retins mon souffle en sentant son pouce effleurer ma joue pour me repousser une mèche de cheveux rebelle.

— Honnêtement, je trouve ça plutôt dommage.

Sa voix était douce comme de la soie. Cela dura une demi-seconde, mais il me sembla que le temps s'arrêta.

Tout comme mon cœur. J'avais déjà eu de nombreuses conversations avec Frédéric : nous parlions de nos métiers respectifs, de la météo, de nos clients, de la vie du quartier... mais jamais, nous avions eu un contact aussi intime.

Une nouvelle vague de chaleur me submergea, pendant que mon voisin plongeait son regard azur dans le mien. Mon cœur s'emballa de panique et je reculai, prête à me cacher derrière mon comptoir.

— Tu le prends ? demandai-je en désignant le livre entre ses mains.

Il eut un temps d'arrêt, toujours sous le choc du changement d'ambiance. Je plaquai un sourire commercial sur mon visage et dégainai un sac en papier de sous le comptoir.

— Je te l'offre ! proposai-je, un peu trop enthousiaste.

Mettre de la distance entre lui et moi devenait une priorité. Je n'étais pas capable de gérer la situation. C'était un vrai paradoxe : Frédéric me plaisait – et j'avais l'air de lui plaire moi aussi –, mais la perspective d'un rapprochement m'effrayait. J'étais une novice concernant les relations avec les hommes.

Pour moi, c'était un peu comme le vide. Je savais que ça existait, cela me fascinait, mais dès que j'en approchais un peu trop, le vertige me faisait perdre tous mes moyens et je trouvais tous les prétextes du monde pour prendre la fuite.

— Je veux le payer, Sarah.

— Non, je t'assure. Ça me fait plaisir !

— Est-ce que cette pièce a des chances d'être choisie ?

Le changement brutal de conversation me déstabilisa. Je mis un instant à comprendre : le livre, la pièce,

Frédéric, l'inondation. Cette journée était épuisante. Je regrettais presque d'avoir réouvert.

— Parce que si tu fais Juliette, je peux m'arranger pour apprendre le rôle de Roméo d'ici deux jours, plaisanta-t-il.

J'étais persuadée que mon cœur allait finir par lâcher à cause de cet ascenseur émotionnel. J'avais réussi à calmer ma panique, et elle revenait maintenant au triple galop, prête à piétiner ce qui restait de ma fierté. Je m'éclaircis la gorge et tentai de ne pas chevroter.

— Je te l'ai dit, je préfère être loin de la scène. Et, de toute façon, cette pièce n'était pas dans la sélection.

Je tendis la main vers lui, l'invitant silencieusement à me donner le livre. Le glisser dans le sac puis lui tendre le tout devrait suffire à le faire partir.

— J'ai hâte de voir ça en tout cas ! dit-il en me donnant finalement son livre.

Il s'approcha du comptoir et je déposai son sac dessus. Je fourrai mes mains dans mes poches et parvins à respirer normalement. Je me demandais vaguement si mes réactions irrationnelles avec lui étaient ma faute… ou la sienne. Était-ce normal d'être perturbée à ce point ? D'être davantage paniquée qu'excitée ? D'alterner crises de tachycardie aiguës avec bouffées de chaleur désagréables ? Mon expérience était si limitée que j'étais incapable de comprendre mon propre corps.

— On se voit pour notre déjeuner ?

— Avec plaisir, chantonnai-je.

Avec un dernier sourire, il s'éclipsa. L'instant suivant, je m'effondrai derrière mon comptoir, épuisée de mon comportement.

J'étais un désastre ambulant.

Je gémis de frustration, maudissant ma capacité à ruiner une relation… même pas commencée. Après quelques minutes de lamentation et d'autoflagellation, je repris le travail, rédigeant deux recommandations et listant des prochains thèmes possibles pour la vitrine.

En fin de journée, mon assureur – un homme grand et sec – se présenta à la librairie. À son air pincé, je compris immédiatement qu'il ne ferait rien pour me faciliter la vie. Avec lui, faire l'autruche ne me servirait à rien. De toute façon, je me souvenais parfaitement de sa dernière visite : un sens de la diplomatie inexistant, une empathie portée disparue et une indulgence plutôt limitée. Je n'avais aucune chance.

— Alors, que se passe-t-il ? demanda-t-il en nettoyant avec sa cravate les verres de ses lunettes.

Je passai devant lui et le guidai jusqu'au coin lecture. En silence, il tira un dossier de sa sacoche et prit quelques notes. Son costume vert kaki était trop large et il semblait flotter dedans. Une odeur d'antimites rehaussée de tabac froid me fit plisser le nez. J'avais déjà hâte qu'il parte.

— Racontez-moi, m'encouragea-t-il.

— Il y a trois rangées de canalisation qui passent derrière ce mur.

— Qui datent de la construction du bâtiment, j'imagine ?

Son regard condescendant balaya l'espace autour de lui. J'eus envie de me recroqueviller dans un coin. Je n'avais jamais eu honte de la librairie, ni de mon appartement. Mais la façon dont il observait son environnement me faisait penser à du mépris teinté d'incompréhension. Je croisai les bras sur ma poitrine pour me redonner confiance.

Qu'il fasse son métier, certes ; qu'il rabaisse tout ce que j'avais construit ici, c'était hors de question.

— En effet. Je présume que l'une des canalisations a lâché.

— Et a donc inondé une partie de votre magasin. Et où en est la fuite ?

— J'ai coupé l'eau sur cette partie.

— Bien.

Il jeta à nouveau quelques notes dans son dossier, puis poussa les meubles que j'avais dégagés dans un coin. Un long silence pesant s'installa, pendant lequel il posa son regard partout, façon grande inquisition.

— Et c'était déjà arrivé avant ?

— Il y a deux ans.

Il fronça les sourcils, visiblement contrarié. Je me justifiai au plus vite :

— Des travaux dans la rue avaient déclenché la fuite ; trop de vibrations. Ma cuisine à l'étage avait été inondée. Les dégâts avaient été très limités.

— Et depuis vous n'avez fait aucuns travaux pour… consolider votre installation ? On voit bien que c'est en mauvais état. Ça mériterait une rénovation complète.

— Certainement. Mais le coût de cette rénovation est trop… élevé. Impossible pour moi de financer des travaux si importants.

— Mais vous comprenez que notre compagnie ne pourra pas couvrir les dégâts systématiquement ?

Je le fixai longuement, assimilant l'information. Après deux inondations, l'assurance pouvait effectivement me claquer la porte au nez et résilier mon contrat. Cette expertise ne tournait pas comme je l'avais imaginée. Comme s'il lisait dans mes pensées, l'assureur reprit :

— Pour le renouvellement de votre contrat, nous

devrons forcément revoir les lieux au préalable. Si les travaux ne sont pas faits…

Il ne termina pas sa phrase et sa menace resta en suspens, ennuageant mon avenir de la pire des façons. Je masquai mon inquiétude et repris l'examen des dégâts.

— Donc, il y a le mur, le sol. Quelques livres ont été touchés. Les meubles aussi, évidemment.

Il nota mes remarques religieusement, pendant que je mordillais nerveusement l'ongle de mon pouce. Cet homme, à l'odeur douteuse et au costume hideux, avait mon destin entre ses mains.

— Bien. Mademoiselle Lacoste, voilà ce que je vous propose : je vais proposer à ma compagnie de couvrir les frais pour les dégâts consécutifs à la fuite. Pour la fuite en elle-même, vous devrez faire les travaux.

— Et les payer ?

— Je vous encourage à vous renseigner auprès des organismes compétents. Votre mairie, les associations au logement… Tout un tas d'organismes peuvent vous aider à financer ces travaux. De mon côté, je vais consulter le département social de la compagnie. On trouvera certainement une solution.

— Sauf que je n'ai pas six mois devant moi, m'écriai-je. Je n'ai pas d'argent à mettre dans la plomberie !

— Alors peut-être devriez-vous vous interroger sur l'intérêt de conserver cette boutique ?

Son ton me gela sur place. Il referma son bloc, glissa son stylo dans la poche de son costume et m'adressa un signe de tête en guise d'au revoir. Je serrai les poings et parvins, avec difficulté, à retenir le flot d'insultes et de hurlements qui se bousculait à mes lèvres. Ce n'était pas mon avenir qui était désormais en cause, c'était la fin même de cette journée.

— On vous enverra un chèque pour les travaux. Pour le reste, vous savez ce qu'il vous reste à faire.

— Je ne vous raccompagne pas, lançai-je, furieuse.

Il quitta ma boutique dans l'instant et je refermai la porte derrière lui. En deux phrases et dix minutes d'expertise, cet homme venait de briser tout ce que j'avais construit ici : la librairie, le club de lecture, mon appartement, mes souvenirs d'enfance.

Je retournai près du coin lecture. Évidemment, je pouvais toujours conserver la librairie ouverte pendant les travaux… mais ce n'était qu'un sursis. Sans assurance, je ne pouvais pas rester ici. La banque finirait par me demander des comptes, et mes facilités de trésorerie ne me seraient plus accordées.

J'étais coincée et je n'avais pas l'ombre d'une solution.

Je m'effondrai en larmes sur le canapé ; de toute façon, il était fichu avec son tissu détrempé qui sentait déjà le rance. Après une bonne heure de sanglots, je finis par me redresser. J'avais échafaudé des plans aussi loufoques qu'improbables allant de l'escroquerie pure et simple à la prostitution.

Mon incapacité à mentir me fit abandonner le premier plan.

La perspective d'avoir mon assureur comme client me fit oublier le dernier.

Je pouvais aussi tout brader, en espérant engranger suffisamment d'argent pour faire les réparations et repartir du bon pied. La situation était désespérée mais je pouvais encore m'en sortir la tête haute. Après tout, quitte à tout perdre, autant choisir son moment.

Tout vendre. Y compris la librairie. Cela me brisait le cœur en milliers de morceaux, mais je n'avais plus d'autres solutions. Les livres, les meubles, les étagères, les tasses à café. Tout. Et ensuite, retrouver un travail et oublier ce désastre. C'était mon meilleur plan. Celui qui me laissait sans rien, mais qui sauvait ma fierté.

Rassurée d'avoir pris une décision, je montai à mon appartement. Je vérifiai l'état de mon visage. Il était marqué d'avoir trop pleuré aujourd'hui. J'optai pour un bon bain, essayant d'oublier que cet endroit ne serait bientôt plus à moi.

Une heure plus tard, j'allais chez Baptiste pour le dîner. Les cheveux encore humides, je réprimais un frisson en sentait l'air frais de fin de journée caresser mes joues. En entrant dans le restaurant, une odeur de viande rôtie parfumée aux herbes de Provence me fit sourire. J'avais besoin de réconfort et un plat roboratif ferait parfaitement l'affaire.

— Je m'installe au fond, prévins-je Baptiste en slalomant entre les tables.

— Je t'apporte un verre de vin !

— Prends plutôt la bouteille.

Le plat roboratif me ferait du bien, l'alcool me ferait oublier cette journée et je finirais dans mon lit pauvre et ivre. Baptiste rejoignit ma table, la fameuse bouteille à la main. Tout en procédant au cérémonial du tire-bouchon, il expliqua :

— Rouge 2012, un fantastique bordeaux. Ce soir, souris d'agneau confite au romarin, avec sa purée de pommes de terre. Je peux te faire une salade, si tu préfères.

— Gigot, purée. Parfait. Double, la ration de purée !

Il s'arrêta net et fronça les sourcils. J'étais plutôt adepte des légumes verts et de la salade ; Baptiste pouvait certainement compter sur les doigts d'une seule main les repas où je m'étais autorisé ses fameuses tagliatelles à la truffe, spécialité de sa femme.

Je tendis mon verre, l'encourageant à poursuivre son geste. Je ne voulais pas qu'on me pose de questions, encore moins qu'on tente de me faire changer d'avis sur ma décision. Juste du silence, du gigot, de la purée... Et ce vin délicieux que je goûtais du bout des lèvres. Baptiste m'observait en silence.

— Je n'aime pas bien ça ! Si tu as un problème, on peut en parler, si tu veux.

— On peut oui... Mais ça ne suffira pas !

Un nouveau froncement de sourcils barra son visage. Il ouvrit la bouche, prêt à me reposer une question, mais fut interrompu par un client qui l'interpellait. Il ronchonna dans sa barbe et me servit un verre.

— On reprendra cette conversation plus tard, me prévint-il.

— Rapporte du cognac, alors !

Cette fois, il était carrément furieux. Baptiste avait cette tendance adorable à protéger les siens – sa femme, sa famille, ses proches – et il pouvait se révéler particulièrement coriace et belliqueux quand on attaquait les gens qu'il aimait. Aussi, j'imaginais que mes réactions inhabituelles devaient l'inquiéter et qu'il était sûrement en train de monter tout un tas de scénarios pour les expliquer.

À son retour à ma table, il me déposa mon assiette en silence. Il finirait sûrement par me poser de nouvelles questions au moment du dessert.

— Salut.

Je cessai de jouer avec ma viande et relevai les yeux vers Damien. En voyant ma tête, il fronça les sourcils et, sans demander la permission, saisit la chaise libre à la table à côté. Il s'installa face à moi, un air inquiet sur le visage.

— La dernière fois que je t'ai vue dans cet état, ta série préférée venait d'être annulée et un de tes fournisseurs avait osé balancer un carton de livres sans ménagement sur ta terrasse.

Je frissonnai rien qu'au souvenir. Le carton avait immédiatement cédé et des livres avaient fini dans la rigole des égouts. Les deux tiers de ma commande avaient été détruits et j'avais ronchonné pendant deux jours en souhaitant que le livreur subisse les dix plaies d'Égypte.

En silence, je me resservis un verre de vin. Un sourire flotta sur les lèvres de Damien et, d'un geste de la main, il demanda à Baptiste de lui apporter de quoi m'accompagner. Il fit tourner la bouteille vers lui, hochant la tête d'appréciation en découvrant la provenance de ce fabuleux vin rouge aux pouvoirs amnésiants.

— Tu connais ?

— Un ami à moi.

— Il est excellent, le complimentai-je en levant mon verre vers lui.

— Il est fait avec amour, s'exclama-t-il en riant. Le travail de la vigne n'est que ça !

— Voilà qui nous fait un point commun. Enfin, pour le moment !

Je portai le verre à mes lèvres et entrepris de le vider d'un trait. Damien m'arrêta dans l'instant, se saisissant de mon verre, tout en secouant la tête. Je râlai mais ne me rebellai pas. Je n'avais plus aucune force. Mon corps me donnait la sensation d'être en pâte à modeler et mon esprit s'était considérablement allégé.

— Et il est fait pour être dégusté, reprit-il.

— C'est ce que je fais ! protestai-je d'une voix pâteuse. Je le déguste !

— Tu le siffles ! Si tu te sens vraiment mal, contente-toi de cocktails et garde ce vin pour une grande occasion !

Il éloigna le verre de mes mains avides, puis posa ses coudes sur la table. Baptiste lui apporta un couvert complet et il commanda une salade. Je me concentrai désormais sur le déchiquetage minutieux de mon agneau. J'avais le ventre bien trop noué pour manger. Le vin avait au moins eu le mérite de me faire oublier cette journée désastreuse.

— Si tu me racontais ce qu'il se passe, proposa Damien. Tu as l'air au bout du rouleau !

— Je ne sais pas par où commencer.

— Je dirais bien « par le début », mais je crains de ne pas être très original !

Pour m'encourager, il posa sa main sur la mienne et la tapota avec douceur. Avec la librairie, j'avais réussi à nouer de nombreuses relations. J'avais des amis, des proches sur qui je pouvais me reposer. La grande majorité avait l'âge d'être mes parents. Damien était l'une des rares exceptions. À peine âgé de trois ans de plus que moi, il gérait la vigne dont il avait hérité avec un professionnalisme et une persévérance que j'admirais. Il avait parfois subi les pires aléas climatiques et des déconvenues importantes avec des clients mais avait tenu bon, sans se laisser aller à la déprime.

Devant lui ce soir, avec mes quelques verres de vin ingurgités et mon allure de grande dépressive, je me sentais un peu minable. À ses yeux, j'allais passer pour une diva incomprise et capricieuse.

— Je vais vendre la librairie.

C'était à la fois le début et la fin de mon histoire.

Sauf que le dire à quelqu'un rendait la situation réelle et irrévocable, comme si cela entérinait ma décision. Damien me dévisagea, confus.

— Je voulais vraiment le début, en fait, dit-il avec calme.

— L'assurance menace de ne plus couvrir la librairie. Tout y est trop vétuste.

— Fais des travaux !

— Oh ! merci, je n'y avais pas pensé, ironisai-je dans une grimace.

Je repris une gorgée de mon verre de vin et ma colère s'estompa aussitôt. Damien n'y était pour rien.

— Je n'ai rien, Damien. Pas un rond. Rien. Nada. Zéro. La banque accepte de fermer les yeux sur mon découvert, mais jamais ils n'accepteront de financer un prêt. La plomberie fuit et doit être entièrement restaurée, le toit mériterait un bon démoussage. Je n'ai même pas de quoi changer les deux ampoules qui ont grillé la semaine dernière.

— Personne ici n'acceptera que tu vendes.

— Personne ici ne m'aide, constatai-je, un peu amère.

— Tu es ivre et irrationnelle. Tu ne peux pas vendre la librairie. Tu es le cœur de cette ville. Tout le monde t'apprécie !

— Je ne le fais pas de gaité de cœur, Damien. J'ai retourné la situation dans tous les sens : je ne vois aucune autre solution. Tu en vois une ?

— Fais les travaux toi-même !

— Avec qui ? Je suis toute seule, Damien. Je ne sais pas faire ce genre de chose... Je... Je ne sais pas faire ce genre de chose, répétai-je en étouffant un sanglot.

Son silence me confirma ce que je redoutais. Il n'y avait pas d'autre solution. Cela me brisait le cœur de l'admettre.

Je ravalai mes larmes et me réfugiai dans mon verre de vin. Du coin de l'œil, je vis Damien interpeller Baptiste.

— Apporte-nous une autre bouteille, commanda-t-il.

Ivre, j'étais incroyablement enjouée et prête à m'endormir partout. Une fois dans mon lit, je plongeai ma tête dans l'oreiller moelleux avec un gémissement ravi. Ici, au moins, il ne pouvait rien m'arriver.

Ce fut la sonnette de la librairie qui me tira de mon sommeil quelques heures plus tard. Je grimaçai, me servant de mon oreiller pour me boucher les oreilles. Ma tête bourdonnait et pesait deux tonnes. Ce vacarme ne faisait rien pour apaiser ma migraine à venir. Je maudis les gamins du quartier et tirai la couette sur moi.

Mais la sonnette retentit de nouveau. Un long sifflement strident et insupportable. Évidemment, un de ces gamins avait trouvé le moyen de coller un morceau d'adhésif pour la bloquer. Enroulée dans ma couette, les cheveux hirsutes, assommée par une gueule de bois d'enfer et passablement énervée par mon manque de sommeil, je dévalai les marches jusqu'à la porte.

Je la déverrouillai et manquai presque de l'arracher de ses gonds. À ma grande surprise, je trouvais Damien, essoufflé et les yeux cernés.

— Quoi ? aboyai-je.

— J'ai trouvé une solution, haleta-t-il.

— Pour ?

— Pour que tu gardes la librairie. J'ai l'argent.

Il se courba, à bout de souffle, les mains sur ses genoux. Je resserrai la couette autour de moi, jetant un œil rapide aux alentours. Il n'était pas impossible qu'il s'agisse d'une blague.

— Bon, Damien, il ne fait même pas encore jour, j'ai trop bu et j'ai besoin de dormir ! râlai-je en refermant la porte sur lui.

D'une main ferme, il la repoussa et m'adressa un regard noir tout en se redressant. Je reculai d'un pas, pour éviter une rencontre désagréable entre la porte et mon visage.

— Pas le temps d'attendre. Il faut qu'on en parle maintenant.

Il entra d'un pas déterminé dans la librairie et se dirigea vers la machine à café. Après avoir fermé la porte derrière lui, je le suivis et grimpai sur mon tabouret de caisse, les yeux encore à moitié fermés. Damien me présenta une tasse fumante de café, puis s'installa face à moi.

— J'ai une solution, reprit-il. Et tu vas pouvoir garder ta librairie.

— Tu as rencontré le diable et je vais devoir lui vendre mon âme ?

Un sourire se dessina sur ses lèvres et il secoua la tête. Je bus une gorgée de mon café. À défaut de me réveiller complètement, l'amertume eut au moins le mérite d'estomper la sensation de bouche cartonnée. Je frissonnai et me frottai les yeux. Je n'étais pas un oiseau de nuit, préférant les lueurs du petit matin pour réfléchir.

— Presque, dit-il dans un rire. Est-ce que le nom Maxime Maréchal te dit quelque chose ?

— Comme l'acteur ?

— L'acteur, oui.

Sous le coup de la surprise, ma gorgée de café prit le mauvais chemin. Une quinte de toux me secoua et des larmes de douleur me montèrent aux yeux. Damien attendit calmement que je retrouve mes esprits avant de reprendre. Je ne voyais toujours pas le lien entre la librairie et Maxime Maréchal.

— Il a quelques petits problèmes avec la justice.

— Ce n'est pas nouveau, si ? Ce n'est pas lui qui a fracassé le crâne d'un journaliste ?

— Si, soupira-t-il. Il est... Actuellement, il est en cellule de dégrisement. On essaye de trouver une solution pour lui éviter la prison.

— On ?

— Son agent, son avocat et moi. Maxime et moi avons été amis d'enfance. Il a toujours été... impulsif. Mais cette fois, il risque gros. Sa carrière peut se terminer s'il va en prison.

— Quel rapport avec moi ?

Je ne comprenais toujours pas. Mes mains se refermèrent sur ma tasse brûlante, pendant que Damien capturait mon regard dans le sien ; la fatigue le disputait à l'inquiétude. Il prit une profonde inspiration, comme s'il allait se jeter dans une piscine, puis se lança :

— On peut lui proposer des travaux d'intérêt général. Il effectuera sa peine, mais loin d'une prison. J'ai pensé... J'ai pensé qu'il pourrait la faire ici.

— Ici ? À Chateaurenard ?

— Ici, chez toi.

En une seconde, ma gueule de bois disparut. La brume qui empêchait mon cerveau de fonctionner correctement se dissipa. Maxime Maréchal. Chez moi. Je songeai furtivement à mon allusion au diable. Maxime était presque le diable. Chien fou du cinéma, coureur de jupons, instable, impulsif, violent. Je n'avais aucune envie de recevoir ce type dans ma librairie. Désespérée peut-être, mais pas folle à lier.

— Dans la librairie, donc ? Et pour faire quoi ?

— Eh bien, pour t'aider. Tu disais hier soir que tu n'avais personne, que tu avais besoin d'un coup de main ! Maxime pourrait t'aider ici et faire quelques travaux.

Je le fixai, incrédule. Après tout ce que j'avais vécu la veille, cette proposition était surréaliste. C'était une star de cinéma qui allait faire mes travaux, scénario qui prenait directement la première place dans ma liste des plans loufoques pour m'en sortir.

— Damien, c'est délirant ! Ce type est fou furieux ! Comment je vais pouvoir le canaliser ? Et qu'est-ce que je vais faire de lui ? Et s'il devient violent avec moi ?

— Par l'argent. Il va payer pour être ici et ça financera tes travaux de rénovation. À la moindre erreur, il ira en prison. Crois-moi, il ne veut vraiment pas y aller. Sa carrière est tout ce qui compte. Tu es en position de force.

— Tu plaisantes ? Est-ce qu'il s'y connaît au moins en plomberie ?

— Franchement, je ne sais pas. Mais on se débrouillera. Ce qui compte, c'est que sa seule présence fera bondir la fréquentation de ta boutique.

— Et les journalistes ? Et les photographes ? Je ne tiens pas à être épiée en permanence. Et qui l'héberge ?

Damien frotta sa nuque de sa main, visiblement embarrassé. Quand il releva les yeux vers moi, je compris que le piège était bien plus vicieux que ce que j'avais imaginé.

— Non, répondis-je aussitôt en comprenant.

— On n'a pas vraiment le choix. Le bracelet électronique limitera ses mouvements. Et vu que tu as une chambre libre…

Damien prit ma main dans la sienne et son ton se radoucit.

— Écoute, Sarah, c'est un ami. Un vieil ami. Il a tout un tas de problèmes et, si on le laisse là-bas, ça finira vraiment mal pour lui. De ton côté, tu as besoin d'argent. Tu penses vraiment qu'on va te laisser vendre la librairie sans rien dire ? Tu crois que ça ne fera rien à cette ville ? C'est un arrangement qui vous convient à tous les deux. Et puis, c'est provisoire !

— Damien, je ne sais pas...

— Essayons, d'accord ? De toute façon, au moindre problème, il retourne à Paris purger sa peine.

Je regrettais maintenant d'avoir trop bu pendant mon dîner. Je n'avais pas l'esprit assez clair pour prendre une décision. Me demander de vivre avec un inconnu ici et maintenant revenait à me proposer de me jeter dans le vide. D'un autre côté, sauver la librairie était un argument tout à fait valable.

— Combien de temps ? demandai-je, toujours perplexe.

— Deux mois. Ça passera vite ! Et je serai là pour canaliser Maxime.

Damien jeta un coup d'œil à sa montre, trahissant ainsi son anxiété. Je pris un instant pour réfléchir aux implications d'un tel accord. Contrairement à d'autres femmes, j'aimais ma solitude, j'aimais le silence et j'aimais pouvoir me balader en peignoir sans crainte d'yeux indiscrets. Mais, en tout état de cause, si je ne trouvais pas de quoi financer les travaux, même mon peignoir finirait par être vendu.

— Et pour l'argent ?

— La moitié dès demain, le reste à la fin.

Il se pencha vers moi et, à voix basse, ajouta :

— Je te parle d'une somme suffisamment importante pour couvrir tes travaux de rénovation et t'offrir un voyage très luxueux au bout du monde. Sarah, je t'en prie, il faut que tu acceptes.

— Pourquoi veux-tu absolument sauver ce mec odieux ?

Il prit ma tasse de café d'entre mes mains et répondit finalement :

— Il n'est pas odieux, juste perdu.

Chapitre 5

— Tu t'arrêtes ?

— Dernière aire de repos avant d'arriver à Chateaurenard, m'expliqua Damien. Je t'offre dix minutes de sursis.

Il gara la voiture sur le parking de l'aire de repos et sortit un paquet de cigarettes de sa poche.

— Je m'en cogne, marmonnai-je. Et puis, je croyais qu'on était en retard ?

— Cinq heures de route et, quand enfin tu me parles, c'est pour râler ?

— Va te faire foutre, Damien.

— Très bonne idée. Mais avant ça, je vais aller prendre un café, parce que je viens de me farcir presque douze heures de route et une nuit blanche pour sauver ton cul.

— Je ne t'avais rien demandé ! J'ai l'habitude de gérer ma vie.

J'étais toujours en colère contre lui. Ces cinq heures de route, dans son utilitaire crasseux, m'avaient rappelé tout ce que j'avais fui. Je voulais vivre une vie d'exception, pas me traîner dans la campagne, avec des tapis de sol sales et une odeur de foin dans l'habitacle. Je voulais que la foule m'admire. Pour l'instant, c'était l'humiliation qui me guettait. Revenir ici, c'était admettre que j'avais foiré.

— Et on voit où ça t'a mené !

— Tu vas le prendre ton café ? criai-je en tapant du pied contre le tableau de bord.

— Tu peux t'énerver sur moi autant que tu veux, mais c'est toi le seul responsable !

Je le fusillai du regard, avant d'arracher la poignée de la porte pour sortir. Damien me suivit et contourna la voiture pour me faire face. C'était la première fois depuis mon départ de chez mes parents que quelqu'un osait me regarder dans les yeux avec la ferme intention de me tenir tête.

— Admets-le ! cria-t-il. Admets que tu es le seul responsable !

— Ce petit con n'aurait pas dû porter plainte. C'est lui le fautif !

Pour libérer ma colère, je frappai du poing sur le capot de la voiture. Le bruit de tôle sembla se répercuter dans tout le parking et quelques regards curieux se tournèrent vers nous.

— Tu as failli le tuer !

Agacé, je repoussai Damien en enfonçant mon poing contre son épaule. Sa proximité me dérangeait, me donnait la sensation de ne plus pouvoir respirer. Il encaissa le choc, avant de revenir vers moi, son torse collé au mien. Même si j'étais plus grand que lui, je savais que Damien pouvait m'envoyer au tapis en un instant. Son seul regard suffit à retenir mes poings.

— Si tu veux frapper quelqu'un, attaque-toi à quelqu'un de ton niveau, murmura-t-il, les mâchoires serrées.

— Ne me tente pas.

— Tu as merdé, Maxime, martela mon ami en enfonçant son index dans mon torse. C'est aussi simple que ça ! Et il vaudrait mieux pour toi que tu le comprennes rapidement.

Je pris une profonde inspiration et repoussai une nouvelle vague de rage. Dans le fond, je savais que Damien avait raison. Mais pour moi, ce retour dans le passé me faisait l'effet d'une gifle, d'une gifle bien plus forte que n'importe quel coup de poing.

— Maintenant, on va aller prendre ce café, lâcha-t-il.

— Ça fait deux heures que tu râles parce qu'il y a des bouchons et que tu es fatigué. Tu ne veux pas qu'on y aille maintenant ?

— Mets tes lunettes et cesse de ronchonner ! Je vais t'offrir un café.

— Merveilleux, tu es si bon avec moi, raillai-je.

— Ne me fais pas regretter d'avoir sauvé tes fesses !

Nous nous dirigeâmes vers la cafétéria. À cette période de l'année, il y avait déjà des vacanciers qui rejoignaient leur lieu de villégiature pour l'été. J'avais tout fait pour quitter cette région, je ne comprenais pas qu'on puisse y venir en vacances. Il n'y avait rien ici, si ce n'est des vignes et quelques églises à visiter. C'était triste et morne, sans aucun intérêt.

Damien m'offrit un café infâme à quarante centimes. Nous nous installâmes à l'écart, autour d'une table haute mal nettoyée. Je croisai quelques regards insistants. Malgré mes lunettes et à cause des titres dans les journaux, on me reconnaissait facilement.

Mon enfer avait commencé dès que j'étais monté dans la voiture de Damien. Des photographes faisaient déjà le pied de grue devant chez moi. En me voyant partir avec une valise, une ribambelle d'hypothèses avait dû fleurir dans les rédactions. D'ici à quelques jours, tout le pays serait au courant.

— À notre arrivée, il faudra passer par le commissariat pour ton bracelet électronique. Tu pourras sortir deux fois par jour, pendant une heure. Ensuite, nous rejoindrons la librairie où nous attend Sarah.

— Comment est cette fille au juste ?

— Comment ça ?

— La dernière fois que j'ai vu une libraire, elle avait l'âge de ma mère et des lunettes double foyer, répondis-je.

— Sarah a ton âge et elle est vraiment sympa.

— Vraiment ? demandai-je, ravi de trouver enfin un intérêt à cette histoire.

— Vraiment. Et je t'interdis de la toucher. Elle n'est pas une de ces filles que tu peux sauter dans un bar de nuit.

— Donc, je suis assigné à résidence et interdit de sexe ?

— Avec elle, oui. Sarah est du genre… réservée et serviable. Tu risques de l'intimider, ou même de lui faire peur. Alors, s'il te plaît, ne la mêle pas à tes plans salaces.

— Tu as des vues sur elle, on dirait !

— Ne sois pas con, je la considère comme ma sœur. Donc, si tu la touches, je jure que je te tue. Couche avec n'importe qui, mais pas avec elle. Elle est trop fragile pour toi. Tu risquerais de la casser.

— Bien. Comme tu veux.

— Et pour tes missions, on les détaillera avec elle à notre arrivée. Elle a eu un dégât des eaux et il y a de gros travaux à prévoir. Je veux vraiment que tu l'aides. Elle en a besoin.

— Je croyais qu'elle avait accepté pour l'argent !

— Elle a accepté pour sauver sa librairie et pour me rendre service. Depuis quand n'as-tu pas aidé quelqu'un ?

Je me contentai de hocher la tête. De toute façon, j'étais pieds et poings liés et aux ordres de cette libraire. Je naviguerais entre la librairie et ma chambre. Deux mois. Deux longs mois de honte. Je pouvais le faire.

— Et pour Mathilde, qu'est-ce que tu me conseilles ? demandai-je.

— Tiens, tiens, se moqua Damien, Maxime Maréchal a des remords ?

— La ferme ! Elle m'a énervé… mais je ne veux pas la virer.

— Bon sang, tu as vraiment des remords ? Si j'avais su, je t'aurais botté le cul bien plus tôt ! Cette fille a fait des pieds et des mains pour te sauver. Il va falloir te rendre compte qu'il y a des gens autour de toi qui veulent t'aider.

— Ce sont des gens que je paye. Elle, mon avocat. Même cette libraire. C'est le pognon qui les fait rester auprès de moi, rien d'autre !

Damien soupira, avant de prendre une gorgée de son café. Je n'étais pas dupe sur mes relations avec les autres. En entrant dans ce monde, j'avais compris que l'argent dominait tout. Mon seul véritable ami était Simon : le seul homme de mon entourage à posséder plus d'argent que moi. Dans ce monde plus que n'importe où, sans argent, nous n'étions rien.

— Fleurs, excuses. Elle finira par se calmer, mais je dois admettre que je t'ai trouvé vraiment désagréable avec elle. Tu mériterais qu'elle te lâche. Apparemment, il faut que tu sois au fond du trou pour comprendre !

Je ruminais suffisamment mes erreurs. Je n'avais pas besoin que Damien me les répète. J'avais agi comme un abruti avec mon agent, j'allais devoir réparer les dégâts et y mettre de la conviction. Je ne voulais pas lâcher le métier. Même si ma carrière actuelle devait beaucoup au hasard, je voulais tout faire pour rester acteur.

— Pour l'instant, contente-toi de suivre ta peine à la lettre. Cela montrera ta bonne volonté !

— Comme si j'avais le choix, ronchonnai-je.

— Mais tu l'as eu. On a toujours le choix, me sermonna Damien, avant de vider son gobelet de café d'un trait. On y va ?

Les derniers kilomètres du trajet me parurent durer une éternité. Je retrouvais les paysages familiers de la Charente : des vignes, des arbres, de la verdure et ce petit village perdu de Chateaurenard. Le domaine de Damien était réputé et demeurait l'une des rares attractions du coin. Le nombre d'habitants augmentait l'été, mais l'hiver était si calme que vous pouviez sortir complètement nu en plein novembre sans croiser la moindre personne.

— C'est ici.

Damien gara sa voiture près d'une boutique de fleurs. De la main, il désigna le bâtiment en face : une librairie installée dans un vieil immeuble de deux étages. Quelques tables et chaises avaient été sorties, non loin d'une étagère débordante de livres posée contre la vitrine. Au-dessus de la porte, un lierre serpentait pour remonter le long d'une des fenêtres. Le soleil donnait agréablement sur la terrasse, pourtant, il n'y avait personne.

— C'est désert, murmurai-je.

— Ce n'est que le début de la saison.

Mon regard se dirigea à nouveau vers la librairie. Une jeune femme brune, vêtue d'un jean trop large et d'un débardeur noir, griffonnait une ardoise en devanture. Je poussai un soupir las. Deux mois. Deux longs mois.

— C'est Sarah. Prends tes affaires, on va au commissariat !

Près d'une heure plus tard, je trimballais mon bracelet électronique à la cheville. Les flics n'avaient pas été indulgents avec moi mais, sous le regard de Damien, j'avais tenu bon. J'avais retenu mon envie de leur faire ravaler leurs sourires moqueurs et leur mépris. Les instructions étaient claires : je ne pouvais pas quitter la librairie sauf le matin entre 8 heures et 9 heures et le soir entre 19 heures et 20 heures. Je devais aller au commissariat chaque lundi et, évidemment, me tenir à carreau sous peine de retourner à Paris et de finir en taule.

Je savais que les flics du coin espéraient que je craque, histoire de prendre un plaisir dingue à me ramener à la capitale et de me barbouiller d'une nouvelle couche d'humiliation.

— Si tu veux, on peut aller courir demain matin, me proposa Damien.

— Ils se sont foutus de moi, grognai-je.

— C'est vrai. Et ça risque de durer un long moment.

— J'ai besoin d'un sac de frappe !

— Je vais essayer de te trouver ça. Mais je suis quand même preneur d'un footing matinal. Ça me motivera aussi !

— Comme tu veux.

Je n'avais que peu de temps de liberté. Le passer avec Damien m'éviterait sûrement de plonger à nouveau.

— Prêt ? demanda Damien alors que nous nous apprêtions à traverser la rue pour rejoindre la librairie.

— Ai-je le choix ?

— Je te l'ai déjà dit. On a toujours le choix. Tu as le chèque ?

— Dans ma poche arrière.

Ces derniers mètres furent les plus difficiles. Tant que j'étais dans la rue, un sentiment de liberté m'animait encore. Je voyais le ciel, je sentais le vent, j'étais comme tout le monde. On aurait même pu croire que j'étais ici de mon plein gré, furetant sur l'étagère de livres installée sur la terrasse.

— C'est quoi ce truc ? demandai-je à Damien.

— Des livres suspendus.

— Et gratuits. Pour ceux qui n'ont pas les moyens de s'offrir des livres, compléta une voix féminine. Certains achètent plusieurs livres et en laissent certains ici pour les plus démunis. Vous pouvez en prendre un.

Je grimaçai et secouai la tête ; lire n'était pas dans mes priorités. Je pivotai vers la libraire que j'avais entraperçue de la voiture. Son jean était définitivement trop large et son débardeur était troué sur l'avant. Sa chevelure bouclée, un peu folle, encadrait son visage à la peau pâle. Ses yeux verts me sondaient, comme si elle cherchait à découvrir mes plus sombres secrets. Avec un peu de maquillage et une robe décente, elle aurait pu être séduisante. Mais ici, au milieu des livres, avec les mains grises de poussière et ses joues rosies par l'effort, elle n'avait rien d'attirant.

— Sarah, je te présente Maxime.

— Enchantée, dit-elle en fourrant les mains dans ses poches arrière.

— Maxime, voici Sarah. La propriétaire des lieux. Elle détient la librairie et l'appartement au-dessus. Sarah est une institution dans le village.

— Sans blague ? marmonnai-je.

— Nous avons fait une longue route, expliqua Damien pour justifier ma mauvaise humeur.

— C'est vrai. Et je n'ai aucune envie d'être ici, lui rappelai-je. Où est ma chambre ?

Un silence embarrassant s'installa, jusqu'à ce que Sarah décide d'entrer pour nous faire visiter. L'odeur de vieux papier et d'encre m'attaqua – bordel, ça allait me coller la migraine ! Je repérai l'escalier qui devait mener à son appartement mais Damien posa une main sur mon bras pour me retenir.

— Quoi ? aboyai-je.

— Sarah voudrait te faire visiter les lieux.

J'arquai un sourcil, nullement décidé à jouer l'invité cordial. Je détestais cet endroit, je vomissais l'idée d'y être cloîtré pendant deux mois. Je n'allais tout de même pas en plus jouer au condamné parfait ?

— J'envisageais plutôt d'aller dormir, répondis-je sèchement.

— On peut visiter demain, suggéra Sarah. Rien ne bougera.

Elle ponctua sa phrase d'un petit rire nerveux, tout en frottant ses mains sur son jean. Derrière elle, je vis un amoncellement de cartons, laissant apparaître quelques livres. Sarah suivit mon regard et m'expliqua.

— Je les ai reçus le mois dernier. Ça reste à trier, à étiqueter et à mettre en rayon.

Je lui lançai un regard étonné. Il me semblait que cette librairie regorgeait de livres, comme si le moindre mètre carré était optimisé pour contenir le maximum de romans. Je ne voyais pas comment elle pouvait en ajouter.

— Maxime t'aidera, proposa Damien.

Je soupirai et reçus un violent coup de coude dans les côtes.

— Tu es là pour ça, me rappela-t-il. Tu l'aideras aussi à déplacer le coin lecture pour qu'elle puisse le rouvrir dès la semaine prochaine.

— Oh ! mais ce n'est pas du tout urgent et…

Je retins un sourire victorieux. Cette fille était bien trop gentille. D'ici à quelques jours, je finirais par la convaincre qu'il valait mieux me laisser partir. C'était trop facile.

— Sarah, tu as besoin d'aide, intervint Damien. Maxime bougera les étagères qu'il faut. Je veux revoir ce coin lecture dès que possible. Il t'aidera aussi pour les travaux. Il sait peindre, je crois.

— J'essayerai.

Je n'avais pas spécialement envie de faire des efforts pour cette fille. Ma peine consistait à demeurer ici pendant deux mois, pas à être son esclave. Par ailleurs, j'avais toujours détesté peindre. Cela me rappelait trop le boulot de mon père et cette odeur atroce de térébenthine.

Damien m'adressa un regard menaçant et tenta de redorer mon blason :

— Il t'aidera, assura-t-il. Il a trop peur que je lui colle une trempe !

Nouveau rire nerveux de la fille, tandis que son regard fuyant cherchait un trou de souris pour se planquer. Elle le fit courir partout, évitant soigneusement de tomber sur moi. Hormis les livres, Sarah semblait prêter une attention particulière à la décoration : des citations, des reproductions de peintures, des patchworks de couvertures de livres. Tout tournait autour de la littérature. Je me demandai vaguement si elle avait d'autres passions. J'en doutais.

— Évidemment, vous êtes libre de vous servir autant de fois que vous le désirez.

— Je n'y manquerai pas, mentis-je.

Elle m'adressa un sourire hésitant. Damien avait raison, cette fille était la timidité incarnée. Dès que je la regardais un peu trop longtemps, elle baissait les yeux. J'avais la sensation de débouler dans son monde de livres et de silence en chamboulant tout son équilibre.

— Je vais vous montrer l'appartement.

L'escalier était raide et je dus baisser la tête pour ne pas heurter le plafond. Sarah menait la troupe, pendant que je suivais Damien. Entre deux marches, il se tourna vers moi, dents serrées.

— Fais semblant d'être gentil ! Tu la mets mal à l'aise.

— Je ne fais rien du tout ! répondis-je sur le même ton.

— Essaie au moins de la remercier. Elle te sauve les fesses, me rappela-t-il.

L'escalier débouchait directement dans un grand espace à vivre. L'endroit était chaleureux et me confirma ce que j'avais imaginé : Sarah vivait dans un monde de livres. Des piles de romans garnissaient les murs. Une étagère en bois semblait même plier sous le poids des ouvrages. Un canapé noir en tissu et une télévision délimitaient le coin salon. Plus loin, une cuisine blanche laquée tapissait tout un mur. Il n'y avait pas de tables, juste un bar avec deux tabourets.

— À gauche, ma chambre, à droite, la vôtre. J'ai laissé les draps sur votre lit. Vous avez une armoire. La salle de bains est derrière cette porte.

— Et la vôtre ? demandai-je.

— C'est la mienne. On partagera, murmura-t-elle.

Son malaise grandit et elle eut de nouveau ce regard fuyant. Elle glissa les mains dans ses poches et se dandina sur ses pieds.

— Désolée, ce n'est pas très grand et ce n'est sûrement pas ce à quoi vous êtes habitué, mais…

— Maxime a dormi dans ma grange pendant tout un été, crois-moi, il a connu pire !

Le visage de Sarah s'éclaira, comme soulagé. Je fusillai Damien du regard. Avait-il besoin de me rappeler cet épisode peu agréable ? Dormir dans sa grange m'avait appris une seule chose : j'étais fait pour dormir dans un lit confortable.

— Pour la cuisine, j'avoue être très mauvaise. Aussi, vous me direz ce que vous voulez, et je me chargerai des courses.

— Sarah mange assez souvent chez Baptiste. Il tient un bar à vin sur la place, m'expliqua Damien.

— J'irai faire un tour… Entre 19 heures et 20 heures, grinçai-je.

Sarah s'éloigna en direction de la cuisine et vérifia le réfrigérateur. Pendant qu'elle était occupée, Damien m'asséna un nouveau violent coup de coude, doublé d'un regard furieux.

— Maintenant, exigea-t-il à voix basse. Et tu dois lui donner le chèque.

Damien m'imposait un exercice que je n'appréciais pas. Je détestais me confondre en remerciements, tout particulièrement en public. C'était aussi ce que j'aimais dans le cinéma : on me donnait des ordres, j'apprenais un texte et je le débitais. Aucun état d'âme, des émotions mécaniques, c'était facile pour moi. Plus facile que d'être moi-même.

Je jetai mon sac dans un coin et m'éclaircis la gorge.

— Sarah ?

— Oui ? Ah pardon, vous aimez quoi ? Je peux encore aller faire quelques courses et…

Son attitude me tira un sourire. Sa timidité la rendait comique. Elle ne me regardait pas et se perdait dans un babillage incompréhensible et nerveux. À bien y regarder, Sarah était touchante. Sa fragilité me servirait.

— Je voulais vous remercier.

— Oh ! Eh bien…

— Et vous donner ceci, ajoutai-je en sortant le chèque de ma poche.

Ses joues reprirent cette coloration tomate. Elle se pinça les lèvres, embarrassée, avant de prendre le chèque. Curieusement, la mise en garde de Damien me revint en tête. Je ne devais pas la toucher.

— Mer… merci à vous.

— Je propose qu'on se tutoie, qu'en dites-vous ? proposai-je. Nous allons passer deux mois ensemble ici, je pense que ça… fluidifiera notre relation.

— Bien. Comme vous… Comme tu veux, corrigea-t-elle. Merci encore pour le… euh… chèque.

— Parfait, serina Damien. Tu as touché l'argent de l'assurance ?

— Virement demain, répondit Sarah. Ensuite, j'irai acheter ce qu'il faut pour faire les travaux.

— Appelle-moi, je viendrai t'aider, d'accord ? Je dois partir. Maxime, je compte sur toi pour notre footing matinal !

— Je ne compte pas me priver d'une heure de liberté, répondis-je.

— Je vous laisse ! À plus tard !

Damien s'échappa de l'appartement, me laissant seul avec Sarah. Son embarras était palpable et je décidai de me réfugier dans ma chambre. Je n'allais sûrement pas la quitter beaucoup durant les prochaines semaines.

— Je vais aller ranger mes affaires.

— D'accord. Est-ce que… Est-ce que tu veux qu'on dîne ensemble ? Non pas qu'on soit obligés, mais je me suis dit que je pouvais prendre un plat à emporter et que…

— On ne va pas être amis, Sarah. Ni même proches.

Ma réponse lui coupa le souffle. Elle me fixa de longues secondes, tremblant de tous ses membres. Ce n'était pas juste de l'intimidation, je lui foutais vraiment la trouille. Intéressant.

— Je ne suis pas là de mon plein gré, lui rappelai-je. Je purge ma peine et je rentre chez moi, entendu ?

— Mais...

— J'ai tout fait pour me tirer d'ici et, honnêtement, je n'ai aucune envie de rester. Donc, je vais faire ces deux mois. Je suggère que tu restes à l'écart et que tu évites de poser des questions. D'accord ?

Je pris mon sac et le jetai sur mon épaule. Je claquai la porte de ma chambre derrière moi. La petite pièce donnait sur la rue. J'ouvris la fenêtre, tenté par l'idée de sauter par-dessus le garde-fou. Sauf que, cette fois, je savais que je n'aurais pas de nouvelle chance.

J'ouvris le sac sur mon lit et le vidai. La chambre était si petite que je devais me faufiler entre le lit et l'armoire. C'était à peine si je pouvais en ouvrir les portes totalement. Sous mes pieds, le parquet grinçait. Je m'activais pendant de longues minutes, évitant de ruminer ma colère. Après avoir vidé mon sac, je m'allongeai sur le petit lit – une personne, évidemment ! – et fixai le plafond. Les seules distractions de la chambre étaient un radio-réveil vintage et une pile de livres sur une étagère bancale.

J'optai pour la musique. Je pris mon téléphone et vérifiai mes appels. À ma grande surprise, ni Mathilde, ni mon avocat n'avaient essayé de prendre de mes nouvelles. Hormis Simon, je n'avais personne. Je tentai de l'appeler et tombai directement sur le répondeur.

— Merde, grognai-je.

Je passai une main sur mon visage et pris une profonde inspiration.

— Deux mois. Juste deux mois.

Chapitre 6

Ma nuit fut difficile. Entre l'ascenseur émotionnel du week-end – inondation, assureur, Damien – et l'arrivée de Maxime, j'eus du mal à trouver le sommeil. Ses mots et son ton glacial m'avaient bouleversée. J'avais tenté d'être accueillante et sympathique mais ma nervosité avait fini par prendre le dessus.

En me préparant un café, je me refaisais le film de son arrivée, tentant de déterminer à quel moment il avait décrété que j'étais détestable. Soit, il n'avait pas choisi de venir ici et je pouvais admettre que Chateaurenard n'était pas la ville la plus excitante du monde... Mais n'était-ce pas mieux que la prison ? Il aurait pu au moins se montrer un peu reconnaissant ! Quel abruti !

Le journal d'aujourd'hui avait eu le mérite de combler les blancs de l'histoire. Maxime avait passé à tabac un pauvre garçon. S'il ne voulait pas se retrouver ici, il aurait dû retenir ses poings et ne pas massacrer ce type. Qu'il soit en colère, oui. Contre moi, certainement pas. J'étais comme lui dans cette histoire : contrainte et pas franchement heureuse de mon sort. Les doutes que j'avais formulés auprès de Damien se vérifiaient : Maxime était ingérable et je n'étais pas taillée pour le faire se tenir tranquille.

Je grimpai sur le tabouret et sirotai mon café en

feuilletant le journal local. Je dénichais parfois des annonces de particuliers qui voulaient se débarrasser de vieux meubles ou de livres. Cela me permettait de garnir la librairie de livres… et d'avoir des meubles gratuits. L'argent était une préoccupation constante. Et c'était pour cette raison que, même si Maxime était détestable, je ne pouvais pas le virer de chez moi.

J'allais devoir jouer les hôtesses agréables… quitte à ronger mon frein pendant deux mois.

Un bruit de porte me tira de mes pensées. Maxime émergea de sa chambre, habillé d'un short et d'un maillot de foot. Instinctivement, mes yeux tombèrent sur sa cheville et sur son bracelet.

— Bonjour, dis-je avec un sourire.

— Je vais courir, maugréa-t-il.

Je vérifiai l'heure. Il avait quarante minutes devant lui avant son couvre-feu matinal.

— Je te garde à manger ? l'interrogeai-je.

— Pas faim.

— Même pas un café ?

Rester agréable avec ce type infect relevait du défi. Je me demandais s'il me provoquait ou s'il agissait ainsi avec tout le monde. La veille, j'avais parfaitement vu ses poings serrés et ses épaules tendues ; il se contenait, retenait une rage intense qui menaçait d'exploser à tout moment.

— J'ai dit non.

Puis, sans rien ajouter, il dévala l'escalier. D'agacement, je jetai mon dernier bout de brioche dans ma tasse.

Soixante jours. Bon, cinquante-neuf, si on retirait la journée d'hier. J'espérais qu'elle compte autant que les autres journées.

Après avoir pris une douche et nettoyé la cuisine, je

descendis à la librairie pour retrouver ma routine habituelle. Aujourd'hui, la journée s'annonçait superbe et j'espérais que le début des vacances m'amène des clients. En attendant, je décidai de m'occuper en proposant une nouvelle sélection de livres en fonction de leur couleur… Histoire de répondre à cette demande qui revenait régulièrement : « La couverture est rouge/bleue/verte… mais je ne me souviens plus du titre. » Nous étions en plein été, j'optai donc pour le jaune et sélectionnai plusieurs titres.

Trente-cinq minutes après son départ, Maxime réapparut, son maillot de foot trempé de sueur et le visage marqué par la fatigue. Je me demandai vaguement s'il avait dormi cette nuit ou s'il avait été trop préoccupé à échafauder un plan d'évasion consistant à nouer les draps de son lit pour descendre le long de la façade. Sans un regard pour moi, il grimpa les escaliers et j'entendis la chaudière antédiluvienne se mettre en marche.

Damien entra à son tour, dans un état pitoyable, typique des gens qui reprennent le sport pour se donner bonne conscience.

— Comment s'appelle l'heureuse élue ? plaisantai-je tandis que ce dernier s'effondrait sur un tabouret.

— Ma conscience, haleta-t-il.

Je ravalai un rire, sans comprendre. Je n'étais pas une grande sportive moi-même. Je préférais le préventif en mangeant des légumes, plutôt que le curatif visant à éliminer des calories. Je le laissai reprendre son souffle et lui offris un verre d'eau.

— Je me suis dit que courir avec moi l'aiderait à évacuer son énergie.

— Je ne suis pas certaine que ça fonctionne. Il a l'air aussi en colère qu'à son réveil ce matin.

— Maxime n'est pas trop du matin.

— Il n'est pas du soir, non plus. Il a refusé de dîner avant de m'expliquer que nous n'allions certainement pas être amis.

— Il faut lui laisser le temps. C'est compliqué pour lui.

— Compliqué ? C'est compliqué pour lui d'être aimable ?

— Tu lui apprendras, sourit Damien. Il finira par succomber à ta gentillesse.

— Et si je n'ai pas envie d'être gentille ?

Damien manqua de s'étouffer de rire. Il termina son verre d'eau d'un trait, tout en transpirant à grosses gouttes sur mon comptoir.

— Donc, pendant la nuit, tu as lu *La Malveillance pour les nuls* et tu comptes le mettre en pratique.

— Tu es rouge tomate, l'attaquai-je, fière de moi.

— Essaye encore !

— On dirait... On dirait... On dirait une baleine échouée sur le sable qui attend la mort.

— Franchement, Sarah, ma fille de huit ans fait mieux que ça niveau insultes ! Reste gentille, c'est plus ton rayon.

Je lui lançai un regard noir – enfin, j'espérais qu'il soit noir – et tournai les talons pour éplucher la liste des livres réservés sur Internet. C'était l'avantage des livres d'occasion : je devenais une mine d'or pour les collectionneurs et pouvais me permettre de vendre certains titres à des prix élevés. C'étaient ces quelques ventes juteuses qui me permettaient de tenir la boutique à flot.

— Il finira par se calmer, reprit Damien, toujours à bout de souffle.

— Avant ou après ta mort ?

— Ah, tu vois, nettement mieux ! Tu tiens bien l'œil furieux, aussi, ajouta-t-il alors que je me tournais pour lui lancer un regard assassin. Ta spontanéité est ton vrai point fort, Sarah. D'une manière ou d'une autre, il finira par s'apaiser.

— On verra. En attendant, je ne sais pas trop comment agir avec lui. J'hésite même à lui donner des ordres. Il doit avoir l'habitude qu'on fasse tout pour lui, tu vois ?

— Je vois surtout où cette histoire de cinéma l'a mené. Il a besoin d'un peu de... réalité. Donne-lui du travail, c'est le meilleur moyen de le contrer. Tu y arriveras, Sarah, c'est certain.

Je discutais avec Damien pendant un long moment. Les pas de Maxime dans l'escalier marquèrent la fin de notre conversation. Je ne voulais pas alimenter sa colère en le laissant découvrir que nous parlions de lui dans son dos.

— Tu veux qu'on déjeune ensemble ce midi ?

L'invitation avait été lancée à la cantonade. Je ne savais pas s'il parlait à Maxime ou à moi. Mon colocataire était en retrait, sûrement en train de naviguer dans les rayonnages.

— Je dois rester ici, répondit Maxime, d'une voix terne.

— Et euh... J'ai quelque chose de prévu.

— Quelque chose ou quelqu'un ? plaisanta Damien.

— Quelque chose avec quelqu'un, répondis-je en rétrécissant le regard.

— Une sorte de rencard ?

— Un rencard, oui, rétorquai-je, un peu vexée.

— Un déjeuner n'est pas un rencard. C'est au mieux... une prise de contact. Max, j'apporterai un truc à grignoter. En attendant, n'oublie pas ce que je t'ai dit : arrange-moi le coin lecture !

Maxime marmonna une réponse inintelligible. Damien s'éclipsa, me saluant d'un geste de la main. Je me retrouvai seule avec Maxime, sans aucun mode d'emploi pour m'en sortir. Je me tournai vers lui, une seconde absorbée par son physique. Son tempérament désagréable gâchait tout son charme. En temps normal, j'aurais admiré son regard sombre, sa mâchoire ciselée et ses épaules carrées. J'aurais peut-être aussi tiqué sur son jean noir et sur le tatouage de son avant-bras qui se réfugiait sous la manche de son T-shirt.

Maxime était un homme attirant. Beau, selon les critères actuels. Hypnotisant, même. Le genre d'homme qui assèche votre gorge et vous pousse à trouver un second souffle.

Pourtant, son attitude suffisait à éteindre toute attirance. J'aurais aimé le voir sourire et plaisanter. Mais je savais déjà que ça serait peine perdue.

— Je fais le coin lecture, alors ? demanda-t-il, sans enthousiasme.

— Exactement. Il faut surtout dégager l'endroit qui est inondé et trouver une nouvelle place pour le canapé.

— Devant la fenêtre.

Ce n'était ni une question, ni une suggestion. Maxime avait décidé que le coin lecture migrerait à la place de mon étagère à nouveautés. Après une minute de réflexion, je réalisai que c'était effectivement une bonne idée. Les autres recoins de la librairie étaient trop sombres et, ici, nous avions de l'espace. Déplacer de petites étagères ou de petites tables serait moins pénible que de bouger tout un rayonnage.

— Ça ira, acquiesçai-je. Tu es sûr que tu ne veux pas manger quelque chose ?

— Pas la peine.

— Charmant ! Tu es de mauvaise humeur en permanence ou c'est juste avec moi ?

— Je te l'ai dit, nous n'avons pas à être amis. Ma vie n'est pas ici.

Je songeai furtivement aux mots de Damien. Quelque part, je comprenais ce qu'il avait voulu dire : Maxime était perdu. Il n'était ni d'ici… ni de nulle part. C'était sûrement l'un de nos rares points communs : en arrivant ici, vers dix ans, j'avais dû apprivoiser ce nouvel environnement. J'avais dû apprendre à faire confiance.

Au cours de la matinée, Maxime s'évertua à réhabiliter le coin lecture. Après avoir repoussé plusieurs étagères et deux tables, il parvint à coincer le canapé – celui des deux qui avait survécu – sous la fenêtre. Puis, il suggéra de sortir la table basse pour la faire sécher et déposa les deux fauteuils à jeter dans la rue, en attendant de pouvoir aller à la Déchetterie. Enfin, il m'aida à replacer les éléments de décoration, dont quelques guirlandes.

— Merci, murmurai-je, tandis qu'il bougeait une console vers l'entrée.

Je fixai son tatouage, me demandant si cette ronce était un message ou une sorte de mise en garde. Maxime était en colère, et, sous certains aspects, il pouvait devenir dangereux. Ces épines visaient sûrement à repousser les curieux, comme l'aurait fait un fil barbelé au-dessus d'une clôture.

— Je vais fermer pendant le déjeuner. Je sors, ajoutai-je.

Maxime pivota et avança vers moi. Soudain, devant lui, je me sentais minuscule et sans défense. Son allure féline de prédateur que rien n'effraie irradiait le danger.

Ou alors, c'était de l'arrogance. Une façon de me provoquer, de voir s'il pouvait agir avec moi comme il devait agir avec les autres, en homme de pouvoir exigeant.

— Pas moi, répondit-il.

Sa voix, glaciale, me figea. J'enfonçai les mains dans

mes poches et tentai d'arborer un visage confiant, malgré mes joues qui chauffaient. Un prédateur, me répétai-je. Dévoiler une seule de mes failles signerait ma perte.

— Aurons-nous à un moment de la journée une conversation civilisée ?

Un sourire fugace éclaira son visage. Ma voix chevrotante devait l'amuser. Je n'étais sûrement pas un gibier d'envergure pour lui. Je ne savais pas comment me protéger, quand lui affichait ses épines à même le corps.

— Non, siffla-t-il.

Il se posta face à moi, si près que je frissonnai. Ce n'était pas de la peur, c'était à cause de son regard noir, sans âme, sans émotion. Comme si un froid sibérien avait soudain envahi la boutique pour y geler toute trace de vie.

— Non à la conversation ou non pas aujourd'hui ?

— Les deux. Pourquoi voudrais-je parler avec toi au juste ?

— Pour briser la glace.

Ma réplique me tira un sourire. Briser la glace, celle qui venait de gagner la librairie, celle qui émanait de lui ; c'était totalement approprié. Maxime me dévisagea, me surplombant d'une bonne tête et de sa carrure athlétique.

— On pourrait… je ne sais pas… discuter de films. Ou de livres.

— De livres ? Très créatif, ironisa-t-il.

— Alors dis-moi ce qui te plaît, on pourra en discuter. Autour du dîner, par exemple.

J'étais à bout de souffle, épuisée. J'en avais assez de me prendre un mur à chaque nouvelle proposition, j'étais lasse de ses bougonnements éternels. Il fronça les sourcils, puis, délicatement, pinça entre son pouce et son index une mèche de mes cheveux.

— Toile d'araignée, marmonna-t-il.

Je me tétanisai sur place, jambes tremblantes. Je tentai d'articuler un son, mais rien ne vint. J'étais comme paralysée, stupéfaite de voir cet homme si renfrogné être capable d'un geste tendre. Pendant ce court instant, ce courant d'air froid avait disparu, et mon cœur s'était emballé aussi vite qu'il l'avait fait dans le train fantôme de la fête foraine. Cette fois, j'en étais certaine, c'était bien de la peur que j'avais ressentie.

Il se recula et d'un signe de tête signifia la fin de notre conversation.

— Ton rencard arrive.

Je pivotai aussitôt et, par la fenêtre, vis Frédéric approcher. Je baissai les yeux sur ma tenue : un vieux jean taché et un pull en laine si lâche que j'aurais pu en faire une robe courte. Avec l'arrivée de Maxime, j'en avais oublié cette histoire de déjeuner. J'étais dans un état pitoyable, mal coiffée – pas coiffée du tout en fait ! –, peu apprêtée et noire de crasse.

— Fais le patienter, je vais me changer, criai-je en remontant les escaliers au plus vite.

En dix minutes, je parvins à retrouver une apparence… humaine. J'avais rassemblé mes cheveux dans une grande pince dorée, appliqué une couche légère de maquillage et j'étais habillée dignement, d'une robe légère à fleurs. Je redescendis les escaliers en bataillant avec ma paire de sandales à talons, manquant de me briser les chevilles à chaque marche. Frédéric m'attendait dans l'entrée, une rose à la main.

Je le remerciai, nerveuse à l'idée de notre déjeuner. La dernière fois que j'avais eu un rendez-vous remontait à l'an passé. Dire que ça c'était mal terminé était un euphémisme plus qu'indulgent. Derrière nous, Maxime empilait bruyamment des livres.

— Vous avez discuté ? demandai-je, tout sourire.

— Je me suis présenté, répondit Frédéric.

— Ah… Lui, c'est Maxime.

Les deux hommes échangèrent un regard et, à la façon dont le visage de Frédéric s'éclaira, je compris qu'il l'avait reconnu. De l'index, il le désigna, pendant que ses yeux naviguaient de Maxime à moi.

— Ce n'est pas…

— Si, c'est lui, le coupai-je.

— Et qu'est-ce que…

— Un arrangement. Il va passer quelque temps ici.

— Longtemps ?

— L'été.

— Et il dort où ?

— J'ai une chambre de libre. Il est arrivé hier.

J'avais la sensation de subir un interrogatoire à charge sans savoir de quoi j'étais accusée. Pourtant, dans les yeux de mon voisin, je discernais nettement l'incompréhension et le doute. Je jetai un coup d'œil à Maxime, absorbé par la lecture d'un résumé.

— C'est un ami de Damien. Il… va m'aider. Pour la boutique, avec les travaux.

— Tu aurais pu me demander… Ou il aurait pu être hébergé chez Damien.

— C'est mieux ici, en centre-ville. On y va ?

Je devais couper court. L'enchaînement de questions risquait de trahir la raison de la présence de Maxime ici. Officiellement, rien ne m'empêchait de dire qu'il purgeait une peine de prison. Mais je voulais le protéger ; je savais à quel point les regards indiscrets d'une petite ville pouvaient peser. La honte, l'humiliation, les murmures, les ragots… Tout cela ne faisait que vous anéantir un peu plus.

— Je suis de retour dans deux heures, tu peux fermer la porte derrière moi ?

Maxime se contenta d'acquiescer, son regard sombre dardé sur moi. Il n'eut même pas la politesse de me saluer en retour, se contentant de claquer la porte après mon départ. Sur le chemin vers le restaurant, je croisai Damien et l'informai que Maxime était dans la boutique.

Au restaurant, Baptiste nous installa en terrasse et nous donna nos menus. J'ignorai son sourire complice et son clin d'œil appuyé. Je me cachai derrière ma carte et fis comme si ma tension ne crevait pas le plafond. Je relus chaque plat dix fois, cherchant un moyen d'amorcer la conversation. Je n'allais quand même pas lui parler du dernier livre que j'avais lu, c'était un peu trop bateau.

L'actualité ? Trop mortifère.

La météo ? Trop évidente sur cette terrasse ensoleillée.

Les vacances ? Je savais qu'il n'en prenait pas avant cet hiver.

Mes travaux ? Un peu trop nombriliste.

Ma dernière expérience en cuisine ? Cela se résumait en un mot : désastreux.

Ma cohabitation limitée avec les plantes vertes ? Il finirait bien par découvrir que toutes les plantes que j'achetais finissaient par se suicider. Y compris les cactus.

— Alors, ton mariage ? demandai-je finalement.

— Mon mariage ?

Mon visage chauffa instantanément et je me fustigeai d'être si gourde avec les hommes. En matière de séduction, j'étais un cas désespéré.

— *Le* mariage, corrigeai-je. Celui dont tu devais t'occuper.

— Ah oui, eh bien une réussite.

Il m'expliqua comment il avait décoré l'église avec

un assemblage de fleurs blanches et rose pâle. Il en parlait avec passion et ne s'interrompit que pour passer commande auprès de Baptiste. Pendant le déjeuner, je me contentai d'alimenter la conversation en posant quelques questions et en riant nerveusement. J'admirais l'aisance avec laquelle Frédéric parlait. Il y mettait sa passion et toute son énergie.

Les livres avaient toujours été ma passion. Je lisais avec ferveur, presque dans une sorte de boulimie incontrôlable. Je faisais tout pour m'échapper de ma vie, et les livres m'avaient très vite permis de le faire. Pourtant, quand il s'agissait de défendre un livre que j'avais aimé, les mots me manquaient. Je pouvais rédiger une recommandation, je pouvais proposer des livres… mais, face à quelqu'un qui ne partageait pas mon point de vue, je me sentais impuissante et gourde.

Plusieurs fois, je surpris le regard de Frédéric se braquer sur mes lèvres pendant une demi-seconde à peine – un temps suffisant pour me faire paniquer.

— J'ai passé un super moment, m'avoua Frédéric pendant qu'il me raccompagnait à la boutique.

Nos mains s'effleurèrent alors que nous marchions à un rythme lent. Sans rien dire, Frédéric crocheta ses doigts aux miens. Nous ne nous tenions pas vraiment la main, mais ce léger contact fit s'accélérer ma respiration. Je m'éclaircis la gorge, espérant chasser mon embarras. Je redoutais déjà le moment où Frédéric se pencherait vers moi pour m'embrasser. Peut-être finirais-je par terre, évanouie.

— Que dirais-tu d'un dîner… la semaine prochaine ?

— Oh… Tu… Je pensais que…

Un sourire s'étira sur les lèvres de mon voisin. Ses doigts se refermèrent plus fortement sur les miens et il approcha de moi si près que son parfum boisé me chatouilla les narines. Je retins mon souffle et, les yeux à demi clos, me préparais au contact de sa bouche contre la mienne.

Mais, de toute évidence, Frédéric aimait discuter.

— Moi aussi, j'ai hâte, chuchota-t-il à mon oreille.

Ma respiration chahutée reprit. Mon cœur retrouva sa position initiale, après avoir dégringolé au fond de mon estomac. Je voulais tellement ce baiser que j'étais en apnée, à prier silencieusement pour qu'il arrive.

Je rouvris les yeux, découvrant que Frédéric avait reculé, la perspective d'un baiser s'éloignant avec lui.

— J'aimerais te revoir plus tôt, dit-il, mais ma mère vient passer quelques jours à la maison. Je ne veux pas la laisser seule.

— Oh ! je comprends, bien sûr !

J'aurais pu le convaincre si je n'avais pas gloussé comme une dinde juste après, ou si ma voix n'était pas montée dans les aigus comme si je m'étais cogné le pied contre ma table basse.

— La famille avant tout, ajoutai-je.

— Je pourrais te la présenter !

Un nouveau gloussement s'échappa de ma gorge. La mortification qui suivit me donna envie de m'enterrer vivante. Je libérai ma main de la sienne et tentai d'enchaîner la conversation sur un sujet moins brûlant.

— Il faut que j'aille ouvrir… la… Enfin, il faut que j'aille ouvrir la boutique !

— Oh. D'accord. Donc, c'est d'accord pour le dîner ?

— Oui, oui, parfait ! La semaine prochaine, c'est ça ?

Je m'éloignais déjà à reculons, les mains dans le dos, perdue entre humiliation et frustration. Je voulais juste me cacher dans la librairie et gémir tout mon soûl dans un des coussins du coin lecture.

— Mercredi, ça te va ? Je viendrai te chercher.

— Oui, parfait !

— Pique-nique ? Sur la plage ?

— Oui, parfait !

Je le saluai de la main et toquai furieusement à la porte de la librairie. Du coin de l'œil, je constatai que Frédéric m'observait toujours. Sa mère avait dû lui apprendre à attendre qu'une dame soit en sécurité avant de partir. Restait évidemment à déterminer ce qui pouvait m'arriver à Chateaurenard en plein centre-ville à 14 heures.

Damien finit par m'ouvrir la porte, un demi-sourire aux lèvres.

— Pousse-toi, il faut que je trouve une pelle pour creuser ma tombe !

Je l'écartai d'un mouvement de bras et m'engouffrai dans la boutique. Maxime descendit les escaliers et arqua un sourcil interrogateur.

— Je n'avais pas pris mes clés, expliquai-je aux deux hommes.

— C'était ouvert, répliqua Damien.

Dans un gémissement frustré, je m'effondrai sur l'un des fauteuils. Je pris un des coussins et cachai mon visage dedans. La consternation le disputait à l'humiliation. J'étais si nulle, si incapable avec les hommes. Ça confinait à la pathologie.

— Vous étiez mignons, railla Maxime.

— Parce que tu as assisté à ça ? demandai-je en repoussant le coussin.

— Les animations sont limitées dans ce bled, se justifia-t-il en haussant les épaules.

— Je dois y aller. Maxime pense à ce que je t'ai dit, d'accord ? Sarah, très jolie robe, me complimenta-t-il.

Il quitta la librairie dans la seconde, me laissant seul avec Maxime et mon désespoir.

— À quel point ai-je été minable ? marmonnai-je.

— Au point de nous faire rire, répondit Maxime en retirant une rangée de livres d'une bibliothèque moulue.

— Rire moqueur ?

— Assez, oui.

Comme dans la matinée, il se perdit dans la lecture d'une quatrième de couverture. Je l'observai quelques instants, fascinée par la concentration qui se lisait sur ses traits. Pour la première fois depuis son arrivée ici, Maxime n'affichait ni sa colère, ni sa mauvaise humeur. Il releva les yeux vers moi et, aussitôt, reposa le livre pour soulever l'étagère et la retourner.

— Tu peux lire, l'encourageai-je.

— Damien m'a demandé de retourner toutes les étagères de cette bibliothèque et de la nettoyer, ça te va ?

— Tu me demandes mon avis ?

— En effet.

— Sans bougonner ?

— Damien m'a demandé de faire un effort avec toi. Alors je le fais. Alors, cette bibliothèque ?

Je demeurai interdite. C'était l'une des premières fois que nous échangions plus de deux phrases sans nous agresser. Cela me fit presque oublier ma scène honteuse avec Frédéric. Dans un coin de mon crâne, je notai d'appeler Damien pour le remercier.

— Euh… Oui. Il y a des chiffons sous la caisse, si tu veux.

Je me levai du fauteuil et décidai d'accepter ce changement en faisant un geste vers lui.

— Tu veux un café ?

Il me détailla pendant une longue minute. Lui aurais-je

proposé de décoller pour Pluton qu'il n'aurait pas été plus méfiant. Je lui adressai un sourire, celui des dresseurs de lion face à un prédateur. Je voulais lui faire comprendre qu'il pouvait me faire confiance.

— Je vais faire des pâtisseries pour ce soir pour le club, une préférence ?

Il haussa les épaules puis, après avoir récupéré deux chiffons, retourna s'occuper de la bibliothèque dont il avait la charge. Je soupirai, avant de relativiser : au moins, il ne m'envoyait pas sur les roses.

Les jours qui suivirent se calquèrent sur le même rythme. Maxime, en bon taiseux, travaillait sans broncher dans la librairie. En une semaine, il avait réparé mes bibliothèques bancales et retourné toutes les étagères vermoulues. Il se dépensait avec son footing matinal avec Damien, et, le soir, il mangeait face à moi sans desserrer les dents. De mon côté, je repris le rythme des activités, notamment en transformant les séances du club de lecture en répétitions pour la pièce de théâtre.

— Donc, Anita, tu seras Dame Pluche, la préceptrice de Camille. Et Baptiste, tu seras donc Maître Blazius.

La distribution des rôles était la phase la plus simple de la préparation de la pièce. Naturellement, le club se répartissait les personnages. Élise, étudiante parisienne, venait compléter le club durant l'été. Ses parents vivaient dans le village et, à l'occasion, elle m'aidait aussi à la librairie.

— Élise, tu seras Camille. Et Damien sera donc Perdican.

— J'adore jouer les amoureux transis, dit ce dernier en souriant, avant d'engouffrer une chouquette.

— Perdican est un crétin, lâcha Élise.

— Et Camille est une dévote qui se planque dans la religion pour ne pas affronter la vie et l'amour, répliqua Damien.

— Bien, vous êtes déjà dans vos personnages. Baptiste, tu pourrais répéter la première scène avec Anita ?

— On ne peut pas inverser ? couina mon amie. Maître Blazius a l'air plus proche de mon tempérament. Il a l'air plus… vivant. Et j'adorerais jouer un homme !

— Hors de question que je joue une bonne femme coincée et aigrie. Je garde Blazius et elle fait Pluche ! tempêta Baptiste.

L'ensemble de la troupe s'anima, débattant des qualités et des défauts des personnages. J'aimais les observer argumenter les uns contre les autres. C'était ce genre de moment qui me rendait le sourire et qui me rassurait sur les animations que je proposais. Qu'ils y mettent autant de cœur et d'énergie me prouvait que j'avais raison de poursuivre ma vie ici. Rien que pour eux, pour leurs rires, pour leur mauvaise foi, j'étais heureuse d'être là.

— Bonsoir, fit une voix derrière moi.

Je pivotai sur mon siège pour retrouver Maxime. Les membres du club se turent brutalement. Habillé d'un jean sombre et d'un sweat-shirt Ghostbusters, Maxime les dévisagea tour à tour.

— Je… Je crois que tout le monde te connaît. Sauf Élise. Élise, Maxime.

Elle se leva de son fauteuil et tendit sa main vers lui pour le saluer. Maxime se contenta de hocher la tête, toujours hermétique au moindre rapprochement avec d'autres humains. J'avais fini par en prendre mon parti. Le matin, nous nous saluions poliment, mais à distance. Le soir, nous prenions soin de nous éviter dans la cuisine et de nous enfermer dans nos chambres dès que le dîner était fini.

Nous limitions nos contacts. Je lui disais ce qu'il devait faire et il s'exécutait. Pour mon plus grand bonheur, il ne grognait plus et n'affichait plus sa mauvaise humeur sur son visage. Damien, en le faisant courir chaque matin, devait certainement l'aider à canaliser sa rage.

Élise m'adressa un regard en biais, de ceux qui voulaient dire : « c'est Maxime Maréchal, bordel ! » Je connaissais parfaitement ce regard, je l'affrontais avec tous les clients qui venaient à la librairie. Ils n'osaient pas poser de questions, mais leurs visages stupéfaits parlaient pour eux. Malgré mon silence et celui de mes proches, j'avais remarqué que la fréquentation de la librairie s'était améliorée. J'aurais pu mettre ça sur le compte de l'afflux de touristes estivaux, mais, à la façon dont les gens furetaient entre les rayonnages, je savais que c'était pour croiser l'attraction du coin qu'était devenu Maxime.

— Tu veux te joindre à nous ? proposai-je.

— Tu pourrais nous aider, pour la pièce, suggéra Damien. Avec ton talent et ton expérience, on pourrait faire une représentation géniale.

— Tu pourrais être sur l'affiche, continua Anita. Comme metteur en scène, par exemple… En tout cas, ça nous ferait une pub…

— Non, la coupai-je. On n'a pas besoin de ça. Chaque année, la salle est pleine.

— C'est vrai, admit Anita. Dommage !

— Je venais… Je venais récupérer le chargeur de mon téléphone, expliqua finalement Maxime.

— D'accord. On a fini de toute façon. On se revoit après-demain pour répéter les premières scènes ?

La troupe se leva au moment où Maxime s'éclipsait en direction du comptoir. J'ouvris la porte de la librairie et saluai un à un les prochains protagonistes de la pièce de théâtre. La dernière, Élise, tout sourire, profita de ce moment.

— Je veux tout savoir, murmura-t-elle.

— Il n'y a rien à dire. Il m'aide ici et je l'héberge. C'est tout.

— Tu l'héberges ? Donc… il dort ici ?

— Dans la seconde chambre, précisai-je, un peu agacée.

Elle sortit de la librairie, mais ne cessa pas de me parler. Élise était une vraie curieuse, avec une tendance nette à cancaner. Que je devienne l'objet de ses prochains ragots ne me plaisait guère.

— Tu réalises que tu vis avec l'un des mecs les plus sexy du pays ?

— Quand il ne grogne pas, il enchaîne à peine deux phrases. Il ne cherche pas d'amis. Et je…

— Bon sang, Sarah ! Sors la tête des livres et regarde ce mec ! Il est superbe !

Je levai les yeux au ciel, exaspérée. J'avais évidemment réalisé que Maxime était loin d'être désagréable à regarder. Son silence m'apaisait et la façon même dont il m'observait parfois était très troublante. Mais son apparence m'importait peu. J'aurais aimé pouvoir lui parler et avoir une vraie conversation avec lui. Je ne pouvais pas croire qu'il était si taciturne sans raison. Sa colère devait avoir une explication… et j'aurais fait n'importe quoi pour la désamorcer. Je me demandais souvent ce à quoi Maxime pouvait ressembler hilare ou détendu.

Je décidai de botter en touche et trouvai un moyen de désamorcer l'histoire qui se formait déjà dans l'esprit d'Élise.

— Et puis, je sors avec quelqu'un, annonçai-je.

— C'est vrai, admit-elle. Anita m'a raconté ! Bonne soirée, Sarah. On se voit demain ?

— Avec plaisir !

Apparemment, mon histoire fantasmée avec Maxime n'était déjà qu'un vague souvenir. J'en étais soulagée. Je n'avais pas envie de devenir le sujet des conversations. Pire, je ne voulais surtout pas que Maxime entende parler de ce genre de choses et pense que j'y étais pour quelque chose. Notre relation n'était déjà pas franchement… agréable, je ne voulais pas détériorer le peu que nous avions.

Je verrouillai la porte derrière Élise et rangeai le coin lecture. J'éteignis les lumières et rejoignis mon appartement, espérant croiser Maxime et entamer un début de vraie conversation. Je ne pouvais plus vivre ainsi, en cohabitant avec un homme que je ne connaissais pas. Nous avions encore plusieurs semaines de vie commune en perspective, nous devions avancer.

Malheureusement, quand j'atteignis le salon, tout était déjà plongé dans le noir. J'allumai dans la cuisine et rédigeai une note pour Maxime. Le lendemain, je devais partir tôt pour récupérer des cartons de livres dont une amie d'Anita se débarrassait.

Ma note fut rapide :

Absente demain. On se voit plus tard ?

Chapitre 7

Ce ne fut qu'après avoir entendu Sarah fermer la porte de sa chambre que je me relevai de mon lit. En boxer, j'ouvris avec précaution ma porte et me rendis dans la cuisine. Après avoir inspecté tous les placards de l'appartement, j'en avais finalement conclu que Sarah ne possédait aucune bouteille d'alcool. Même l'armoire à pharmacie dans la salle de bains était dépourvue de désinfectant.

J'avais tout envisagé pour mon séjour ici : l'humiliation, en premier lieu, l'ennui, une perte de temps certaine et l'oubli. J'étais venu ici pour me faire oublier... et ma mission était plus qu'accomplie : je n'avais aucune nouvelle de Mathilde, encore moins de mon avocat. Mais c'était sûrement le silence de Simon qui me pesait le plus. Réaliser que notre amitié avait été, tout comme ce monde médiatique, factice était douloureux.

J'ouvris le réfrigérateur et, à défaut d'alcool ou de cigarettes, je jetai mon dévolu sur un jus de fruits. Je repoussai les quelques papiers qui jonchaient le plan de travail et empilai les livres dans un coin. Je pressai deux oranges et m'installai sur l'un des tabourets de la cuisine. Depuis que j'étais arrivé ici, je dormais seulement quelques heures par nuit. J'étais trop tourmenté de questions sur mon avenir pour trouver le sommeil. La solitude, celle qui visait justement à me faire réfléchir, commençait à me peser.

Pire, je devenais presque allergique aux humains. Débouler pendant le club de lecture de Sarah n'avait pas été une bonne idée. Je m'étais retrouvé face à tous ses amis. Il y avait surtout eu cette jeune femme, qui m'avait dévoré des yeux. Jeune. Souriante. Naïve. À Paris, elle m'aurait sûrement plu.

Ici, au milieu des livres, elle avait à peine attiré mon attention. De toute façon, je ne pouvais pas vivre ici comme je vivais à Paris. Damien et Sarah avaient mon destin entre leurs mains. Commettre un impair signifierait la fin de mon sursis.

— Je pensais que tu dormais, lança Sarah en frottant ses yeux.

Elle alluma la lumière du salon, éclairant ainsi les deux pièces. Mes yeux dévalèrent ses jambes nues, à peine masquées par un long T-shirt sur lequel était dessinée une pile de livres. Ses cheveux cascadaient sur ses épaules et d'épaisses chaussettes noires achevaient sa tenue de nuit.

Une chose que je devais reconnaître à cette fille : son incroyable innocence. Sarah avait dû être nonne dans une vie antérieure. Timide, maladroite, elle était perpétuellement plongée dans ses livres comme s'ils détenaient le sens de la vie.

Cette nuit, devant moi, pendant qu'elle retenait un bâillement, je trouvais sa mine ensommeillée touchante. Elle repoussa ses cheveux en arrière, révélant une épaule dénudée.

Touchante et un peu sexy, en fait. Qu'elle ne fasse rien pour et qu'elle ne s'en doute pas la rendait encore plus… attirante.

— Je dors peu, expliquai-je.

Ses yeux caressèrent mon torse nu et elle manqua presque de trébucher sur le deuxième tabouret. Elle s'y assit prudemment et ses yeux trouvèrent finalement les miens.

— Tu es une fille polie, commentai-je.

— En temps normal, je le prendrais comme un compliment. Mais venant de toi… Je ne sais pas.

— Tu ne sais pas ?

— Tu ne réagis pas comme nous autres les humains. Pourquoi suis-je polie ?

— Parce que tu ne poses pas de questions. Alors que j'entends d'ici ton cerveau qui carbure à fond.

Un petit sourire erra sur ses lèvres sans jamais vraiment s'y arrêter. Très polie, songeai-je. Elle ne prenait même pas la peine de nier. Pourtant, à ses mains tordues et à la façon dont elle remuait nerveusement sur ses fesses, je devinais que cela lui coûtait de ne pas m'interroger davantage.

— C'est un compliment, la rassurai-je finalement.

Elle rougit fortement et je secouai la tête. J'étais tombé sur la fille la plus timide du pays. La plupart du temps, devant moi, les femmes se montraient entreprenantes. En de rares occasions, elles jouaient les effarouchées. Sarah, elle, était une vraie timide, une de ces filles qui rougissaient dès qu'on leur parlait et qui baissaient les yeux par crainte d'affronter le monde.

— Quelle est ton excuse ? demandai-je.

— Pour ?

— Je n'ai pas besoin de beaucoup de sommeil. Quelle est ton excuse à toi pour être ici au lieu d'être au fond de ton lit ?

— J'habite ici, tu sais. Je n'ai pas vraiment besoin d'excuse pour squatter la cuisine au milieu de la nuit.

— D'accord. Bien. Donc, tu m'as entendu et tu as cru que je coupais de la drogue ? Ou tu as peut-être imaginé que je me faisais la malle ?

— Non. Et… non, répondit-elle après un instant. Si tu avais voulu partir, tu l'aurais fait depuis longtemps.

— Alors quoi ? Mon petit côté grognon te manquait ?

Elle fronça les sourcils, un peu contrariée par ma remarque. Elle prit une profonde inspiration et se perdit pendant quelques instants dans la contemplation de mon tatouage sur le bras. La ronce s'enroulait de haut en bas, sans sens particulier, ni fin. Pas mal de femmes l'avaient vue. Mais aucune ne l'avait regardée comme Sarah le faisait. Elle était ni intriguée, ni curieuse. Elle suivait la courbe du dessin avec attention. À nouveau, j'eus la sensation qu'elle voulait percer un secret, que j'étais un coffre-fort dont elle cherchait le code.

Pour la première fois de ma vie, le regard d'une femme me gêna au point de faire diversion.

— Un jus d'orange ? proposai-je.

— Avec plaisir. Il te va bien, ajouta-t-elle après un court silence.

Je ravalai un rire. C'était bien la première fois qu'on me disait que mon tatouage « m'allait bien ». La plupart du temps, j'étais complimenté pour son dessin ou pour son esthétique.

— Et je ne crois pas que tu sois grognon. Je peux comprendre ton… attitude. Honnêtement, je n'aimerais pas être catapultée dans un monde différent du mien.

— Tu veux dire un monde… sans livres ?

Elle posa une main sur son cœur et afficha une mine choquée. Je pressai la première orange, en riant. Sarah était si impressionnable, c'était adorable. Elle n'avait rien d'une fille blasée. Sa fraîcheur avait réussi à me faire un peu oublier ma rancœur.

— Ce que tu viens de suggérer est insupportable, murmura-t-elle.

— Je t'assure que c'est possible.

— Pas pour moi. J'ai été élevée dans cet endroit, entourée par des livres. Ma grand-mère m'a légué tout ça. Je ne crois pas avoir grand-chose d'autre.

— Ta grand-mère ?

Je lui tendis son verre, curieux d'en savoir plus. Mon passé avait toujours été une sorte de motivation. Je ne voulais pas vivre comme mes parents le faisaient. Je voulais plus, je voulais me sortir de ce bourbier et les oublier au plus vite. J'avais du mal à comprendre pourquoi Sarah avait un tel attachement pour cet endroit.

— Elle m'a élevée, expliqua-t-elle. Mes parents n'ont pas été vraiment à la hauteur. Mon père est parti quand j'avais quatre ans. Ma mère a fait plusieurs allers-retours entre ici et la prison. La dernière fois que je l'ai vue, elle m'a promis de me ramener des bonbons. Ça fait… un peu plus de vingt ans.

Je la fixai en silence. J'étais encore plus perdu qu'avant.

— Tu ne réagis pas comme nous autres les humains, dis-je pour la plagier.

Elle m'adressa un sourire, avant de se réfugier dans son verre. Sarah était une énigme pour moi. Malgré son histoire, elle n'irradiait d'aucune colère, d'aucune envie de quitter cet endroit.

— Tu devrais être en colère, dis-je finalement.

— Je l'ai été pendant un temps. Mais ça me faisait perdre un temps fou, dit-elle avec un sourire. J'ai préféré…

— … lire ?

— Les livres m'ont évité le pire. Cela m'a apaisée. Et ma grand-mère était une femme adorable. J'ai tout un tas d'amis, j'ai cette boutique, je suis en bonne santé. J'ai appris à apprécier ce que j'ai. Sauf la plomberie, plaisanta-t-elle.

Sans cette épaule dénudée, ce sourire embarrassé et ces jambes nues, j'aurais pu mettre Sarah dans la catégorie des saintes. Mais une véritable sainte ne m'aurait pas autant plu. Sarah n'avait rien vu de la vie, elle n'avait jamais voyagé, elle n'avait jamais vécu ce que les gens de son âge avaient vécu.

Cela me taraudait. J'aurais pu lui offrir une vie de rêve, un appartement luxueux, des vêtements hors de prix. Tout. Y compris sa foutue plomberie. Tout. Y compris un océan de livres.

Mais je n'arrivais pas à déterminer si elle en avait même envie.

— Aucune envie ? Aucune... liste à la con, du genre « si je gagne au loto... » ? demandai-je finalement.

— Si, évidemment.

Elle leva les yeux au ciel, jouant toujours avec le livre qu'elle avait à la main. Je me demandai vaguement à quoi pouvait rêver une fille comme Sarah. L'évidence me sauta finalement aux yeux.

— Laisse-moi deviner... Plus de livres ?

Son sourire s'élargit et son regard luit d'un éclat coupable. J'éclatai de rire et parvins ainsi à la faire rougir davantage. Elle termina son verre et reposa le livre sur son interminable pile.

— C'est presque trop facile, dis-je finalement.

— Peut-être. Désolée de ne pas être une femme mystérieuse.

— Tu es mystérieuse. Mais sur certains points, tu es un peu trop prévisible !

Un nouveau sourire étira ses lèvres. Elle posa ses yeux sur moi, avec cette même façon désarmante qu'elle avait eue en détaillant mon tatouage. Elle descendit de son tabouret et passa près de moi pour déposer son verre dans l'évier.

— Je me fiche d'être prévisible, je suis parvenue à mon but. Je voulais t'entendre rire.

Elle risqua un sourire satisfait, alors que j'encaissais sa remarque. Elle s'éloigna en direction de sa chambre. Mes yeux tombèrent immédiatement sur ses cuisses. Avant de franchir la porte, elle prit soin de retirer ses épaisses chaussettes et les roula en boule.

— Tu as vu mon mot ?

J'acquiesçai, avant de dénicher la note et de l'agiter pour lui prouver mes dires.

— Je serai de retour en fin de matinée, tu pourras te charger d'ouvrir ?

— Sans faute !

— Bonne nuit, Maxime.

— Bonne nuit, Sarah.

Elle referma la porte derrière elle, me laissant seul dans la cuisine. Je rinçai les verres et retournai à ma chambre.

Je luttai deux bonnes heures avant de plonger dans un sommeil agité.

À mon réveil, Sarah était déjà partie. Elle avait rédigé une nouvelle note sur le plan de travail. J'y jetai un œil distrait, tout en me préparant un café serré. Je vérifiai l'heure et regardai à la fenêtre si Damien n'était pas déjà là. Nos footings quotidiens me permettaient de me vider la tête. En l'absence de nouvelles de mon avocat, de Mathilde ou de Simon, Damien demeurait l'une des rares personnes à s'assurer que je tenais le coup.

Tout en portant la tasse à mes lèvres, je contemplai les livres que Sarah accumulait dans la cuisine. Je ne comprenais toujours pas ce qui la fascinait autant dans ces bouquins. Depuis plus d'une semaine, je passais mes journées à les retirer des étagères, pour les y remettre ensuite. La tâche était redondante, mais elle avait le mérite de m'éviter de gamberger.

Je songeai furtivement à notre conversation de la nuit dernière. Elle avait eu raison sur un point. Je n'avais pas ri ainsi, de manière aussi spontanée, depuis des mois. J'étais habitué à donner des instructions, à rire sur commande, à serrer les mains de gens dont j'oubliais le nom dans la demi-seconde. Le nombre de mes relations était déjà très limité. En plus, elles étaient codifiées et contraintes. Je devais être poli, lisse, sans état d'âme. Tout ce que je n'arrivais pas à faire à Paris. Ici, au moins, mes quelques relations étaient saines. Aucun rôle à jouer, aucune image à préserver, aucun nom à retenir. Je pouvais être en colère, personne ne s'en souciait.

Pourtant, j'étais conscient que c'était justement mon comportement incontrôlable qui m'avait conduit ici. Je savais que je devrais présenter des excuses, au moins à Mathilde. Je m'en étais pris à elle alors qu'elle n'était pas en cause. Au contraire, elle passait la majeure partie de son temps à arrondir les angles et à faire en sorte que le métier ne me tourne pas le dos. Il fallait que j'arrange les choses.

Je terminai d'un trait mon café et m'assurai que mon heure de liberté matinale avait débuté. Je descendis à la librairie et déverrouillai la porte. Damien m'attendait, sa bouteille d'eau à la main.

— Prêt ? demanda-t-il.

— Allons-y !

Après quarante-cinq minutes de course, nous retrouvâmes la boutique de Sarah. Les tables et les étagères d'extérieur n'étant pas installées, j'en déduisis qu'elle n'était pas revenue de son escapade matinale. Cependant, un paquet épais, à mon attention, attendait sur le paillasson.

— Livré par coursier, lut Damien en se saisissant de l'épais courrier. Ça pèse son poids ! ajouta-t-il.

J'ouvris la porte de la boutique et me servis un verre d'eau fraîche.

— Qui envoie ? demandai-je.

— C'est de la part de Claude, ton avocat. Tu veux que j'ouvre ?

— Fais donc ! Ça doit être des contrats à la con pour de la représentation !

L'idée seule me fit grimacer. J'aimais jouer… mais je détestais les effets collatéraux de ce métier. Je devais signer des contrats pour porter telle ou telle marque régulièrement et, à l'occasion, me pointer aux soirées de l'entreprise. Du champagne, des filles, des petits-fours. Au début, j'avais trouvé ça agréable. Mais, au fur et à mesure, l'ennui avait eu raison de mes engagements contractuels.

Engagements que Mathilde et Claude tentaient de sauver malgré tout.

Damien déposa l'imposante enveloppe sur le comptoir et m'adressa un sourire complice.

— C'est un scénario. Je présume que Mathilde a pris ta menace au pied de la lettre et fait transiter ce qui te concerne via Claude.

Je sortis le scénario de l'enveloppe et le feuilletai. Je tentai de me souvenir de mes dernières conversations avec Mathilde. M'avait-elle parlé d'un projet spécifique ? Rien ne me revenait.

— Tu vas avoir le temps de le lire, dit Damien.

— J'envisageais plutôt d'attendre un peu. De toute façon, je ne peux rien faire d'ici. Et je ne crois pas que quelqu'un m'attende à Paris.

— Tu crois ? Dans quel monde vis-tu au juste, Maxime ? Tu crois que personne ne s'intéresse à toi ?

— J'ai viré mon agent. Mon avocat va sûrement se tirer. Et mon seul ami – enfin, le type que je prenais pour un ami – n'a pris aucune nouvelle depuis mon arrivée ici. Je te le répète : personne ne m'attend là-bas.

Damien ricana, puis s'effondra dans le fauteuil du coin lecture. Il secoua la tête, avant de poursuivre.

— Cela fait quoi… dix jours que tu es ici ?

— Oui, pourquoi ?

— Dix jours que tu es ici, que potentiellement des tas de gens t'ont vu et reconnu.

— Oui, m'agaçai-je. Pas que ça me plaise, j'aurais préféré un job moins… enfermant. Genre dans les vignes. Je n'aurais pas eu besoin de parler à qui que ce soit, ni à craindre que ma gueule finisse à la une du journal.

— Justement, rien n'a filtré. Pas une ligne, pas une photo. Tu sais pourquoi ?

— Qui viendrait dans ce trou ?

— Ceux qui veulent un scoop et de l'argent. Tu crois que personne n'est venu ? Tu te trompes ! Ils sont tous venus ! Ils ont pris des photos de la librairie et de Sarah. Ils ont aussi sûrement quelques photos de toi en train de dépoussiérer les étagères. Mais rien n'est sorti ! Rien !

Je fronçai des sourcils, sans comprendre. Je ne m'étais

même pas questionné sur ce sujet. Après tout, j'étais ici contre mon gré, je me fichais qu'on me découvre. J'étais habitué à ce qu'on raconte n'importe quoi à mon sujet, habitué à être une bête de foire. La presse avait sûrement eu l'information, mais quel intérêt pour eux de voir un acteur incontrôlable, tendance escroc, en plein travail dans une librairie ?

— Rien n'est sorti, parce que Mathilde et Claude ont bossé comme des fous depuis la nuit de ton arrestation. Tout est contrôlé et cadré. Si un journal sort une information sur toi, il risque un procès retentissant. Et si Mathilde et Claude font ça, c'est pour sauver ta carrière.

Je me sentais idiot maintenant. Idiot et passablement ingrat. Damien se redressa, pendant que je réfléchissais à toute vitesse à ce que je devais faire.

— Tu devrais lire ça, asséna-t-il en tapant son index contre le scénario. Tout le monde compte sur toi pour reprendre les tournages en septembre. Ouvre les yeux, Maxime. Tu n'as aucune raison d'être en colère contre nous.

— Mathilde et Claude ?

— Eux-mêmes. Toute cette histoire... Bon sang, Maxime, tout ça, ce n'est rien ! Tu es ici pour deux mois, et ensuite tu reprendras ta vie et tu retrouveras tes repères.

Je lui adressai un sourire, puis retirai mon maillot pour m'essuyer le visage. En entendant Damien, je pensais immédiatement à son père. Ils avaient les mêmes valeurs, la même volonté, la même façon de parler aux gens avec le minimum de diplomatie. J'appréciais sa franchise.

— Comment disait ton père déjà ? Le verre à moitié plein, c'est ça ?

— C'est ça, oui. Appelle Mathilde, je t'assure, elle reviendra travailler pour toi.

Je pesai rapidement le pour et le contre. Je n'avais aucune idée de ce que j'allais lui dire. En théorie, je savais présenter des excuses et paraître contrit. En pratique, c'était différent. Mathilde et moi avions une relation professionnelle... rehaussée d'un lien amical très fort. Je connaissais son fils, elle avait un double de clé de mon appartement. Elle me connaissait parfaitement.

— Aucun journaliste alors ? demandai-je à nouveau.

— Aucun. Ni journaliste, ni photographe. Tu n'échapperas peut-être pas aux réseaux sociaux, mais ça sera un moindre mal. Demande à ton copain Simon de générer un nouveau scandale, ça chassera le tien !

— Très drôle ! Simon n'est pas trop le genre à créer du scandale.

— Appelle Mathilde et lis ce scénario, ça te remettra dans le bain ! Et avec Sarah ?

— Je suis sage comme une image, ironisai-je.

Damien éclata de rire et, lentement, se dirigea vers la porte.

— Alors, ça fait quoi ? demanda-t-il finalement.

L'image de Sarah, la veille, à la fois innocente et attirante me revint à l'esprit. J'étais toujours contrarié d'être ici, mais Sarah rendait l'exercice moins pénible. J'espérais pouvoir avoir une nouvelle conversation nocturne avec elle. Malgré ses regards inquisiteurs et sa passion inexplicable pour les livres, je l'appréciais. Elle vivait à contretemps du reste du monde, à croire qu'elle s'était échappée du début du siècle : douce, gentille, souriante. Elle agissait comme s'il n'existait aucune méchanceté. C'était désarmant de vivre avec elle.

— C'est... nouveau, dis-je finalement. Sarah est perturbante, elle brouille mes repères.

— Pas simple d'aboyer sur quelqu'un qui n'est que sourire !

— Je vis au pays de l'ennui. Elle ne regarde même pas la télévision, ni même de films ! Je crois qu'hormis les livres, elle n'a aucune vie. Ah si, ce mec. Frédéric, c'est ça ?

— C'est ça !

— Je le sens pas, dis-je en plissant le nez.

— Tu le connais ? s'étonna-t-il.

— Non. Juste un pressentiment. Je le trouve... trop poli.

Damien me dévisagea, sans comprendre. J'allumai la machine à café et ouvris la boîte qui contenait les grains. Je secouai la tête. Je n'avais pas de véritables raisons pour me méfier de Frédéric. Pourtant, quand je l'avais vu avec Sarah, quelque chose dans son attitude trop lisse m'avait perturbé.

— Il invite Sarah à déjeuner, il lui tient presque la main... et il ne fait rien pour l'embrasser ? C'est louche !

— Maxime, tout le monde ne saute pas sur une fille à la moindre occasion. Il est galant et civilisé. Tu devrais t'en inspirer. En parlant de civilisation...

Mon ami fourra la main dans la poche de son jogging et en sortit une feuille pliée en quatre. Il la déposa sur le comptoir, m'invitant d'un geste du menton à l'ouvrir.

— C'est quoi ?

— Lis, tu verras !

— J'ai les mains prises, dis-je en versant le café dans la machine. Dis-moi ce que c'est, bordel !

— Une autorisation de sortie.

La boîte de café s'écrasa au sol, répandant ses grains

sur le parquet. Je grognai contre ma maladresse, puis jurai en manquant de me vautrer lamentablement. Je pivotai vers Damien, qui leva les mains devant lui en signe de défense.

— Tes conneries, ta corvée, dit-il en riant.

— Je rentre à Paris ?

J'étais sous le choc. Dix jours. Dix jours d'enfer de solitude ici, et ma punition était levée ? Machinalement, je fis le décompte. En partant maintenant, je pouvais être à Paris pour le dîner, puis en boîte. Je reprenais ma vie là où je l'avais laissée. Mon sourire s'élargit, mais, très vite, je retombai sur terre.

— Pour une soirée, précisa Damien.

— Une soirée ? Mais qu'est-ce que tu veux que je foute d'une soirée de libre, *ici* ?

— Il y a la soirée du village ce week-end, j'ai pensé que tu serais content d'y participer.

— Tu as pensé quoi ? Mais qu'est-ce que tu veux que je foute à cette soirée ? Que je me dandine en dansant la lambada ? Que je boive du punch bas de gamme ? Que je fasse connaissance avec les paysans du coin, histoire que je retrouve mes racines ? Putain, Damien, je ne veux pas être ici ! Je veux justement… tout sauf être ici !

Le visage de Damien se figea. Il serra les mâchoires et ses épaules se tendirent. Il fixa le papier, toujours plié sur le comptoir.

— C'est un paysan du coin qui t'a sauvé les fesses. Tu en as peut-être honte, mais oui, ici ce sont tes racines. J'ai pensé que tu aimerais un peu d'animation. Fais ce que tu veux !

— Damien…

Il passa le seuil, mais se tourna vers moi une dernière fois, le visage fermé et les yeux flamboyants.

— Tu nous fais chier, Maxime ! Paris ? Qui t'a appelé depuis que tu es là ? Hein ? Qui court avec toi ? Qui te protège ?

Sa rage était palpable. Comme souvent, j'avais parlé sans réfléchir et je devais maintenant affronter mon dernier soutien. Je fis un pas vers lui, espérant apaiser la situation. J'avais été trop loin. Une fois de plus.

— Damien, ce n'est pas...

— Va te faire foutre, Maxime.

Il traversa la rue d'un pas vif. Le port de mon bracelet m'empêchait de m'éloigner de la librairie et donc de le suivre. De frustration, je lançai mon poing dans une pile de livres. Ils s'étalèrent au sol et je résistai à l'envie de les expédier dans la rue à coups de pied furieux.

Je retournai derrière le comptoir et nettoyai les dégâts. J'abandonnai l'idée de me faire un café puis je rangeai les livres et refermai la porte de la librairie. Il me restait dix minutes avant l'ouverture de la boutique pour prendre une douche.

Comme Sarah me l'avait demandé, j'ouvris la boutique à sa place. Je sortis les tables et les chaises sur la terrasse, puis installai deux étals de livres. Sarah avait fait une table de livres jaunes. Sur certains étaient accrochées des petites étiquettes de recommandations. Sur le deuxième étal, je retrouvais des livres d'occasion. Les couvertures étaient un peu craquelées, et les pages, gonflées d'avoir été feuilletées. Je me doutais que Sarah ne parvenait pas à les jeter.

À l'intérieur, j'entrepris de décoller le papier peint abîmé par l'inondation. Cela me prit une bonne heure, le temps de retirer chaque millimètre carré de papier. Je jetai le tout dans la poubelle à l'extérieur. Sur le palier, le fleuriste m'adressa un petit signe de la main. Je ne pris même pas la peine de répondre. Ce mec ne m'inspirait pas. L'idée même que Sarah puisse l'apprécier, ou qu'il puisse être intime avec elle, me mettait mal à l'aise.

Sarah était innocente et douce. Lui... Lui, était bien trop lisse pour être honnête. Je redoutais qu'il se serve d'elle et qu'il la rende triste. Sarah n'était pas prête à encaisser une déception, elle était bien trop enthousiaste et naïve pour être confrontée à ça.

De retour dans la boutique, je retirai la plinthe du mur sinistré et vérifiai l'état du mur.

— C'est plus moche que ce que j'avais imaginé, fit la voix de Sarah derrière moi.

— Il faut tout réenduire. Ensuite, ponçage et... papier peint ou peinture.

— Traduction ?

— Y en a pour deux semaines, environ, expliquai-je pendant qu'elle avançait pour être à mes côtés.

J'éclatai de rire en découvrant son visage. Elle avait les cheveux couverts de poussière, et une famille d'araignées semblait y avoir tissé des kilomètres de toile. Quelques traces noires bariolaient ses joues. Elle me jeta un regard et m'adressa un sourire.

— Cave ou grenier ? demandai-je.

— Les deux, bien sûr. Je crois que personne n'avait mis les pieds dans ces pièces depuis le siècle dernier.

— La pêche a été bonne ?

— Excellente. J'ai une dizaine de cartons. Je récupère tout demain. Damien va faire le transporteur.

— D'accord. Encore des livres, donc.

— Jamais trop ! Rassure-moi, tu sais faire tous ces

trucs, hein ? s'inquiéta-t-elle subitement en désignant le mur délabré devant nous. Le ponçage et l'enduit et...

— Oui, je sais.

Elle soupira de soulagement et chassa une mèche de cheveux de son visage, dessinant du même coup une nouvelle trace noire sur sa joue. Je retins un rire, et, sans lui demander son avis, je tentai d'effacer cette trace avec mon pouce. Elle esquissa un petit geste de recul mais ne me repoussa pas. Je croisai son regard surpris et lui adressai un sourire complice. Malgré toute ma colère, je n'avais rien contre Sarah. Elle s'était retrouvée coincée avec moi pour sauver sa librairie. Elle ne méritait sûrement pas que je fasse capoter son plan.

— Je croyais qu'on ne devait pas être amis, murmura-t-elle.

— On va devenir amis parce que je fais ça ?

Je tentai de me concentrer sur la trace que j'essayais d'effacer. Malheureusement, je faisais encore plus de dégâts, étalant la poussière jusqu'à la naissance de son cou.

— C'est le risque, oui.

Je m'arrêtai une courte seconde, puis repris ma tâche.

— J'aime vivre dangereusement, dis-je avec un sourire.

Elle rit doucement et ses joues chauffèrent sous mes doigts. Sa timidité revenait au triple galop. Dès que nous abordions un sujet intime, elle se renfermait sur elle-même.

— Trois minutes sans rougir, nouveau record, ironisai-je, alors que son rougissement s'intensifiait encore.

— Vivre dangereusement t'a conduit ici, me fit-elle remarquer.

— Je suis prêt à une douce pénitence.

Un éclatant sourire barra son visage. C'était la première

fois que je voyais le visage de Sarah si lumineux. Elle se pinça les lèvres et secoua la tête.

— Un homme qui cite les livres ne peut pas être si dangereux.

Je baissai la main et Sarah me dévisagea. Elle avait encore ce regard énigmatique et profond. Ses yeux tombèrent sur mon bras et suivirent la ligne de mon tatouage. Un frisson me parcourut et m'immobilisa.

— Je vais aller me changer, dit-elle.

La sensation de fourmillement qui parcourait mon corps se dissipa. Sarah s'éloigna en direction des escaliers, me laissant à la boutique.

Je n'avais jamais eu autant l'impression d'être un fichu escroc.

Chapitre 8

— Anita, tu refais la scène, mais, s'il te plaît, il faut que tu sois plus près d'Élise.

J'étais habituée à l'exubérance d'Anita ; pour elle, rien n'était vraiment important. Ce soir, nous répétions la pièce de Musset et, pour la fin de la scène première de l'acte 2, mon amie se montrait particulièrement distraite. Je montai donc sur scène et montrai à Anita ce que j'attendais d'elle. Je débitai son texte avec Élise et refis la scène. Anita hocha la tête et retourna en coulisses, prête à faire son entrée.

— Tu es sa confidente, tu peux donc te permettre une certaine proximité, tu vois ? Donc, on reprend. Quand Damien sort, tu entres en scène. Élise, tu l'interpelles et, pitié, marchez en même temps vers la sortie opposée. Sinon, ça ne fonctionnera pas.

Je dévalai les quelques marches et les observai pendant qu'elles rejouaient cette courte scène. Près de moi, Damien répétait la suivante avec une amie de son frère, qui jouerait Rosette. Après plus d'une heure de répétition, je sentais une certaine fatigue s'installer.

Élise et Anita jouèrent parfaitement et, à leurs soupirs, je compris qu'elles en étaient soulagées. Alors que Damien se lançait dans la deuxième scène de l'acte, j'entendis la porte de la salle claquer et Maxime apparut. Il hocha la tête en direction de la troupe, les saluant en silence, avant de s'installer au fond de la salle. Je vérifiai l'heure : Maxime profitait de son temps libre hors de la boutique.

Je repris les répétitions, guidant Damien dans sa scène de séduction de Rosette. Malgré toute ma concentration, je sentais le regard de Maxime me brûler la nuque. Le souvenir de notre échange de la fin de la matinée me hantait. Quand nous parlions, j'avais la sensation que sa colère s'estompait, qu'il était presque doux. Mais son tatouage me rappelait qu'il gardait ses distances… et mon instinct me serinait en boucle que je devais faire la même chose. L'avertissement était clair : on n'approchait pas Maxime sans risquer quelques blessures.

Pourtant, l'entendre citer Shakespeare m'avait émue. Ses courts instants de fragilité étaient trop rares. C'était sûrement mieux ainsi. Cela me permettait de ne pas trop m'attacher à lui. D'ici à quelques semaines, il reprendrait sa vie parisienne et il oublierait sa parenthèse provinciale.

Après quarante-cinq minutes à buter sur la même tirade, Damien jeta l'éponge, signifiant ainsi la fin de la répétition. Je donnai mes instructions pour la prochaine, le surlendemain, et laissai la troupe se disperser.

Quand je me tournais vers Maxime, il avait déjà disparu, respectant à la lettre son couvre-feu.

— J'espère qu'il s'est calmé, ronchonna Damien près de moi, tout en empilant des chaises pour les ranger.

— Maxime ? Pourquoi, il y a eu un problème ?

— J'ai réussi à obtenir une autorisation de sortie pour la fin de la semaine… Mais monsieur a estimé que nous n'étions que des ploucs et qu'il valait évidemment mieux que ça !

Je grimaçai. Je savais à quel point Maxime pouvait se montrer cassant en une ou deux phrases. Damien était du genre revanchard, il pouvait s'écouler des semaines avant qu'il accepte de passer à autre chose. Il poussa le tas de chaises dans un coin et enfila son manteau. À son regard, je compris qu'il était toujours agacé.

— Tu l'as dit toi-même : il est perdu.

— Je l'ai envoyé se faire foutre !

— Il le méritait certainement. Mais... Peut-être que tu devrais te montrer plus compréhensif. Il n'est pas si... buté !

Damien me dévisagea, puis s'approcha de moi.

— Je croyais que tu sortais avec Frédéric ?

— C'est le cas. Enfin, plus ou moins. Ça n'a rien à voir avec ça, de toute façon !

— J'espère. Parce que Maxime est le dernier type qu'il te faut. Il est instable, il est violent et... franchement, il saute sur tout ce qui bouge.

Je trouvai son jugement un peu rapide et, surtout, erroné. Je pouvais admettre une forme de violence, mais c'était surtout la colère qui l'animait. Quand cette rage le quittait, c'était agréable de parler avec lui.

— Sarah, ne craque pas sur lui, m'alerta Damien.

— Non, non. C'est juste que... Je ne sais pas, je n'ai jamais vu quelqu'un de si en colère. Est-ce qu'il a toujours été comme ça ?

— Aussi loin que je me souvienne, oui. Écoute, Sarah, je sais comme tu es. N'essaye pas de... de régler son cas, d'accord ? Il sera parti d'ici un gros mois et tu ne le verras plus. Contente-toi de l'héberger.

Ses recommandations sonnaient comme des ordres. Si j'avais vaguement espéré que Damien m'éclaire sur le mystère Maxime, j'étais un peu déçue. Il devait forcément y avoir une explication. Personne n'arrivait sur cette planète en ayant envie de tuer ses semblables. Sa façon même de repousser les gens, de leur faire comprendre qu'ils n'étaient pas à la hauteur, indiquait qu'il cachait quelque chose.

— Bien. Je... Je cherchais juste à comprendre.

— Je sais. Il a eu une enfance déglinguée, un père qui le battait, une mère absente. Pas exactement ce qu'on peut espérer pour grandir sereinement. C'est comme ça, Sarah.

— Ça explique beaucoup de choses.

— Je crois que côté parents défaillants, tu as aussi eu ton lot. Pour autant, tu n'es pas prête à attaquer tout le monde à la moindre remarque.

— D'accord, d'accord !

Je finis par abdiquer. Damien était trop en colère pour m'écouter, et encore plus pour m'aider. J'espérais qu'une nouvelle conversation avec Maxime m'amènerait à y voir plus clair.

— Il faut que j'y aille, je suis déjà en retard et la baby-sitter va finir par me ruiner.

— Tu reviens après-demain ? J'ai vraiment besoin qu'on répète cette scène entre Perdican et Rosette.

— Je viendrai avec Adèle, dit-il avant de déposer un baiser sur ma joue. Elle fera du coloriage en m'attendant.

— Sans problème !

Il courut jusqu'à la sortie, sortant les clés de sa voiture avant même de franchir la porte. Pendant près d'une heure, je rangeai la salle, glissant notre table de travail contre un mur, avant de jeter les gobelets en plastique. Je remballai les bouteilles d'eau et le thermos de café. J'éteignis les lumières et verrouillai la porte de la salle municipale derrière moi. Tout en marchant vers la boutique, je jetai un coup d'œil à ma montre.

Maxime était forcément à l'appartement, mais je

n'avais pas le temps pour une conversation. Je devais me préparer pour un nouveau dîner avec Frédéric. Dîner que j'espérais... concluant !

Après avoir posé le thermos sur le comptoir, je grimpai les escaliers jusqu'à l'appartement. Maxime était dans le salon, à regarder la télévision, dans la pénombre.

— Salut !

Il tourna la tête vers moi et m'adressa un petit signe de tête. Grâce à l'halogène, je discernais son sourire en coin. Ce seul détail suffit à me rassurer sur son état d'esprit : il était coopératif. Un verre d'eau reposait sur la table basse et, sans vraiment comprendre pourquoi, je fixai ses pieds nus. C'était inédit. Vu d'ici, Maxime aurait presque paru normal, loin de sa carrière d'acteur et de sa vie parisienne débridée.

La table était dressée pour nous deux et une vague de culpabilité mordante m'assaillit. Je ne l'avais pas prévenu de ma sortie et je devais être prête dans moins de quinze minutes. Pour un peu, j'aurais presque annulé pour discuter avec lui.

— Je dîne dehors, expliquai-je à voix basse.

— Pas grave, répondit-il sans frémir. Elle sera prête pour demain matin.

— Désolée, je ne t'avais pas prévenu. Et je... Enfin, je dois me préparer. Frédéric va m'attendre et...

— Tu dînes avec le fleuriste ?

Il se leva du canapé, son sourire désormais oublié. Je retirai mes sandales et me dirigeai vers le réfrigérateur pour me servir un verre.

— Oui, deuxième dîner. Plutôt bon signe, non ?

— Sûrement. Je ne suis pas un grand adepte de la norme.

— Tu n'as jamais invité une fille à dîner ? m'étonnai-je.

— Non. Les voir manger ne m'intéresse pas.

— Et leur parler ?

— Encore moins. Il y a peu de chances que ce qu'elles ont à dire mérite mon attention.

— J'imagine que je dois donc me sentir flattée de nos fabuleuses conversations ? raillai-je.

Je n'aimais pas la tournure de cet échange. J'avais la sensation de le sermonner pour son comportement, alors que ça aurait dû me laisser de marbre. Les mots de Damien me revinrent. Je ne devais pas accorder trop d'importance à Maxime. Je pouvais me montrer amicale, mais je n'avais pas le temps de faire de lui un mec bien ; je n'étais pas certaine de le vouloir de toute façon. J'appréciais Maxime pour ça : ses aspérités, ses fêlures et son tempérament.

Je n'avais pas à être cassante avec lui, encore moins à juger ce qu'il faisait. Sans importance ; ça devait rester sans importance.

— C'est différent avec toi. Tout est différent avec toi.

— Et pour quelle raison ?

— J'aime bien parler avec toi. Parce que tu m'écoutes, répondit-il en haussant les épaules.

Malgré son embarras palpable, son sourire discret réapparut. En un instant, l'air étouffant dans la cuisine s'allégea. Je me sentis rougir jusqu'à la racine des cheveux, pendant que mon cœur battait le rythme d'une folle cavalcade. Maxime me fixait avec attention et prudence, comme s'il redoutait un coup.

J'optai pour un changement radical de sujet.

— Tu as aimé la répétition ?

— Beaucoup. Damien devrait être plus… contrit, non ?

— Contrit ? Tu connais la pièce ?

Avec Maxime, je n'étais plus à une surprise près. Du

Shakespeare puis Musset… Un jour ou l'autre, il finirait par me réciter du Rostand en bas de ma fenêtre. L'idée me fit sourire et un peu rêver. Beaucoup de femmes fantasmaient sur des dîners romantiques, des bijoux hors de prix ou de la galanterie. Quant à moi, la seule perspective de me faire offrir des livres suffisait à me séduire.

— Un peu. Perdican devrait être plus… torturé à l'idée d'utiliser Rosette pour se venger de Cam…

Il s'interrompit en me voyant sourire. Je me réfugiai dans mon verre, mais c'était trop tard. Maxime arborait sa mine contrariée et serrait les poings. Discuter avec lui revenait à marcher sur une corde raide sans filet.

— Je ne savais pas que tu connaissais la pièce. Je trouve ça très… touchant. Mais je crois que tu as raison, Perdican se fait du mal en faisant cela. Il devrait être un peu plus désespéré à la fin de la scène.

Maxime sembla soulagé et acquiesça sans rien ajouter.

— Tu devrais aller te préparer, tu vas être en retard, me fit-il remarquer alors que je pensais encore à Cyrano et à Roxane.

— Euh, oui. Tu es sûr que ça ne t'ennuie pas ?

— Tu es chez toi, tu fais ce que tu veux.

Je haussai les sourcils, stupéfaite. Je commençais à comprendre le fonctionnement de Maxime. Qu'il soit si neutre, à la limite de la bienveillance, était inhabituel. Par ailleurs, il n'avait pas réagi quand j'avais parlé de dîner dehors… mais seulement à l'évocation de Frédéric.

— Ça ne te ressemble pas, lâchai-je finalement. Aucune remarque ? Aucune… pique ?

— Je te l'ai dit…

— Non. C'est le fait que je sorte avec lui qui te dérange ?

Je croisai les bras sur ma poitrine, prête à en découdre.

Je voulais une explication et j'étais prête à tout pour l'avoir. Ou alors... il se moquait de moi ? Il se moquait de mon incapacité notoire avec les hommes. Il s'était déjà moqué de mon rougissement ce midi, il devait trouver hilarant que je bégaye et prenne la fuite dès qu'un homme voulait m'embrasser.

— Je ne pensais pas que mon avis t'importait.

— Il faut croire que si !

— Écoute, fais ce que tu veux, Sarah. Va dîner et amuse-toi. Tu as l'air de tenir à cette soirée et moi je suis... cloîtré ici. Va t'habiller.

Il jeta un coup d'œil à sa montre et fronça les sourcils. Je l'imitai, réalisant que mes quinze minutes venaient de s'écouler à la vitesse de la lumière. Je n'avais toujours pas ma réponse, mais je n'avais plus le temps.

— On en reparlera plus tard, assurai-je avec conviction.

— Bien sûr !

Je fonçai dans ma chambre et me débarrassai de mon jean et de mon vieux pull. J'enfilai une jupe ample en coton bleu et un chemisier blanc sans manches. Après avoir vérifié ma tenue, je sortis de la chambre pour me faufiler jusqu'à la salle de bains. Je m'y brossai les cheveux avec énergie et me maquillai.

Ce soir devait marquer le véritable début de ma relation avec Frédéric. Nous avions déjà partagé des repas, nous nous étions tenu la main – enfin, les doigts, pour être précis –, j'espérais donc un baiser ce soir. Le premier d'une longue série, si possible. J'ajoutai une touche de parfum et adressai un sourire satisfait à mon miroir.

Je retournai dans le salon, ajustant mes clous d'oreilles. Maxime était toujours dans le fauteuil, les yeux rivés sur l'écran. Par acquit de conscience, je me plantai devant lui pour avoir son avis.

— De quoi ai-je l'air ? demandai-je, les bras le long du corps.

— D'une fille échappée des années 1950 ?

Je jetai un œil à ma tenue, catastrophée. Je voulais avoir l'air désirable, je voulais qu'on me regarde avec une lueur d'envie dans le regard, qu'on s'interroge vaguement sur mon parfum et qu'un homme finisse par plonger son nez dans mon cou.

— Vraiment ? Mais j'ai mis cette jupe très souvent et j'ai toujours été complimentée !

— Je n'en doute pas. Sûrement par des hommes de soixante-dix ans !

— Des femmes aussi, m'offusquai-je.

— Qui n'auront pas à craindre la concurrence.

— Bien. Donc pour le côté sexy, on repassera. Est-ce que tu crois que ma longue robe bleue irait mieux ?

— Celle qui ressemble à un rideau délavé ? Non, garde ça ! C'est toujours mieux !

— Génial, grognai-je. Merci de galvaniser mon ego, juste avant ce dîner !

Je quittai le salon en colère et enfilai mes sandales. Déstabilisée, je finis par ouvrir le premier bouton de mon chemisier. En espérant l'étincelle du désir, je n'avais récolté qu'une flammèche d'intérêt. Je naviguais toujours à vue avec Maxime. En lui demandant son avis, j'avais vaguement songé qu'il me donnerait un indice sur la manière d'agir avec lui, que j'arriverais à détecter si je pouvais plaire à un homme en général, et à lui en particulier.

En vain. Maxime demeurait indéchiffrable.

Je décrochai mon gilet de la patère et, énervée, bataillai de longues secondes avec les manches.

Soudain, le vêtement m'échappa et, pivotant sur moi-même pour le rattraper, je me retrouvai nez à nez avec

Maxime. À cette courte distance, je pouvais deviner le dessin de ses pectoraux tendus sous le tissu noir de son T-shirt. Il tenait mon gilet à la main et arborait ce nouveau sourire, qui retroussait le coin droit de ses lèvres. Ses yeux sombres me scrutaient.

— C'est quoi ça ? demandai-je en passant mon doigt sur la cicatrice qui barrait son sourcil.

— Le reste d'un mauvais souvenir.

Mes doigts effleurèrent la ligne de sa mâchoire, avant que ma main ne retombe le long de ma jambe. Ses remarques désagréables étaient déjà oubliées. J'étais coincée entre la porte et son corps et je n'avais pas vraiment envie de bouger. Maxime ne m'effrayait pas. Il me fascinait. Chaque nouvel indice sur sa vie ne faisait qu'alimenter de nouvelles questions.

— À quelle heure reviens-tu ?

Le souffle court, je m'éclaircis la gorge pour reprendre pied dans la réalité. Sa façon même de me regarder me faisait dérailler. En un instant, je perdais tous mes moyens. Ce n'était pas franchement nouveau avec un homme. Mais, habituellement, cela me collait une peur panique et je finissais par prendre mes jambes à mon cou. Avec Maxime, j'étais en confiance, rassurée par son sourire doux et sa silhouette aux épaules carrées.

— D'ici deux heures, je pense, répondis-je d'une voix éraillée.

— D'accord. Je ne bouge pas d'ici.

— Maxime Maréchal plaisante. Je pense que je vais devoir appeler une ou deux chaînes info, raillai-je.

— Tourne-toi, je vais t'aider.

Docilement, je m'exécutai. Maxime m'aida à glisser mes bras dans les manches et ajusta mon gilet sur mes épaules. Ma respiration reprit un rythme normal et je fis comme si le parfum puissant de Maxime ne me parvenait pas. Surtout, je fis comme si je n'étais pas en train de m'en enivrer à perdre toute pensée cohérente.

— Tu es très jolie, me complimenta-t-il finalement.

— Tu tentes de te racheter ! contrai-je en me tournant vers lui.

Avec des tremblements dans les doigts, je boutonnai mon gilet, les yeux rivés à ceux de Maxime. Son regard sombre m'hypnotisait. Il s'éclairait rarement, mais, à chaque fois que je voyais un éclat de joie ou une lueur de sincérité, c'était un vrai cadeau.

— Un peu. Mais même avec un sac-poubelle sur le dos, tu serais très jolie.

Nos corps étaient toujours proches l'un de l'autre, au point que nos souffles se mêlaient. J'attendis que Maxime s'écarte, mais il resta près de moi, ses yeux scrutant mon visage. Sans demander son avis, je posai ma main sur son poignet et fis courir mon index le long de son tatouage. Je remontai le long de son avant-bras, traçai une arabesque autour de son coude, puis passai sur son biceps.

— Tu devrais arrêter, m'avertit Maxime d'une voix rauque.

Son muscle tressauta à mon passage et je ne retins pas mon sourire triomphant. Je lâchai dans un souffle :

— Une trace de vie…

Mon regard se détourna de son tatouage pour se tourner vers son visage. Il avait les yeux clos, comme s'il tentait de garder le contrôle. Je fis le chemin inverse, longeant délicatement le dessin de la ronce jusqu'à son poignet. J'étais presque déçue de ne pas pouvoir aller plus loin. Maintenant que j'avais découvert la sensation de sa peau contre la mienne, j'en voulais plus.

— S'il te plaît, Sarah, tu devrais reculer.

Cela sonnait comme un avertissement. Comme d'habitude : toutes les remarques de Maxime ne visaient qu'à m'éloigner de lui. Ce soir, je voulais lui prouver que cela ne fonctionnait pas avec moi. Je n'avais pas peur de lui.

— Aucun danger, dis-je finalement.

— Sarah, tu devrais partir à ton dîner, avant que je ne t'en empêche.

— J'aime vivre dangereusement.

Son sourire heureux fit écho au mien et il défit les deux premiers boutons de mon gilet.

— Moins strict, expliqua-t-il. Passe une bonne soirée !

Brutalement, il s'écarta et retourna au salon. La chaleur qui m'avait gagnée se dissipa tout comme la brume qui s'était installée dans mon cerveau. Sans Maxime face à moi, je reprenais un mode de fonctionnement normal.

— Euh... Merci. Toi aussi !

Après une seconde d'hésitation, oscillant entre l'envie de rester et l'obligation de sortir, je dévalai les escaliers. Frédéric était devant ma porte, un bouquet de pivoines à la main. Je le remerciai avec chaleur.

— Des restes d'une fête d'anniversaire, précisa-t-il.

Il m'avait offert des fleurs très souvent. À chaque fois, ou presque, il s'agissait de restes. En temps normal, cela ne m'aurait pas gênée mais, ce soir, j'aurais aimé que ces fleurs ne soient que pour moi. Il nous guida jusqu'au restaurant de Baptiste.

— Tu as l'air ailleurs, remarqua-t-il alors que je piochais dans mon plat.

— Je suis un peu fatiguée.

Depuis le début de notre dîner, j'avais toutes les peines du monde à m'intéresser à la conversation. Frédéric alimentait les discussions, enchaînant les anecdotes, pendant que mon esprit divaguait, songeant à Maxime et à son tatouage.

Je repensais au contact de sa peau, à la chaleur de son corps, à la façon même dont celui-ci avait réagi, comme si ce fichu muscle l'avait trahi. J'avais au moins trouvé une faille dans la carapace de Maxime : il n'était pas si dangereux.

— À cause de Maxime ?

Le prénom de mon « colocataire » me tira de mes pensées. Je me sentis rougir et me réfugiai aussitôt dans mon verre de vin blanc.

— Je veux dire, il est un peu bizarre, non ?

— Non, tranchai-je. Juste… Il purge sa peine, on ne peut pas lui demander d'être heureux d'être là !

— Écoute, Sarah, je m'inquiète pour toi. Je ne sais pas si tu peux lui faire vraiment confiance. Il n'est pas net !

— Il m'aide, c'est déjà pas si mal. Parle-moi plutôt de la visite de ta mère, tout s'est bien passé ?

Aussitôt, Frédéric partit dans le récit épique de la visite de sa mère. Apparemment, la vieille femme était exigeante et radotait en permanence. Distraitement, je terminai mon assiette, hochant la tête à intervalles réguliers. Maxime et sa voix éraillée me hantaient toujours. J'aurais peut-être dû rester à la maison.

À la fin du dîner, comme à son habitude, Frédéric me raccompagna à la porte de la librairie. Cette fois, il n'hésita pas et prit ma main dans la sienne. Sa paume était chaude et un peu moite. Mes fleurs dans l'autre main, nous traversâmes la place qui nous conduisait à la librairie. Machinalement, je levai les yeux vers l'appartement. La lumière du salon brillait toujours et je me surpris à sourire de soulagement. J'aurais ainsi sûrement la possibilité de reprendre ma conversation avec Maxime.

— J'ai vraiment passé un très bon moment, murmura Frédéric.

— Moi aussi.

Même en ayant l'esprit ailleurs et après avoir vérifié l'heure trois fois.

Nous nous postâmes devant la porte de la librairie, éclairée par un spot et par des guirlandes lumineuses entortillées dans le lierre qui cernait les fenêtres.

— Je t'apprécie beaucoup, tu sais.

— Moi aussi.

Ses yeux tombèrent sur ma bouche et mon cœur reprit sa folle panique. Contrairement à notre première soirée, je craignais ce baiser. Je ne l'attendais plus, l'espérais encore moins. Je n'y avais pas pensé de la soirée et j'aurais préféré ne pas devoir affronter ça. Pas avec Maxime au-dessus de nous.

Pourtant, Frédéric posa sa bouche contre la mienne et m'embrassa. C'était maladroit et hésitant. J'étais sous le coup de la surprise et lui semblait se demander si c'était une bonne idée, comme quand vous goûtez un plat exotique pour la première fois en vous demandant si votre corps va le supporter.

Voilà, c'était exactement cette sensation. Les lèvres de Frédéric contre les miennes étaient une expérience glaciale, de celles qui vous font faire la grimace. Notre baiser resta chaste et prudent, à des années-lumière de ce que n'importe quelle fille pouvait espérer pour un premier baiser.

Celui-ci ne serait ni inoubliable, ni légendaire. Il serait un baiser, parmi d'autres, sans passion.

Une vraie déception.

— Je te revois demain, dit-il. Tu veux qu'on déjeune ensemble ?

— Euh… non. J'ai… J'ai pas mal de travail demain. Et je dois avancer sur les rénovations. Disons, ce week-end. À la fête du village ?

— Très bien. J'y offre des fleurs de toute façon.

— Super !

Je tentai de parler avec enthousiasme, mais je doutais de mon jeu d'actrice. Je dénouai mes doigts des siens, mais Frédéric me vola un nouveau baiser, tout aussi loupé que le premier. Je lui adressai un sourire et entrai avec soulagement dans la librairie.

Bon sang, mais qu'est-ce qui n'allait pas chez moi ?

J'avais passé des semaines à fantasmer sur le fleuriste. Et maintenant que je décrochais des rendez-vous et qu'il m'embrassait, je voulais prendre la fuite. Je ne pouvais même pas accuser mon inexpérience ou ma timidité ; j'avais plutôt ressenti une forme d'urgence. Il fallait que je m'éloigne.

— Alors ce dîner ?

Je me débarrassai des fleurs en les déposant sur le bar de la cuisine. Les deux couverts avaient été rangés, et Maxime se tenait sur un des tabourets, son téléphone à la main.

— Dîner agréable, la suite… Vraiment, vraiment bizarre !

Je m'installai près de lui, louchant sur l'écran de son téléphone.

— Je tentais de joindre Simon. Il ne répond pas. Alors, raconte-moi, pourquoi bizarre ?

Son intérêt sincère m'intrigua. Je le dévisageai, avant de comprendre ce qu'il s'était finalement passé. C'était lui. C'était sa faute, ce désastre. Après m'avoir laissée entendre qu'il n'aimait pas Frédéric, il avait monté toute cette mise en scène de gilet pour me faire douter. Et moi, comme une idiote, j'avais mordu à l'hameçon. Je me sentais tellement gourde.

— C'est ta faute, dis-je finalement.

— Ma faute ? Et pourquoi ?

— Tu m'as fait douter. Tout se passait bien avec Frédéric avant que tu décides de sortir de ton mutisme torturé. Tout allait bien. Le coup du gilet, tu l'as fait souvent ? Ou peut-être que c'est un truc piqué dans un film ?

— Sarah, je ne te suis pas. Qu'est-ce qui s'est passé et en quoi est-ce ma faute ?

— J'ai été... perturbée. Par notre conversation et par tout ce truc qui s'est passé par là, dis-je en désignant le pan de mur contre lequel j'avais été coincée. J'ai foiré le dîner. Je n'ai pas eu un mot agréable, ni une phrase censée.

— Je suis certain que tu exagères !

— Et ensuite, quand il m'a embrassée... Rien, avouai-je, mortifiée. Pas l'ombre d'une sensation agréable.

Maxime rit doucement et secoua la tête. Il posa son téléphone sur le bar et me fixa intensément. À sa mine réjouie, je devinai qu'il était plus que satisfait d'avoir saboté ma soirée. Je ne lui en voulais pas vraiment. Je m'en voulais surtout d'avoir été si influençable. J'étais pourtant habituée à vivre seule, à prendre des décisions seule, à gérer la librairie de mon mieux. Maxime était parvenu à me faire défaillir.

— Rien ?

— Rien.

— Et donc tu m'en veux pour un malheureux baiser ?

— Ce n'est pas un malheureux baiser. C'est le premier avec lui. C'est celui qui compte, celui qui change un statut sur Facebook, celui qu'on raconte partout, qui te chamboule le cœur, le corps, l'âme, celui qui te fait rougir et bégayer, celui qui te fait planer, celui qui te fait oublier toute ta vie. Celui qui doit te rendre heureux, terminai-je à bout de souffle, en me tordant les mains de frustration.

— Celui des livres ?

Je relevai les yeux vers lui. Je vis parfaitement la lueur de malice dans son regard, cette petite étincelle qui le rendait encore plus beau. À côté de lui, je devais paraître bien fade.

Il descendit de son tabouret et se planta devant moi. Je retrouvai la même proximité que lors de notre conversation avant le dîner. Mon corps se réchauffa et l'air se raréfia. À la lueur de ma petite lampe de salon, Maxime était superbe, la ligne de sa mâchoire comme ciselée dans de la pierre.

— Celui des livres, c'est ça ? répéta-t-il.

Je hochai la tête, regrettant de m'être perchée sur un tabouret qui mettait en péril mon équilibre. Il me semblait que tout mon corps vibrait, à l'unisson, dès que Maxime se rapprochait.

— Très bien. Puisque tu penses que je t'ai volé ce baiser, je vais te le rendre.

— Quoi ?

Chapitre 9

Les yeux de Sarah étaient ronds comme des soucoupes. Le souffle court, bouche bée et cramponnée à son tabouret, elle paraissait encore plus vulnérable. J'avais patienté pendant deux longues heures, espérant qu'elle revienne plus tôt. J'avais jeté un coup d'œil discret par la fenêtre en les entendant discuter et j'avais senti une vague de soulagement me submerger en constatant que ce baiser était bien trop court et éteint pour signifier quelque chose.

— J'ai dû mal… Enfin… J'ai dû mal comprendre, bégaya-t-elle.

Le rouge gagna violemment ses joues et je sus qu'elle avait parfaitement compris ma proposition. Je braquai mon regard sur ses lèvres et entendis son souffle s'accélérer.

— Je vais te le rendre, répétai-je.

— Quoi donc ?

— Ce baiser. Celui que tu n'as pas eu. Celui dont tu rêves. Vois ça comme… un apprentissage ou un transfert d'expérience.

— Tu vas me montrer comment je dois embrasser… Non, écoute, ce n'est pas possible !

Elle se précipita à bas de son tabouret et alla se réfugier dans le salon. D'un geste vif, elle retira son gilet et se débattit avec avant de le jeter sur le canapé. Elle arpenta le salon pendant quelques secondes, ses mains cachées dans ses cheveux.

— Sarah...

— Non. Écoute. Voilà ce que je propose, tu vas retourner dans ta chambre, je vais aller dans la mienne et on va faire comme si cette soirée catastrophique n'avait pas existé.

Elle n'osa pas soutenir mon regard et garda les yeux rivés au sol. Je réalisai seulement maintenant que j'avais été trop brutal. Sarah avait passé la majeure partie de sa vie dans les livres, entourée d'hommes prévenants, de grands romantiques, d'histoires douces et passionnées.

Elle avait passé sa vie dans un monde où tout finissait bien et où aucun repris de justice ne se mêlait de sa vie.

Évidemment, je n'avais rien de l'homme idéal. Je n'étais pas lisse comme Frédéric, ni facile à comprendre. Je traînais ma colère et mes états d'âme avec moi. Je ruminais ma rage et ma frustration. J'étais une tempête permanente, quand elle était une mer d'huile, sans l'ombre d'une vaguelette.

Sauf avec elle. Avec Sarah, j'étais beaucoup plus apaisé. Peut-être parce qu'elle n'attendait rien de moi, ni sourires de façade, ni courbettes polies. Sarah me regardait comme personne ne le faisait, fouillant le fond de mon âme à la recherche de mes sombres secrets. Un jour ou l'autre, je finirais par lui en avouer un ou deux.

Quand finalement elle leva les yeux vers moi, elle paraissait toujours aussi fragile, hésitant entre la déception de son dîner et ma proposition trop rude.

Je levai les mains devant moi, en signe de reddition. Néanmoins, je continuai de réduire l'espace entre nous.

Je voulais l'embrasser. Juste une fois. Pour voir ce que ça faisait d'embrasser une femme avec aucune autre intention, pour vérifier si ses lèvres étaient aussi douces qu'elles le paraissaient, pour faire taire la voix de ma conscience qui hurlait que Sarah était trop bien pour moi, pour détruire la colère mêlée de jalousie que je ressentais.

Et surtout, parce que j'en avais envie. Terriblement. Au point d'en oublier les conséquences. Sarah méritait ce baiser. Elle le méritait avec moi.

Sa poitrine se soulevait à toute vitesse, comme si elle venait de courir un marathon. Elle recula et trébucha sur la lampe, qui vacilla sur son pied.

— Merde, jura-t-elle, en la maintenant en place.

Nous nous retrouvâmes face à face, ma frustration se heurtant à sa timidité folle. Lors de nos dernières confrontations, Sarah avait fait preuve de calme. Cette fois, j'entendais sa respiration affolée et je devinais une lueur d'incertitude dans son regard.

— Je suis désolé pour ta soirée, murmurai-je.

— Essaye de le dire sans sourire et je pourrais peut-être te croire.

Mon sourire s'élargit et elle sembla se détendre lentement. C'était ce qu'il fallait à Sarah : du temps. Elle n'était pas une impulsive. Elle réfléchissait, prenait en compte, analysait.

— J'aimerais bien que tu me racontes, dit-elle en désignant mon tatouage. Ça m'intrigue.

— On n'approche pas des ronces, expliquai-je. Les épines effraient et ça forme des trucs indémêlables.

— Donc, c'est un avertissement pour les autres ?

Comme elle l'avait fait avant son dîner, elle posa sa main à la naissance du dessin sur mon poignet. Au contact de sa peau fraîche, un frisson me parcourut. Ses doigts suivirent l'encre incrustée dans ma peau avec détermination. Je fermai les yeux. Ce simple contact me réchauffait et me donnait des sensations inédites. Pour la première fois depuis des années, une femme me caressait sans autre but que de me connaître.

— Il vaut mieux rester loin de moi, soufflai-je finalement.

Elle ignora mon avertissement, trop concentrée sur le suivi du dessin. La Sarah timide et rougissante laissait place à une femme plus audacieuse et plus désirable.

— Il va jusqu'où ?

— Torse.

Ses yeux se posèrent sur mon T-shirt, comme si elle espérait voir à travers. Après deux secondes de réflexion, je décidai de le retirer. Je jetai le vêtement à terre et laissai Sarah découvrir le reste de mon tatouage. La branche de ronce finissait autour d'une autre, elle-même emmêlée à une troisième. Les ronces se développaient ensuite, fleurissant sur ma poitrine pour finir par s'estomper jusqu'au côté opposé.

En silence, Sarah suivit le tracé de chaque branche. Puis elle demanda :

— Pourquoi une ronce ?

— Parce que ça pousse partout. Et que ça tient, ça défie l'homme, ajoutai-je dans un sourire.

— Tu es un défi. Tu regardes le monde de là-haut en espérant que personne ne t'atteigne.

Je sentais son souffle chaud caresser ma poitrine. Un désir brûlant et intense me saisit. Sarah ne faisait rien comme les autres et ce que je ressentais actuellement était d'une force inédite. Mais c'était plus fort que moi. Le seul contact de son index sur ma peau avait suffi à me pousser dans mes retranchements. Imaginer que son corps tout entier pouvait caresser le mien agissait comme une drogue dure et fulgurante.

Sarah avait réussi où la plupart des gens avaient échoué… ou abandonné. Elle avait pris le temps, elle m'avait parlé, elle m'avait laissé du temps. Elle s'était accrochée, malgré mes avertissements, et c'était ce qui m'attirait chez elle : son abnégation.

Je gardai les bras du long du corps, résistant à l'envie de la toucher. Je voulais la toucher. Plus que tout. Plus que ma liberté même. Mais les mots de Damien me hantaient toujours.

Elle méritait un homme comme Frédéric, pas un type cabossé et en colère comme moi.

— Éloigne-toi, Sarah, dis-je, serrant les dents.

Elle fit un pas en arrière, mais garda les yeux rivés sur moi. Cette courte distance fut sans effet. Au contraire, la frustration me piquait l'estomac. J'avais rencontré des tas de femmes, baisé certaines d'elles jusqu'à l'oubli, j'en avais caressé d'autres en prenant du plaisir, mais Sarah n'avait rien en commun avec ces autres filles. Elle irradiait de calme et de bienveillance.

— Est-ce que ça marche ? demanda-t-elle finalement.

— Quoi donc ?

— Est-ce que les gens t'atteignent malgré ça ?

— Je les garde à distance pour leur bien. La plupart du temps, je saccage mes relations. Je détruis tout, Sarah. C'est ce que je fais de mieux.

— Je suis certaine que tu exagères.

— Je n'ai plus aucune relation avec mon père, j'ai viré mon agent, le type que je considérais comme un ami ne m'appelle même plus. J'ai même réussi à me disputer avec Damien. Je détruis, Sarah. Je détruis.

— Bien, dit-elle avec un sourire.

— Bien ? C'est tout ce que tu trouves à dire ?

— J'aime vivre dangereusement.

Et comme pour le prouver, elle refit un pas en avant. Je sentais mon cœur au bord de l'implosion, incapable de contrôler mes pensées erratiques. Je devais la préserver… mais elle m'attirait. À part Sarah, personne n'avait jamais eu ce pouvoir sur moi.

Elle posa sa paume sur mon cœur et ma respiration se coupa.

Je baissai les yeux sur elle. Douce, attirante, fragile, timide. Son emprise si rapide sur moi m'effrayait presque. Quand nos regards se croisèrent, je sus que j'étais perdu. Cette soirée allait tout changer entre nous.

Je me penchai lentement vers son visage, lui laissant la possibilité douloureuse de prendre la fuite.

Sarah ne cilla pas. Elle ne respirait même plus, sa main appuyée contre moi ne faisait rien pour me repousser.

J'effleurai paresseusement sa bouche. Elle avait un goût de sucre, sûrement lié à son dessert. Sa main glissa contre ma peau et ses doigts s'accrochèrent à la ceinture de mon pantalon. Elle se hissa sur la pointe des pieds et pressa ses lèvres entrouvertes contre les miennes. Lentement, mon corps s'embrasa et, malgré toute ma volonté, je finis par céder.

Ma paume trouva sa joue et je l'attirai contre moi. Un faible gémissement lui échappa. Cela redoubla mon excitation et je sifflai presque en sentant la main de Sarah frôler mon entrejambe. J'abandonnai ses lèvres pour suivre la ligne de sa mâchoire. J'embrassai le carré de peau derrière son oreille, puis revint férocement sur sa bouche. Je repoussai Sarah contre le mur et l'emprisonnai contre mon corps. Sa poitrine se soulevait à toute vitesse contre moi. Ma main libre trouva le creux de ses reins et son corps épousa parfaitement le mien.

Sa langue se faufila entre mes lèvres et notre baiser devint passionné et incontrôlable. Les mains de Sarah étaient partout sur moi. Mon torse, ma nuque, mon visage, elle explorait ce nouveau territoire avec enthousiasme. À intervalles réguliers, ses doigts galopaient sur ma poitrine. Quand elle sentit les tambourinements de mon cœur, je devinai son sourire contre ma bouche.

À mon grand désespoir, Sarah était bien trop habillée. J'aurais aimé sentir ses courbes sous mes mains, savourer la chaleur de sa peau contre la mienne, mais c'était bien trop rapide pour une fille comme elle. Alors, ma bouche parcourut ce qu'elle m'offrait : son cou et la naissance de ses épaules. Entre mes mains, Sarah se laissait aller. Tête en arrière, elle gémissait doucement. J'aurais pu en faire ce que je voulais.

Elle avait ignoré mes avertissements.

Elle avait pris le risque. Et cela me bouleversait.

À bout de souffle, je finis par m'écarter d'elle. Elle haletait, bouche entrouverte, lèvres gonflées. Le goût de sa peau me manquait déjà. Ses yeux luisaient d'une lueur inédite, mélange de désir flamboyant et de crainte.

Je ne savais pas ce qui m'avait pris, je ne comprenais même pas comment nous en étions arrivés là. En revanche, ce dont j'étais sûr, c'était que c'était une mauvaise idée. Sarah et moi venions de mondes différents, nous étions de parfaits opposés et je refusais qu'elle devienne un nouveau dommage collatéral de ma colère ingérable.

— Tu as raison, dis-je finalement, le souffle toujours court. On va faire comme si cette soirée n'avait jamais existé.

Ses yeux s'écarquillèrent et son visage se décomposa.

Son regard s'éteignit brutalement et tout son corps se tendit comme un arc. Malgré moi, je constatais déjà ce que je craignais : je lui faisais du mal.

— Mais...

— Je te devais un baiser. Tu voulais savoir ce que ça faisait, non ? Maintenant, tu peux reproduire.

— Alors c'était ça ?

Un rire triste lui échappa. Elle posa son pouce sur ses lèvres, comme pour effacer les traces de ce que nous venions de faire. J'aurais vendu mon âme pour ce simple geste, pour pouvoir caresser sa bouche et me dire qu'elle était à moi.

Je reculai à nouveau, prenant mes distances. Ça ne changeait pas grand-chose, il y avait une telle tension sexuelle dans la pièce que c'était insoutenable. En temps normal, j'aurais franchi la porte puis j'aurais déambulé en pleine nuit et tenté d'oublier son visage blessé. J'aurais avalé quelques verres et fini par trouver un pauvre type pour me battre contre lui. Ça m'aurait défoulé. Pendant au moins quelques heures, j'aurais oublié ma vie tout entière.

Mais j'étais coincé ici, avec elle, entre ses murs. M'évader ne ferait qu'empirer la situation.

— Tu voulais juste... me montrer ?

— Ce n'est qu'un baiser, Sarah. Évite de...

— Je me sens humiliée.

— Tu voulais un baiser. Un truc parfait, de livre à la con. Voilà, c'est fait ! m'agaçai-je.

— De livre à la con ?

— C'est bien de ça dont tu rêves, non ? Un rendez-vous romantique, un homme parfait, des fleurs, des livres, un dîner, le tout sur une chanson sirupeuse que tu écouteras ensuite en boucle ?

— Plutôt un tube des années 1960.

Cette fois, elle éclata de rire, désabusée. Je récupérai mon T-shirt et le renfilai. Je fis comme si Sarah ne me fusillait pas du regard. Je savais sentir la colère à des kilomètres et, dans son minuscule salon, elle irradiait et allait finir par me mettre à terre si je ne me planquais pas. Et Sarah n'avait pas dit son dernier mot.

— Puisque nous en sommes aux grandes révélations, rassure-toi, Maxime, ce baiser n'avait rien de parfait !

Je n'eus pas le temps de capter son regard que, déjà, elle refermait la porte de sa chambre derrière elle. Je restai debout dans le salon pendant de longues minutes. Finalement, je gagnai ma chambre et, de rage, envoyai valser du pied mon chevet. Ma lampe en faïence explosa en dizaines de morceaux.

La seule pensée qui me vint, tandis que je ramassais chaque éclat avec patience, fut que encore une fois j'avais excellé dans mon domaine de prédilection : la destruction.

Ma nuit fut désastreuse. Je passai plus de temps à fixer la petite fissure qui courait sur le mur qu'à dormir. Je revivais mon baiser avec Sarah. J'avais menti. Genre menti puissance 10 000. Fait comme si ce baiser n'était qu'une démonstration. Non, mais quelle connerie !

À mon réveil, je n'avais pas réussi à évacuer l'envie folle de me battre. Je devais libérer cette rage qui coulait dans mes veines comme une lave visqueuse. Elle s'insinuait partout, le moindre recoin de mon âme en était envahi, et me consumait. Purger ma peine ici avait au moins eu le mérite de me rendre lucide sur ma situation.

Je décidai d'ailleurs de résoudre mes problèmes. Je vérifiai l'heure sur ma montre et pris mon téléphone. Je tentai de joindre Simon et fus vraiment surpris quand enfin il décrocha.

— Bordel, j'ai bien cru que tu étais mort ! dis-je.

— Occupé, surtout. Alors comment se passe ta détention ?

Derrière lui, je devinais les bruits de la vie parisienne, entre automobilistes furieux et cris de cour d'école. Je l'entendis tirer sur sa cigarette, puis souffler la fumée. J'enviais déjà sa liberté et son anonymat. Ici, je limitais mes sorties publiques.

— Bien. Sarah est… sympa.

Sympa. Le dernier mot qui pouvait la définir. Sarah était désirable, gentille, bienveillante. Sympa aussi. Mais ça ne la définissait pas. Elle était tellement mieux. Mieux que ce que j'avais déjà vécu, mieux que de me battre.

Mieux que moi, c'était certain.

— Sympa ? Je ne savais même pas que tu connaissais ce mot. Bon, je ne vais pas pouvoir rester trop longtemps, j'ai une audition pour un film.

— Oh ! top…

Du coin de l'œil, je lorgnais sur l'épais scénario que Claude m'avait transmis. Je ne l'avais pas encore lu. J'étais désormais tellement loin de ce monde que j'avais du mal à me dire que j'en faisais encore partie.

— Claude m'a dit qu'il te l'avait envoyé. Tu sais, celui de Philippon.

— Oh. Quel rôle ?

— Le même que toi. Le premier.

J'ignorai son ton prétentieux. En temps normal, j'aurais joué le type arrogant. Je n'aimais pas qu'on lorgne sur mes rôles, encore moins qu'on me les vole. Simon le savait parfaitement. Il me provoquait, comme je le faisais parfois avec lui ; une façon subtile de me rappeler que j'étais loin de Paris et, donc, loin du métier. Il s'étonna de mon silence :

— Aucune réaction ?

— Va te faire foutre, ris-je.

— Ah, j'ai eu peur. Pendant un instant, j'ai cru que tu allais me souhaiter bonne chance.

— Profite bien de mon absence. À mon retour, je te pulvérise.

Il rit à son tour, mais très vite un silence s'installa. Hormis lors des tournages et en soirées, je parlais peu avec Simon. Nos conversations étaient centrées sur le métier et sur les filles que nous rencontrions. Amis, mais en surface seulement.

— Je voulais juste prendre des nouvelles, expliquai-je finalement.

— Mathilde m'a expliqué l'arrangement négocié. Pas si mal, non ?

— En tout cas, rien d'étalé dans la presse. Je vais pouvoir sauver mon cul, encore une fois.

— Ouais.

Un nouveau silence s'installa, à peine couvert par quelques coups de klaxon. Cette conversation n'irait pas plus loin. Je le savais maintenant.

— T'as du bol, reprit finalement Simon. Y a toujours quelqu'un pour te tirer des emmerdes, toi !

Je me redressai, soudainement alarmé par sa remarque. Simon était bien trop propre pour s'attirer des ennuis. Il était aussi lisse que les plumes d'un canard ; gentil garçon, poli, sa seule conversation avec la police devait se limiter à un PV pour stationnement gênant. Cette inquiétude ne lui ressemblait pas.

— Tu as des ennuis ? demandai-je.

— Non, c'était juste une réflexion. Tu comptes auditionner pour le rôle ?

— Aucune idée. Je veux lire le scénar' avant ! On verra.

— Il te reste combien de temps à tirer ?

— Cinq semaines.

— D'accord. Écoute, je suis devant l'immeuble, je vais devoir te laisser.

Je n'eus pas le temps de répondre qu'il raccrochait déjà. Je restai de longues minutes à me rejouer notre courte conversation. Quelque chose m'échappait. À la façon dont Simon se précipitait, à ses petites remarques, je sentais qu'il avait des problèmes. Pourtant, aussi loin que je me souvienne, Simon était mon parfait opposé. Quand je parvenais à m'attirer les pires ennuis, lui restait constamment sur le droit chemin.

Je décidai de me lever et me ruai sous la douche. Mon mauvais pressentiment au sujet de Simon ne s'estompa pas pour autant. Je tentai de chasser cette impression pour me concentrer sur Sarah et sur cette nouvelle journée. Celle d'après. Celle qui suivait notre baiser. Je devais m'en tenir à ma ligne de conduite : rester à distance, lui faire comprendre qu'elle ne gagnerait rien à être avec un homme comme moi… sauf un paquet de problèmes et un passé trop encombrant.

À l'odeur du café qui flottait dans le salon, je compris que Sarah était debout depuis un bail. Je lui en préparai quand même une tasse ; ce serait une sorte de calumet de la paix, qui m'indiquerait si, oui ou non, j'avais réussi à lui faire gober mon mensonge et si elle avait compris.

Je descendis les escaliers prudemment, mes deux tasses à la main. Le rire de Sarah résonna dans la librairie. Bien. Si quelqu'un était avec elle, elle n'oserait certainement pas m'envoyer sur les roses. Cela m'arrangeait.

— Bonjour, dis-je en posant sa tasse devant elle.

Elle me lança un regard étonné, avant de désigner Anita avec son stylo. De toute évidence, elle n'avait aucune envie de discuter avec moi.

— Anita me racontait les préparatifs de ce soir.

— Ce soir ?

— La soirée du village. Orchestre, chapiteau et cidre à volonté. On espère t'y voir.

— Damien m'a obtenu une autorisation de sortie mais... Ce n'est pas trop mon truc ce genre de soirées.

Je tentai de capturer le regard de Sarah, mais elle était perdue dans la contemplation d'une pile de livres. Sur une feuille, elle notait religieusement les titres. En d'autres termes, elle m'ignorait.

— Tu as tort, on s'amuse beaucoup. Ça te ferait du bien de voir du monde, de sortir. Tu n'as pas à t'infliger une punition supplémentaire en te cloîtrant dans l'appartement, continua Anita.

— Je vais y réfléchir, éludai-je.

Anita me dévisagea et un silence embarrassant s'installa entre nous trois. Peut-être avait-elle deviné que quelque chose s'était passé entre Sarah et moi. Je me contentai de lui adresser un sourire forcé, en espérant qu'elle finirait par partir. Je n'aimais pas ce que je ressentais aux côtés de Sarah ; tout son corps était tendu et elle avait rassemblé ses cheveux dans une queue-de-cheval trop sévère. Elle semblait profondément contrariée.

— On se voit à la répétition ? lança Anita.

— Oui. Et apprends ton texte, soupira Sarah. Si on pouvait faire vite, ce soir. Il nous reste un mois pour être prêts !

Anita leva les yeux au ciel et adressa une grimace agacée à Sarah qui ne lui adressa pas un regard. Je ravalai un sourire ; Anita était d'une vraie nature enthousiaste et optimiste et je n'étais pas surpris que Sarah et elle soient amies. Hormis quelques années de différence, elles se ressemblaient beaucoup.

— Je sais ce que tu fais, râla Sarah.

J'échangeai un nouveau sourire complice avec Anita.

— *Chère Camille, tout est prêt pour notre départ ; le baron a rendu ses comptes, et mon âne est sellé,* déclama Anita avec grandiloquence.

Sarah et moi la corrigeâmes à l'unisson :

— Mon âne est bâté !

Sarah m'adressa un sourire ravi, pendant que les yeux d'Anita passaient d'elle à moi. Elle finit par hocher la tête d'appréciation, avant de nous saluer une dernière fois.

— À ce soir ! Maxime, je compte sur toi !

Elle s'éclipsa, me laissant seul avec Sarah. Cette dernière repoussa sa pile de livres et sortit des petits cartons bleus d'un tiroir. Elle n'avait pas touché sa tasse de café et cela ne me rassura pas sur la suite de notre conversation.

— Tu as joué cette pièce ? demanda-t-elle finalement.

— Pardon ?

Elle leva enfin les yeux vers moi. La lueur d'amusement provoquée par Anita avait déjà disparu. Elle me fixait froidement, me rappelant même l'attitude de mes profs au collège. Ils se contentaient de me sermonner, de me dire que je ne valais rien, avant de me renvoyer chez moi. Mon père se chargeait ensuite de me flanquer des coups de pied au cul, en espérant me faire changer d'attitude.

— Celle de Musset. L'âne bâté, me rappela-t-elle. Étudié à l'école peut-être ?

— Oh. Non. Juste une bonne mémoire. La répétition de l'autre soir, tu te souviens ? Tu as passé ton temps à leur faire reprendre cette scène. Je connais les répliques.

Elle hocha la tête, un petit sourire aux lèvres.

— Je connais même tes mimiques agacées, continuai-je. Tu fais la moue. Et tu roules une feuille de papier entre tes mains, pour éviter d'étrangler Anita ou Baptiste.

Nouveau sourire, plus large cette fois. Pour ce seul sourire, j'aurais pu tuer un fleuriste à mains nues.

— Ça te surprend, avoue !

— Maxime, de ta part, il n'y a plus grand-chose qui me surprenne, dit-elle en riant avant de boire une gorgée de son café.

Je passai une main sur ma nuque, ne sachant pas vraiment comment aborder le sujet. J'avais brisé la glace, il fallait maintenant parler de notre dernière soirée.

— Sarah, concernant hier soir, je voudrais...

— Ne t'en fais pas, tout va bien.

Je me glissai derrière elle, devinant les traces de son parfum habituel aux fruits. Sarah portait un pull qui dégageait ses épaules et offrait sa nuque à tous les regards. J'avais une envie folle d'y poser les lèvres et de goûter sa peau sucrée. Je voulais deviner son pouls affolé contre ma bouche. Au contact furtif de mon torse contre son dos, Sarah se redressa. Tout son corps se tendit et elle retint son souffle.

— Je pense que je te dois des excuses, murmurai-je finalement.

— Excuses acceptées, répondit-elle précipitamment.

— J'ai dit que je le pensais, pas que je le faisais.

Elle pivota vers moi, plantant son regard perdu dans le mien. Je retins l'envie de chasser une mèche de cheveux qui volait sur sa joue. Je pressai mes lèvres contre son front et l'embrassai avec tendresse. Quand je m'écartai, elle avait les yeux clos et la bouche entrouverte, comme si elle cherchait à reprendre sa respiration.

— Je suis désolé d'être... ce que je suis, dis-je finalement. De détruire, d'être désagréable, d'être un pauvre fils de paysan. Je suis désolé de ne pas être l'homme que tu crois. Vraiment.

— Maxime, c'est...

— Mais je ne suis pas vraiment désolé pour ce baiser. Je ne regrette jamais un moment... agréable, expliquai-je.

— D'accord.

— En particulier avec toi.

Ses joues rougirent intensément. Je me surpris à sourire. Ce rougissement, c'était le signe que notre vie normale – celle de la cohabitation forcée – reprenait. Je m'écartai, refoulant l'idée agréable – très agréable – de l'embrasser à nouveau. Elle se retourna et reprit sa tâche.

— Qu'est-ce que tu fais ?

— Livres à l'aveugle. D'ailleurs, tu pourrais m'aider. Il faudrait créer les étiquettes, les attacher au raphia et, une fois que les livres sont couverts de kraft, enrouler le raphia autour. Comme si c'était un cadeau, tu vois ?

Elle me montra un des livres, pendant que je buvais une nouvelle gorgée de mon café. Son bureau était un véritable chantier, où s'éparpillaient des livres, du ruban, des ciseaux et d'innombrables post-it.

— Sinon, tu peux juste les emballer et je ferai le reste, proposa-t-elle en guise de compromis.

— Je ne suis pas certain de faire aussi... élégant que toi.

— On s'en fiche ! Ce qui compte, c'est le livre.

— Si c'est ça qui compte, pourquoi tu les emballes ?

Elle me lança un regard incrédule, comme si je venais de demander si le feu brûlait. Apparemment, dans le monde de Sarah, dès qu'il s'agissait des livres, il y avait une explication évidente.

— Désolé de poser la question, dis-je, un peu inquiet.

Sarah éclata de rire et cela me déstabilisa encore plus. Je la dévisageai, sans comprendre.

— Je ne suis pas habituée à ce que tu t'excuses. Et, je ne suis pas certaine de vouloir m'y habituer. Reste... Pitié, reste toi-même, Maxime.

— Les livres, intervins-je pour la réorienter vers un sujet moins épineux que ma personnalité.

— La plupart des gens entrent ici, choisissent un livre au hasard, le tournent, découvrent le résumé et le laissent. En les emballant et en ajoutant des mots-clés, je leur donne une chance.

— À tes clients ?

— Aux livres. Les clients arrivent ici, se fient à une couverture et à quelques lignes. Ce n'est pas très juste. Je rétablis une forme d'équilibre, en fait. Et, étonnamment, les gens préfèrent le mystère. Ça les amuse et... ça devient comme une addiction. Ils tombent là-dedans à pieds joints et... quoi ?

Elle s'arrêta net pendant que je souriais largement.

— J'aime bien quand tu t'animes comme ça, me justifiai-je.

— Ce que tu dois retenir, c'est que je n'aime pas qu'on juge un livre à sa couverture. Aussi simple que ça.

— D'accord.

— Parfois, un livre semble inatteignable. Il faut juste... lui donner une chance.

Son regard dévia sur mon tatouage, avant de trouver mes yeux. Mon sourire s'effaça et un frisson brûlant me parcourut. Dans les yeux de Sarah, j'étais normal et cela m'excitait plus que tout. Elle me voyait comme personne ne le faisait, avec mes blessures, sans connaître tous mes secrets, mais avec la conviction que je n'étais pas un sale type.

Lentement, son regard glissa jusqu'à ma bouche et les souvenirs de notre baiser de la veille resurgirent. Puis le même air crépitant de désir, la même tension dans nos corps, la même envie de sentir ses jambes enserrer ma taille. Si je l'embrassais à nouveau, mes maigres résistances allaient voler en éclats. Je la prendrais là, sur ce comptoir, à la vue de tous et je m'oublierais aussitôt en elle.

— C'est aussi vrai pour les hommes, dit-elle.

Puis, dans un murmure à peine audible, alors qu'elle reprenait sa mission d'emballage des livres, elle ajouta :

— En particulier avec toi.

Malgré le fait que j'avais été détestable avec elle pendant des semaines, malgré le fait que je l'avais repoussée hier soir, Sarah me faisait toujours confiance. Je ne savais pas si c'était de la loyauté ou de la bêtise. Je n'avais jamais eu affaire à ce type de comportement. En règle générale, je décevais mes proches. C'était plus simple de les décevoir que d'entretenir une relation intéressée.

Évidemment, avec Sarah, c'était différent. Cette fille aurait pu faire changer l'orbite de la planète en un regard et deux rougissements. En quatre semaines et un seul baiser, elle venait de foutre un bazar monstre dans mon univers.

Mais je n'eus pas le temps de répondre.

Sur le seuil de la librairie se tenait Frédéric, avec, en guise de bouclier, un bouquet de fleurs imposant. Je ravalai un ricanement : ce type n'avait toujours rien compris.

— Je... Tu es partie si vite hier soir, je voulais juste m'assurer que tu allais bien, lança-t-il en entrant dans la boutique.

— Je vais très bien, répondit Sarah.

— Ah, super. Je... Je me demandais... Enfin, je

voulais savoir si tu aimerais que je t'accompagne à la soirée de ce soir.

Le regard de Sarah passa du fleuriste à moi, avant de revenir au fleuriste. Elle posa les mains sur son bureau et hésita quelques secondes avant de répondre.

Je me sentis brutalement impuissant. Je n'avais aucun droit sur Sarah. Pourtant, l'idée que ce type pose ses mains sur elle me rendait cinglé. Je serrai le poing à m'en faire mal, mais c'était toujours mieux que de l'envoyer sur la tronche de ce mec.

Pour le moment en tout cas.

— Euh, je ne sais pas, répondit-elle finalement, après un bref regard vers moi.

— Je pourrais t'escorter.

Une vague de colère me submergea. Je fis un pas en arrière, tentant de me concentrer sur autre chose. En temps normal, j'aurais réagi, j'aurais remis en cause ce pauvre type en faisant mon possible pour le mettre mal à l'aise. Mais, avec Sarah comme témoin, j'étais plus prudent. L'attaquer lui, c'était l'assurance de m'attirer ses foudres à elle et d'endosser le rôle de l'idiot de service.

— Et je te ramènerai, promit-il.

Je reculai à nouveau, m'enfonçant dans les rayonnages sombres de la boutique. La réponse de Sarah me frappa violemment.

— Avec plaisir !

Chapitre 10

Quand j'étais plus jeune, ma grand-mère m'avait fait promettre de ne jamais mentir. Solennellement, une main sur le cœur et avec toute ma conviction, j'avais juré de ne pas mentir. Ni par facilité, ni par omission. Jamais. J'avais très vite compris que ma grand-mère avait été traumatisée par les mensonges continus de ma mère. Et j'avais tenu ma promesse. Aucun mensonge, aucune tromperie, aucun compromis avec la vérité.

Jusqu'à hier soir, avec Maxime.

À l'instant où le mensonge avait franchi mes lèvres, je l'avais regretté. Mentir ne faisait qu'aggraver la situation. En tout cas, c'est ce que ma grand-mère me disait régulièrement. Mais voir Maxime prendre ses distances si facilement et me laisser entendre qu'il m'avait embrassée uniquement pour la démonstration avait atteint ma fierté. Alors, oui, j'avais menti. J'avais dit que ce baiser n'était pas parfait.

Alors qu'il l'était en tout point. Entre ses lèvres qui avaient caressé les miennes et sa main possessive qui était descendue dans mon dos… Ce baiser était tout ce que j'avais toujours imaginé. Il m'avait rendue heureuse. Il m'avait transportée ailleurs, loin et haut, à en perdre la notion du temps. Deviner les battements de son cœur, me coller à son corps comme si ma vie en dépendait, brûler ma peau contre sa barbe de trois jours, discerner la trace d'un parfum dans son cou, me réjouir de ses gémissements gourmands. J'avais tout adoré. Penser à ce baiser me faisait encore rougir.

À mon réveil, ce matin, après une nuit difficile, j'avais passé mon pouce sur mes lèvres. Je l'avais senti sur ma bouche, comme s'il s'agissait d'une plaie en voie de cicatrisation. Je m'étais rejoué la scène, encore et encore, jusqu'à l'overdose, sans comprendre comment j'avais pu ressentir de telles émotions avec un homme qui se fichait de moi.

Je me brossai mécaniquement les cheveux devant le miroir, songeant à l'attitude de Maxime. Tout en lui me hurlait de prendre mes distances. J'avais été avertie, j'avais même été mise à distance. Anita m'avait conseillé de me protéger, Damien m'avait recommandé de ne pas m'attacher à lui. Mais il n'y avait rien de rationnel dans ma relation avec lui. Après nos débuts difficiles, sa repartie glaciale et sa colère vissée en permanence à ses poings, nous avions réussi à nous parler. Mais discuter avec lui ne faisait qu'épaissir le mystère. Une phrase anodine engendrait des dizaines de questions, et la moindre parcelle de réponse provoquait de nouvelles interrogations.

La curiosité avait fait place à la fascination. Je voulais en savoir plus. Toujours. Maxime se dévoilait peu, mais quand il le faisait, je découvrais l'homme tapi sous les épines de son tatouage.

Je tentai de chasser Maxime de mon esprit et déambulai dans ma chambre. Accepter de passer la soirée avec Frédéric avait été un réflexe. Je devais admettre que j'étais du genre revancharde. Et puis, quand vous êtes blessée, vous faites tout pour blesser l'autre en retour.

Voir le sourire victorieux de Maxime s'affaisser quand j'avais accepté la proposition de Frédéric avait pansé mon ego fissuré. Il ne pouvait pas imaginer qu'il était le seul à mener la danse. Il voulait de la distance, je la lui offrais sur un plateau.

Tout comme lui, je pouvais souffler le chaud et le froid.

Tout comme lui, je pouvais tout à fait arborer un visage neutre, faire comme si ce baiser n'avait pas existé. Accepter ses excuses ne signifiait pas que j'oubliais. Chaque seconde de ce baiser avait été gravée à même ma peau, sur mes joues au contact de ses paumes, sur mon cou sous la caresse de ses lèvres. Mais Maxime avait été clair : il ne voulait pas autre chose.

Alors, tout comme lui, je reprenais ma vie.

Et reprendre ma vie signifiait accorder une nouvelle chance à Frédéric. J'estimais avoir ma part de responsabilité dans notre baiser… hasardeux. J'espérais que cette soirée marque le vrai début de notre histoire. J'étais persuadée que, d'ici à quelques années, nous raconterions notre mésaventure en riant. Pour autant, j'avais toujours les remarques de Maxime en tête et je décidai de lutter contre ma timidité et de choisir une tenue plus moderne pour cette soirée. J'optai pour une robe noire, vintage, qui laissait voir mon dos. Le décolleté était sage, mais la jupe, évasée, arrivait à mes cuisses. Je me demandais si ce n'était pas trop, si je ne passais pas d'un extrême à un autre.

Après dix minutes d'hésitation, je finis par sortir de ma chambre, tout en enfilant mon gilet. Maxime était dans la cuisine, habillé de sa tenue de nuit habituelle : un vieux T-shirt des Stones et un jogging déformé. En me voyant, il émit un sifflement d'approbation qui me fit rougir jusqu'à la racine des cheveux.

— Je n'ai pas retenu ton idée de sac-poubelle, finalement.

— Il aurait pourtant eu le mérite d'être plus couvrant.

Je tournai sur moi-même, retirant mon gilet et lui laissant tout loisir d'admirer ce qu'il avait perdu hier soir. Mon ego avait encore besoin de se venger.

— Je présume que tu ne viens pas ?

— Non.

— Parce que nous sommes des ploucs ?

Il eut un temps d'arrêt, puis saisit une pomme pour croquer dedans. Il me considéra un instant, espérant sûrement que j'enchaîne sur une autre question.

— Damien est toujours en colère après moi ? demanda-t-il finalement.

— Un peu. Tu sais, je pense vraiment qu'il s'est démené pour avoir cette autorisation de sortie. Tu pourrais au moins le remercier du geste.

— Je ne lui avais rien demandé, grogna-t-il.

— C'est le problème avec les amis. Parfois, ils font des choses inattendues uniquement pour vous faire plaisir. Terrible, non ?

Je lui adressai un sourire moqueur. Encore une fois, Maxime ne réalisait pas qu'il était très entouré. Il créait sa propre solitude et s'en servait comme d'une armure à toute épreuve. L'inviter aurait été vain. Par principe, il aurait refusé.

— Tu n'es pas une plouc, ajouta-t-il un ton plus bas. Et tu es très jolie !

— Merci. Tu penses que… enfin, vu que Frédéric m'a invitée, tu crois qu'il aimera ?

Ma timidité revint au triple galop. J'avais choisi cette tenue pour mon voisin, pour lui plaire. Après deux ratés rocambolesques, je voulais que cette soirée soit inoubliable. Le regard de Maxime me détailla lentement de haut en bas. Un long frisson me parcourut, et mon estomac fit de petits bonds d'excitation. J'ignorai la bouffée de chaleur qui menaçait de m'engloutir et boutonnai nerveusement mon gilet.

— Alors ? Tu crois que ça lui plaira ?

— Je pense utile de te prévenir que je vais finir par frapper ce type, dit-il d'une voix froide.

— Si ça ne lui plaît pas ?

— Si ça ne lui plaît pas ? ! Ça va lui plaire. Il faudrait être aveugle ou complètement crétin pour ne pas être attiré par toi.

Du bout des doigts, Maxime effleura ma joue et mon cœur s'emballa aussitôt, prêt à courir un marathon dont l'arrivée était au bout de mes pieds. Comment faisait-il pour avoir autant de pouvoir sur mon corps ? Nous étions moins proches qu'hier et, pourtant, ce que je ressentais semblait décuplé.

— J'appartiens à la seconde catégorie, ajouta-t-il finalement en laissant retomber sa main.

— Tu pourrais venir.

Ma voix était si faible que cela donnait l'impression que je suppliais. Peut-être que c'était ce que je faisais. Je voulais passer du temps avec lui, parler avec lui et découvrir la cause de sa cicatrice sur le sourcil. J'avais conscience que ce n'était pas très juste pour Frédéric : j'avais accepté de sortir avec lui et j'invitais en plus Maxime. Et je l'invitais pour de mauvaises raisons.

Ça devait être une nouvelle habitude car j'avais accepté l'invitation de Frédéric pour une raison encore plus mauvaise.

— Donne-moi une bonne raison, proposa-t-il.

Sa voix était douce et chaude, presque réconfortante.

J'aurais aimé croire que j'étais une raison suffisante, mais j'avais encore en tête le souvenir cuisant de la veille. Un baiser, puis un vent glacial qui s'était insinué partout. Et je n'oubliais pas que je voulais mener la danse, que je voulais lui prouver que j'avais surmonté cette histoire de baiser.

— On va s'amuser, dis-je. Boire, grignoter un truc, discuter avec des gens. Rire aussi !

— Rien de bien nouveau, donc ?

— Pourquoi fais-tu ça ?

— Quoi ?

— Faire comme si je pouvais réussir à te convaincre. Tu as décidé que tu ne viendrais pas de toute façon.

Il fit la moue, avant de hocher la tête. Il prit des restes de poulet dans le réfrigérateur et entreprit de se préparer un sandwich. Je le regardai faire, espérant qu'il reprenne la conversation. Je refoulai l'amertume qui me gagnait. Maxime pouvait souffler le chaud et le froid en quelques secondes. Je m'en voulais d'avoir songé une seule seconde que j'étais, à ses yeux, une raison suffisante… et évidente.

Ce sandwich avait définitivement plus d'intérêt pour lui.

— Je vais y aller. On m'attend pour danser !

Il leva les yeux vers moi et porta son sandwich à sa bouche, marquant ainsi son désintérêt total. Je pris mon sac et rejoignis la librairie. Frédéric m'attendait, tout sourire. J'y répondis avec toute la conviction qui me restait. J'espérais que ça masquait ma déception, mais j'en doutais.

— Tout va bien ? s'inquiéta mon cavalier.

— Oui, oui. On y va ?

Il m'offrit son bras et j'y enroulai le mien. Je ne pus m'empêcher de jeter un coup d'œil vers les fenêtres de l'appartement. Pour une raison qui m'échappait, passer la soirée avec Maxime, à manger des sandwichs au poulet me paraissait une perspective beaucoup plus tentante.

La mairie avait fait les choses en grand. Une immense tente, façon chapiteau de cirque, avait été dressée près de la mairie. Des guirlandes lumineuses avaient été tendues, éclairant joliment la place. L'ambiance musicale était assurée par un orchestre local, pendant qu'à l'autre bout du chapiteau le bar proposait du vin et des barquettes de frites. Avec les vacances d'été, la population du village avait doublé. Cela expliquait la foule dense qui s'agitait sur la piste.

— Tu veux danser ?

J'acquiesçai et Frédéric m'entraîna dans la foule et nous dansâmes plusieurs rocks endiablés. La musique était assez forte pour me faire oublier mes états d'âme. Après une heure à laisser les mains de Frédéric m'agripper pour me faire tournoyer, je le sentis m'attirer contre lui. La musique ralentit et les paumes fraîches de mon cavalier se glissèrent sous mon gilet et touchèrent ma peau. Un frisson agréable me parcourut, mais cela n'avait rien à voir avec ce que j'avais ressenti avec Maxime.

Cette danse dura une éternité. Une éternité durant laquelle le parfum de Frédéric m'enveloppa, ses doigts se promenèrent sur ma peau, son souffle chatouilla la peau de mon cou… Une éternité durant laquelle mes pensées étaient loin de la piste et loin de lui.

— On fait une pause ? demandai-je.

Frédéric, toujours aussi galant, accepta aussitôt. Je me demandais s'il lui arrivait de dire « non » ou de se montrer désagréable. Si j'appréciais la facilité de notre relation – il cherchait à me séduire, et je ne faisais rien pour lutter –, j'attendais maintenant un peu d'affrontement. Juste pour voir s'il était aussi résistant que Maxime.

— J'ai vu des amis là-bas, tu veux venir ? demanda-t-il.

— Euh… non ! J'ai aperçu Baptiste et je voulais discuter avec lui.

Mon mensonge passa comme une lettre à la poste. Une fois encore, Frédéric se montra conciliant et se contenta de hocher la tête. Il déposa un baiser tendre sur ma joue et se faufila dans la foule, me laissant seule près du bar. Malgré l'esprit de fête, malgré les rires et les danses endiablées, mon humeur était loin d'être joyeuse. Je me sentais mal, déchirée même. J'aurais dû être heureuse d'être ici, de faire la fête, de m'amuser avec l'homme qui me plaisait depuis des mois. Mais j'étais plutôt contrariée et un peu en colère.

Encore une fois, Maxime avait gâché ma soirée.

— Salut !

La voix d'Anita me sortit de mes pensées amères. Je m'appliquai à arborer un visage neutre et à sourire largement.

— Sympa le sourire de sociopathe, commenta-t-elle.

— Désolée… Je crois que je suis un peu fatiguée. Tu es venue seule ?

— Seule ? Mais bon sang, tu me connais vraiment ?

Anita eut au moins le mérite de me tirer un sourire. Elle me tendit un verre de vin et l'entrechoqua au mien.

— Aux hommes ! gloussa-t-elle.

— Ceux de fiction !

— Surtout pas ! Rien ne vaut une bonne réalité, pleine de muscles, de fougue et de testostérone !

J'arquai un sourcil, pas franchement convaincue. Pour moi, les hommes se résumaient à un mot : *problème*. En fait, deux, si on ajoutait *migraine*. Je bus une gorgée de mon verre, laissant mon regard naviguer sur la foule. Je redoutais maintenant le moment où Frédéric allait revenir et où je devrais reprendre mon rôle de fille ravie d'être ici.

Enfin, le rôle de fille ravie d'être ici, *avec lui.*

— Peut-être que j'aurais dû refuser cette soirée, avouai-je finalement.

— Le fleuriste ? Celui pour qui tu rougis et dont tu rêves yeux ouverts à la librairie ?

— Je ne sais pas. C'est... Pourquoi est-ce toujours si compliqué ? Je ne le comprends pas. Il est... Il est parfois adorable, puis subitement glacial, avant de me faire des compliments.

Un sourire fleurit sur la bouche d'Anita. Je retournai la situation dans tous les sens, mais je ne parvenais pas à trouver une solution. Je me demandais même s'il y en avait une.

— Qu'est ce qui t'amuse ?

— Toi. La situation. Ça me rappelle une vieille histoire que j'ai eue avec un homme. Il me rendait dingue. Nous passions notre temps à nous disputer et à nous chamailler. Un jour, il m'a embrassée et je l'ai giflé. Et je l'ai embrassé à nouveau...

— C'était ton mariage numéro un ?

— Je ne l'ai jamais épousé, avoua-t-elle. Mais je n'ai aucun regret, nous avons vécu ce que nous devions vivre.

J'observai son visage teinté de nostalgie. J'avais toujours considéré Anita comme une nature enthousiaste et enjouée. Elle riait de tout, y compris d'elle-même et n'hésitait pas à se montrer généreuse avec son temps. Avec cette histoire, elle me surprenait.

— C'était pendant mon mariage numéro un, ajouta-t-elle en riant. J'ai épousé un homme sur lequel j'ai fantasmé. Et j'en ai aimé un autre.

— C'est un peu plus compliqué me concernant, murmurai-je. Frédéric est gentil et doux. Et agréable…

— Et sûrement terriblement ennuyeux. Tu vis dans les livres, Sarah. Tu devrais peut-être lever les yeux !

Elle fit un signe de tête en direction de la foule et je découvris Maxime, déambulant parmi celle-ci, accompagné de Damien. Nos regards se croisèrent et il m'adressa un sourire complice. Son apparition suffit à me couper le souffle. En jean déchiré et en chemise noire, il attirait tous les regards féminins. Une bouffée de jalousie m'étreignit, mais disparut dès qu'il planta à nouveau son regard dans le mien.

— Je vous laisse, je vais aller danser, dit Anita.

Je me contentai de hocher la tête, fascinée par la façon dont Maxime fendait la foule comme si la planète lui appartenait. Son attitude confiante, presque arrogante, irradiait, et cette image contrastait avec le Maxime renfermé de la librairie.

— Tu as fini par venir ? m'étonnai-je.

— J'ai accompagné Anita.

Je fronçai les sourcils, surprise. Je n'avais pas compris que Maxime et Anita avaient une relation privilégiée. Damien fut tout aussi surpris que moi et son regard passa de Maxime à moi, sans comprendre. Il finit par m'embrasser sur la joue.

— Tu es très jolie, me complimenta-t-il.

— Merci.

Je fis comme si je ne sentais pas le regard inquisiteur de Maxime. Les mots de Damien me faisaient peu d'effet contrairement aux yeux de mon colocataire qui, posés sur moi, me bouleversaient.

— Je ne sais pas ce que tu as fait à cet homme, mais il m'a présenté des excuses !

— Tu avais raison, dit Maxime. Je ne pouvais laisser échapper une occasion de prendre l'air.

— Je croyais que ce n'était pas ton truc ? demandai-je. Boire, rire, discuter...

— Danser, me coupa-t-il.

Sa voix était enrouée et ses yeux s'égarèrent sur mes jambes. Je rougis immédiatement, oubliant presque la présence de Damien. Le souvenir de mon corps collé à celui de Maxime m'embrasa aussitôt. J'avais eu l'occasion de deviner son corps musclé et chaud contre le mien, j'étais prête à tout pour réitérer l'expérience et la faire durer.

— Tu veux danser ?

C'était plus une question d'ordre général qu'une proposition, mais Maxime hocha la tête et, d'un geste du bras, désigna la piste. Il prit ma main et m'attira contre lui. Ma poitrine s'écrasa contre son torse dur et mon cœur s'emballa.

— Je croyais que je devais garder mes distances, chuchotai-je.

— Tu le fais. Disons que j'ai du mal à conserver les miennes, alors.

Sa main était sagement posée sur mon gilet, que je regrettais maintenant d'avoir enfilé. Autour de nous, la foule s'était un peu écartée, nous laissant dans notre bulle d'intimité. Je cherchais encore à interpréter son dernier aveu quand il changea radicalement de conversation.

— Où est ton chevalier servant ?

— Parti saluer quelques amis. Comment était ton sandwich ?

— Pas mauvais.

Nous étions à deux secondes d'enchaîner sur la météo

ou sur la qualité du son qui sortait des enceintes. Je décidai de réorienter notre discussion vers le sujet qui m'intéressait le plus : lui.

— Donc, des excuses à Damien ?

— Je lui dois un paquet de choses. Ma soirée, ma liberté, cette danse. Toi, ajouta-t-il un ton plus bas. Ça suffit à me rendre reconnaissant.

Il réduisit encore l'espace entre nous, collant sa joue râpeuse contre la mienne. Les braises de mon corps s'enflammèrent dans l'instant et je fermai les yeux, enveloppée dans sa douce chaleur. La musique me parvenait à peine, mais Maxime conservait le rythme, oscillant lentement et avec grâce sur ses pieds.

— Tu es un très bon danseur, le complimentai-je.

— Des restes d'un vieux film. J'apprends plein de choses grâce aux films.

— Comme quoi ?

— Je sais détailler une carotte, par exemple. Assommer un type avec une bouteille en verre, slalomer en voiture aussi. Embrasser.

— Ça, j'avais remarqué.

— Je ne joue pas tout le temps. En tout cas, pas avec toi.

— Et pour quelle raison ?

— Parce que je tiens à toi. Et parce que j'ai aussi appris à m'évader en toute discrétion lors de mon dernier film.

Je m'écartai de lui, sans comprendre. Pendant une seconde, j'imaginai qu'il voulait prendre la fuite et profiter de sa soirée de liberté pour repartir à Paris. Cette perspective m'effrayait, je ne tenais pas à devenir complice d'un criminel en fuite.

— Tu as des travaux à finir, lui fis-je remarquer, en espérant le faire revenir sur terre.

— Je ne parlais pas de moi. Ton voisin est à vingt mètres de nous. Qu'est-ce que tu veux faire ?

— Comment ça « qu'est-ce que je veux faire » ?

Maxime me fit tourner et je découvris Frédéric, les yeux rivés sur moi, en train d'avoir un semblant de conversation avec un autre homme. Mon voisin m'adressa un sourire, mais je remarquai tout de même qu'il n'atteignait pas ses yeux. Maxime me resserra contre lui et approcha sa bouche de mon oreille.

— Eh bien, soit nous restons ici et tu finis avec le gentil, soit tu décides de fuguer avec le méchant.

Je m'écartai, plongeant mon regard dans le sien. Maxime ne cilla pas et était même dramatiquement sérieux.

— C'est à ça que ça se résume ? Il est le gentil et tu es le méchant ?

— Je crois, oui.

— Et donc, je dois choisir entre lui et toi ?

— Presque. Tu dois choisir entre un type qui te fera passer une soirée agréable, mais terne, ou un type qui te fera passer une soirée inoubliable.

— D'accord, donc, je choisis entre un mec sympa et un prétentieux ?

Nous échangeâmes un sourire, mais Maxime ne mordit pas à l'hameçon comme je l'espérais. Au contraire, il rentra trop facilement dans mon jeu. Je jetai un coup d'œil au-dessus de son épaule. Frédéric était toujours là, bras croisés, attendant que notre danse se termine.

— Je pensais que tu ne t'en étais pas rendu compte. Mais ce fleuriste est un incroyable crâneur. Il est bien trop lisse et donc… un peu suspect.

— C'est une véritable entreprise de démolition, ris-je.

— Il le mérite. Et honnêtement, il ne te mérite pas

toi. Ce mec ne te connaît pas, Sarah. Il ne te connaît pas comme moi je te connais.

Son air sérieux, presque inquiet, me fit ravaler mon sourire. Ma plaisanterie avait pris une tournure inattendue. À mes yeux, Frédéric était un homme agréable, poli et prévenant. Si je ne méritais pas ce type d'homme, je me demandais à quoi je devais m'attendre. Je tentai d'arrêter notre danse, mais Maxime me tenait bien trop près de lui.

— Je pense que tu te trompes, murmurai-je, sans grande conviction.

— Non. Je le sais. Et tu le sais aussi. Je le vois dans ton regard.

Je restai muette, tentant de trouver un moyen d'esquiver cette conversation. Même si je me posais beaucoup de questions au sujet de ma relation avec Frédéric, je ne voulais pas en parler avec Maxime.

— Tu le vois ? fis-je, un peu ironique.

Maxime hocha la tête, puis colla sa joue contre la mienne. Je devinai son souffle dans mon cou et mon cœur eut un hoquet de surprise.

— Je le vois, murmura-t-il. Jamais je ne t'offrirai de fleurs, je t'offrirai plutôt *Le Dahlia noir* ou *La Dame aux camélias*. Parce que j'adore voir la lueur d'excitation dans ton regard quand tu croises le chemin d'un livre.

Sa légère barbe râpa ma peau mais c'était sans importance. Maxime reprit sa position initiale, face à moi. Je n'avais même plus la force de rougir. Mon énergie était concentrée dans mes jambes tremblantes, qui faisaient l'impossible pour m'empêcher de m'effondrer au sol.

— Tu as le choix, répéta-t-il.

La musique s'arrêta et Maxime retira ses mains des miennes. La chaleur de son corps me manqua immédiatement. Une distance glaciale se glissa entre nous et l'air sembla encore perdre des degrés quand Frédéric me rejoignit, enroulant un bras possessif autour de ma taille.

— Tout va bien ? demanda-t-il.

— Euh, oui.

Je n'avais même pas un filet de voix. Maxime s'éclipsa, se perdant dans la foule et m'abandonnant avec mes pensées envahissantes. Je détestais qu'il parvienne à me perturber en une seule phrase. À son contact, toutes mes certitudes s'évaporaient.

— Tu veux danser ? proposa Frédéric.

— Moi d'abord ! intervint la voix chantante d'Anita.

J'aurais pu lui ériger une statue et chanter à sa gloire pendant des années. Anita m'adressa un clin d'œil complice et s'empara de la main de Frédéric sans même lui demander son avis. J'eus le temps de voir son visage contrarié, pendant qu'elle l'entraînait loin de moi, me laissant ainsi la possibilité de sortir de ma dangereuse apnée. Je me hissai sur la pointe des pieds, cherchant la silhouette de Maxime. J'hésitai entre rentrer tout de suite et seule à l'appartement ou tenter de tirer une explication à mon colocataire.

Je finis par abdiquer. Je n'arrivais pas à réfléchir de toute façon. Je sortis du chapiteau et pris une profonde inspiration dès que je fus à l'air libre. La musique et les discussions me parvenaient en sourdine, mais je respirais mieux. Je n'avais plus cette horrible sensation d'oppression et de vertiges.

— Tu as faim ?

Je pivotai vers Maxime, assis sur un banc, qui me tendait sa barquette de frites. Alors que je me débattais avec mes émotions, Maxime était parfaitement calme et nonchalant. Je refusai les frites d'un geste de la tête et croisai les bras sur ma poitrine.

— Pourquoi tu fais ça ? demandai-je, un peu agacée.

— Pourquoi je fais quoi ?

— Me demander de garder mes distances, avant de faire ton grand numéro de danse et de débiner mon petit ami. Pourquoi tu fais ça ?

— Je ne le débine pas. Je constate. La question est : pourquoi attaches-tu autant d'importance à ce que je raconte ?

Il se leva de son banc et se planta devant moi, tout en grignotant ses frites. Une nouvelle fois déstabilisée, je reculai. Il avait au moins raison sur ce point : je donnais bien trop d'importance à ce que Maxime me racontait.

— Je vais rentrer, annonçai-je pour couper court.

— Et renoncer à la soirée que tu m'as vendue comme l'événement mondain de l'année ?

— Maxime, si tu veux te battre, je suggère que tu enfonces ton poing dans cet arbre et que tu cesses de t'en prendre à moi.

Je battais déjà en retraite, m'éloignant de lui et de la fête. Je me promis de laisser un message à Frédéric, dans lequel je prétexterais une soudaine mais redoutable migraine. J'oscillais entre la colère et l'agacement. Maxime avait encore gâché ma soirée. Ça, c'était ce qui m'agaçait. Que je le laisse faire m'énervait carrément.

À ma grande surprise, Maxime me rattrapa, saisissant mon bras pour me forcer à lui faire face. Il jeta ses frites dans une poubelle et essuya ses mains graisseuses dans une serviette.

— Je fais ça pour toi, dit-il finalement.

— Non, tu fais ça pour toi. Pour te glorifier de

détruire tout ce qui t'entoure, c'est bien ta marque de fabrique, non ?

— En effet, admit-il.

— Donc, tu as décidé de détruire ce qui me tenait à cœur pour vérifier cette théorie ? Tu ne t'es pas dit que j'appréciais Frédéric ? Que c'était peut-être ma seule chance d'être heureuse dans cette ville ? Au cas où tu ne l'aurais pas remarqué, je ne croule pas sous les occasions.

La colère me brûlait de l'intérieur, me faisant perdre tous mes repères. Maxime ne devait rester que quelques semaines, et il était en train de mettre un beau bazar dans ma vie.

— Parce qu'ils sont tous crétins, plaida-t-il. C'est tellement facile…

— Facile ? !

— … d'être séduit, finit-il, à bout de souffle.

Il passa une main nerveuse dans sa chevelure, évitant soigneusement mon regard. J'essayai de comprendre, mais Maxime était un véritable puzzle, aux pièces difficiles à imbriquer.

— C'est l'effet que tu me fais, reprit-il, plus doucement. Te voir avec lui me met en colère.

— Tu… Tu es jaloux ?

Il releva les yeux vers moi, incrédule. Je ne réussis pas à retenir mon sourire, tant la situation était drôle. Maxime Maréchal, acteur de premier plan, était jaloux. Et séduit. Je ne savais pas ce qui était le plus irrésistible.

— Et cette histoire de distance à garder ?

— J'ai foiré, avoua-t-il, plus détendu. Je foire beaucoup de choses dans ma vie. Mais ça m'a fait débarquer ici, alors ce n'est sûrement pas si dramatique.

— Donc, tu es venu à cette soirée uniquement pour

me… surveiller ? Je demanderai à Anita comment elle a fait pour te faire changer d'avis, ça pourrait être utile.

— Ce n'est pas Anita, c'est toi. Tu as dit que tu allais danser, je me suis demandé ce que ça me ferait de danser avec toi.

— C'était bien ?

— C'était… mieux que bien. Vraiment beaucoup mieux. Mieux que frapper un arbre.

Il sourit et une douce chaleur s'épanouit sur mes joues. Ma colère s'était évanouie, remplacée par une sensation de bien-être et de douce satisfaction. Parler ainsi avec Maxime était tellement rare que j'en savourais chaque seconde. Les battements frénétiques de mon cœur suffisaient à me confirmer ce que je redoutais : Maxime me plaisait trop pour mon propre bien.

Je m'éclaircis la gorge, espérant alléger l'atmosphère, et demandai :

— Tu veux le refaire ?

— Tu veux retourner là-bas ? s'étonna-t-il. Je croyais que tu voulais rentrer et lire un livre.

— Je doute qu'un livre soit plus attrayant que de danser avec toi.

Maxime s'approcha de moi et prit ma main dans la sienne. Son corps était beaucoup plus détendu, son sourire plus large. Même ses yeux, habituellement si sombres, semblaient avoir pris une teinte plus claire. Pour la première fois depuis notre rencontre, Maxime paraissait heureux.

L'idée que cela fût grâce à moi fit bondir mon cœur si fort qu'il me donna la sensation qu'il allait sortir de ma poitrine.

Accompagnés par la musique lointaine, nous dansâmes

en pleine rue, serrés l'un contre l'autre, apaisés et oubliant notre colère et nos doutes.

— Toujours aussi bien ? l'interrogeai-je en sentant sa main glisser vers le creux de mes reins.

— De mieux en mieux.

La vibration de sa voix chaude contre la peau de mon cou me fit frissonner. Sa main passa sous mon gilet et s'aventura sur mon dos nu.

— Encore mieux, chuchota-t-il.

Un nouveau frisson me parcourut, dévalant mon échine pour rejoindre mes orteils. Jamais une danse n'avait été aussi agréable. Les yeux clos, je me laissais bercer entre ses bras. Je refoulai les vagues successives de culpabilité, songeant vaguement à Frédéric – mon cavalier officiel – pendant que je dansais avec un autre homme. Ce que je ressentais avec Frédéric n'avait rien à voir avec ce que je ressentais en présence de Maxime. C'était comme comparer un livre neuf avec un livre d'occasion. Le premier était beau, lisse, parfait, au parfum d'encre fraîche. Alors que le second, corné et abîmé, révélait une odeur plus marquée et des pages jaunies. Ils pouvaient raconter la même histoire, mais le livre d'occasion racontait des histoires cachées, celles qui me fascinaient et qui me faisaient rêver.

C'était exactement ce qu'était Maxime. Un beau livre d'occasion, écorché, aux histoires secrètes, marquées sur son corps.

— Tu as réussi, avouai-je finalement.

— Réussi à quoi ?

— À rendre la soirée inoubliable.

Un sourire lumineux éclaira son visage et je me laissai envahir par la joie qui estompa les derniers relents de culpabilité. Sans le savoir, j'avais pris une décision radicale : mettre un terme à ma relation avec Frédéric. Pas pour Maxime. Juste… pour moi, pour ressentir ce que je ressentais actuellement, pour m'oublier complètement dans les bras d'un homme, pour entendre mon cœur frapper à m'en rendre sourde.

La main de Maxime appuya contre mon dos, me rapprochant davantage de lui.

— Il me reste à te voir slalomer entre les voitures, assommer un type avec une bouteille et… détailler une carotte ? plaisantai-je.

— C'est vrai. Commençons par le plus simple.

— Qui est ?

— Détailler une carotte. Dîne avec moi demain soir.

Chapitre 11

Je connaissais notre parcours par cœur. Damien m'attendait chaque matin devant la porte de la librairie, en vérifiant ses lacets. Nous longions la place, dépassions le restaurant de Baptiste, puis remontions la route qui menait vers les vignes. Après la première intersection, nous prenions à droite et dévalions la petite pente qui conduisait vers un sentier sinueux. Nous traversions les vignes de Damien, puis celles de ses voisins et nous débouchions dans un bois.

Je courais depuis mes dix-huit ans, chaque jour, parfois deux fois par jour. Cela m'offrait une parfaite excuse pour être loin de chez mes parents et libre de mes mouvements. Je courais à m'en exploser les poumons, jusqu'à ce que mes jambes ne suivent plus. En arrivant à Paris, j'avais fini par devoir acheter un tapis de course. L'effet n'était pas le même ; mes jambes bougeaient, mais le paysage – les murs de mon appartement – ne me suffisaient pas.

Ici, les choses étaient encore différentes. Damien m'accompagnait et mon temps était limité. La liberté sous contrainte. Lors de la première semaine, j'avais demandé à Damien s'il était là pour me surveiller. À bout de souffle, il s'était contenté de grogner et de m'adresser un doigt d'honneur. J'avais donc eu raison et j'en avais ricané de satisfaction.

— Donc, je suis un type dangereux ? avais-je demandé.

Damien s'était arrêté de courir. Il n'avait rien d'un sportif et les premiers mètres avaient été douloureux pour lui. Les mains sur les genoux, à la recherche de son second souffle, il avait levé vers moi son visage rougi et couvert de sueur.

— Tu n'es pas dangereux. Tu es incontrôlable.

— Je le prends comme un compliment. Rien de plus chiant qu'un mec prévisible.

— La ligue des mecs prévisibles t'emmerde, avait-il répliqué.

— Tu es d'une humeur de chien, on dirait.

— Mon ex-femme me rend dingue, ma fille passe son temps à jouer les casse-cou dans les arbres et je suis obligé de courir chaque matin avec toi.

— Personne ne t'a obligé à me sauver.

— Je suis prévisible et maso. De rien, connard !

— Je ne fais que poser une question ! m'étais-je défendu. Tu es le premier à dire qu'on a toujours le choix ! Pourquoi sauver mon cul si ça te coûte autant ?

— Parce qu'on m'a appris à ne laisser personne dans la merde, Maxime. Ni toi, ni Sarah.

Il s'était appuyé contre un arbre et avait épongé son visage avec son maillot de foot. Sa respiration avait retrouvé son rythme normal.

— Bizarre cette fille, non ? avais-je demandé en étirant les muscles de mes épaules. Ces livres, cette librairie.

— Ne la touche pas !

— Aucun risque, avais-je ricané. Pas franchement mon genre !

— J'imagine que son jean ne moule pas assez ses fesses.

Ou que ses seins ne sont pas assez gros ? À moins que ce soit la taille de son cerveau qui t'effraie ?

Il avait alors étiré son mollet, sa main plaquée contre un arbre, tout en grimaçant de douleur. Sarah n'était pas mon genre. Bien trop sage, bien trop sérieuse, bien trop... bien pour un type comme moi.

— De toute façon, jamais elle ne s'intéressera à toi ! On y retourne ?

Nous avions alors repris notre footing, grimpant le même raidillon qu'aujourd'hui. Sauf, que, cette fois, Damien me précédait, son pas beaucoup plus alerte qu'à mon arrivée ici. En presque cinq semaines, il avait perdu un peu de poids pour gagner en muscles et en agilité. Cette pente qui le faisait tellement souffrir à nos débuts paraissait être une vraie partie de plaisir désormais.

— Je chante *Eye of the Tiger* tout de suite, ou j'attends un peu ? me moquai-je.

— D'ici à deux mois, je fais le marathon du Médoc !

Je n'eus pas l'audace de lui répondre que, si sa performance était si notable, c'était parce que la mienne était médiocre. Je peinais depuis notre départ de la librairie, trébuchant même sur ce chemin dont je connaissais les moindres recoins.

Je rejoignis Damien en haut de la pente, admirant la vue sur les vignes et sur le paysage alentour. Ici, malgré mon bracelet électronique à la cheville, je me sentais incroyablement libre. Je pris une profonde inspiration et vérifiai l'heure à ma montre.

— Qu'est-ce qu'il se passe ? m'interrogea Damien.

— Rien.

— Tu n'as pas cessé de regarder ta montre. Et tu as couru derrière moi.

— Tu as un beau cul.

— Ravi qu'il te plaise. Maintenant, dis-moi ce qui ne va pas !

— Tu es plus chiant qu'une bonne femme, tu le sais ?

Il s'approcha de moi et scruta mon visage, à la recherche d'un indice qui trahirait mon état d'esprit.

— Je le sais. Tu veux qu'on s'engueule, c'est ça ? Dis-le, ça sera plus simple !

Il enfonça son index dans mon torse et rétrécit le regard. Malgré des années de séparation, Damien me connaissait encore parfaitement. Je n'étais pas le genre de mec à m'étaler. Je gambergeais. Je ruminais. Mais jamais je ne parlais, ni ne vomissais mes pensées sombres.

— Je sens que tu me caches un truc. Et si tu me le caches, c'est que ça ne va pas me plaire.

— Arrête ton cirque et garde ton énergie pour rentrer !

À nouveau, il me fixa et, soudain, son regard s'éclaira.

— C'est Sarah ?

— On devrait y aller, tu vas finir par me mettre hors la loi ! répondis-je en tentant de le contourner.

— Crois-moi, s'il s'agit de Sarah, je vais te botter le cul et je vais te faire courir tellement vite que tu seras rentré en moins de deux !

Il me retint par le bras et m'adressa un regard lourd de menaces. Je savais que Damien avait une tendance naturelle à protéger les gens qu'il aimait. J'en étais apparemment une des preuves. Il couvait sa fille et il faisait office de grand frère pas très conciliant avec Sarah.

— Faisons simple : oui, c'est Sarah. Et non, je n'en parlerai pas avec toi !

— Pourquoi ça ?

— Parce que ! Et parce que je sais que tu as déjà sûrement pris le temps de me tailler deux ou trois costards !

— C'est quoi ta relation avec Sarah ?

— Elle m'héberge, ironisai-je.

— Ne joue pas au connard, Maxime. Je sais que tu en es un, inutile d'en rajouter !

— Je ne joue pas au connard. Au contraire, je veux faire les choses bien. Sarah ne sait rien de moi. Elle ne connaît pas mon passé et, crois-moi, je suis tout à fait conscient qu'elle mérite certainement mieux que moi.

— Mais...

— Mais je n'arrive pas à rester à distance. Elle... Elle n'est pas ce que j'imaginais. Et je ne suis sûrement pas le genre de mec dont elle rêve. Je suis claquemuré chez elle, j'ai un putain de bracelet électronique au pied et je ne suis pas certain de retravailler un jour. Alors oui, criai-je, je sais que je ne suis pas l'homme idéal pour elle !

— Bien. Si tu en es conscient, inutile que je te fasse mon laïus, ni mon serment de te castrer à mains nues si tu lui fais du mal !

Je ravalai un rire nerveux. Tout ce cirque, pour rien ! Je savais déjà que je risquais de tout détruire. J'y étais habitué. Dernièrement, j'avais réalisé que j'avais pris un soin méticuleux à détruire une vie dont beaucoup de gens rêvaient. L'argent, la gloire, le cinéma, les récompenses, les soirées folles... Tout, j'avais tout eu, sans jamais m'en satisfaire.

Et maintenant, Sarah. Cette fille qui débarquait au milieu de ma vie en ruine et qui m'avait démontré plusieurs fois qu'elle n'avait pas peur de moi. Mes avertissements avaient été inutiles. L'embrasser avait été comme marcher au bord du vide : à la fois effrayant et euphorisant.

Et, bordel, la simple idée de sentir ses lèvres contre les miennes me rendait dingue. Dingue au point d'aller à une fête de village, dingue au point de demander de l'aide à Anita, dingue au point de danser en pleine rue avec elle. Damien avait raison sur un point : j'étais incontrôlable... en particulier avec elle.

— On dîne ensemble ce soir, dis-je finalement.

Damien s'étrangla dans un rire moqueur. Patiemment, j'attendis qu'il se calme.

— Je n'ai donc aucune inquiétude à avoir, railla-t-il. Ta cuisine ferait peur à un zombie !

— Je comptais te demander de l'aide.

— Je suis le mec qui achève le zombie. Je ne cuisine que pour ma fille et tout sort de ces choses merveilleuses qu'on appelle... conserves. Tu devrais essayer, proposa-t-il en me gratifiant d'une tape sur l'épaule, c'est acceptable.

Je soupirai et décidai de reprendre notre footing. Damien mit quelques secondes à réagir, avant de me suivre. J'allongeai ma foulée, espérant qu'il ne tienne pas la distance. Mais, à ma grande surprise, Damien tint le rythme et se hissa à ma hauteur.

— Pourquoi tu ne vas pas dîner chez Baptiste ?

— Parce que je n'ai qu'une heure de liberté, le soir.

Et à cause d'une vague histoire de carottes à détailler, songeai-je en souriant.

— Tu cherches à l'épater, hein ?

Ma seule réponse tint en un regard sombre. Je regrettais maintenant d'avoir parlé de Sarah à Damien. À coup sûr, il me ruinerait mon plan pendant les répétitions de la pièce, juste avant mon dîner avec Sarah. Il était en mesure de tout gâcher, avant même que je ne commence à agir.

Malgré ma cadence intense, Damien parvint à m'agripper le bras et à m'arrêter.

— Quoi ? m'agaçai-je.

— Je ne t'ai pas fait venir ici pour que tu détruises sa vie.

— Je sais.

Je me retins de lui promettre quoi que ce soit. Depuis que Sarah était entrée dans ma vie, je n'étais plus certain de rien, et je peinais à anticiper mes réactions. Je passai une main sur mon front trempé de sueur, évitant de croiser le regard de mon ami.

— Si je t'ai fait venir ici, c'est pour t'éviter la taule et pour que tu réfléchisses à ce que tu dois faire, ce que tu dois faire pour toi. J'ai vu tes films, Maxime, et je sais que tu es fait pour ça.

— Évidemment. C'est pour ça que j'ai viré mon agent !

— Je ne peux pas nier le fait que Sarah est une fille super. Je le sais. Je le vois, chaque jour. Elle a cette candeur, cette naïveté qui la rend incroyable. Mais elle vit ici et toi… Toi tu n'es pas d'ici.

— Tu es en train de me dire que je dois choisir entre elle et ma carrière ?

— Je suis en train de te dire qu'il faut que tu y ailles… étape par étape. Il faudrait que tu appelles Mathilde.

— Je l'ai virée, lui rappelai-je à nouveau.

— Je sais. Des excuses peuvent marcher ! Et tu ajoutes une ou deux promesses…

— Je ne suis pas un type qui fait des promesses, c'est le meilleur moyen de tout rater.

— Alors trouve une solution, une vraie, pour reprendre ta vie. Il te reste quoi ? Deux ? Trois semaines ? Tu ne vas pas rester ici éternellement, tu vas devoir retourner à Paris et…

La voix de Damien s'éteignit peu à peu. Je savais pourquoi il me parlait de mon travail. Il espérait sûrement détourner mon attention de Sarah, me faire miroiter la vie parisienne, son énergie folle et mon métier de rêve. Sauf que, depuis Sarah et son regard déstabilisant, mon monde avait plus que vacillé.

— C'est elle, d'abord.

Damien soupira, ses bras retombant le long de son corps, conscient d'avoir échoué à me faire renoncer. Il parcourut le paysage alentour, avant de reprendre la parole.

— Appelle Anita, elle sait cuisiner.

Je le remerciai d'un hochement de tête et nous reprîmes notre séance de course à pied. Nous étions en retard et je fis les deux cents derniers mètres en sprint. Malgré tout, j'eus le temps de penser à ce que Damien m'avait dit. Je savais qu'il avait raison et je savais que je devais faire quelque chose pour sauver ma carrière.

À mon arrivée à la librairie, je grimpai les escaliers à toute allure. Sarah était dans la cuisine, sirotant son café matinal.

— Je suis en retard, expliquai-je précipitamment, tout en retirant mon T-shirt humide de sueur.

— À peine une minute, me rassura-t-elle après avoir vérifié l'heure sur l'horloge.

Son regard caressa mon corps et j'envisageai déjà de capter à nouveau ce regard d'ici à ce soir. Sarah avait sûrement le pouvoir de me tuer et de me ramener aussitôt à la vie. Il suffisait qu'elle me touche pour que tout rentre dans l'ordre.

— Bien dormi ? demanda-t-elle après un bref soupir.

— Bof. Je… Les frites en fin de journée me sont restées sur l'estomac. À moins que ce soit une vague d'angoisse…

— À l'idée de cuisiner ?

Un sourire mutin éclaira son joli visage. Ses yeux pétillaient de malice et je savais qu'elle m'attendait au tournant. Cette petite comédie m'amusait. Sarah faisait semblant de ne pas savoir ce qui allait se passer et je rentrais dans le jeu. Pourtant, nous étions conscients que demain, à la même heure, notre relation aurait changé.

D'une manière ou d'une autre, tout changerait ce soir.

— Apparemment ma réputation me précède, m'esclaffai-je.

— Pas que sur la cuisine, continua Sarah, avant de porter son mug à ses lèvres.

Sarah me défiait. C'était nouveau. Elle, si calme, si timide, si réservée, se permettait maintenant de petites remarques assassines. Jamais je ne lui avouerais que j'adorais ça, j'adorais la voir sortir de sa coquille pour se révéler. J'approchai d'elle et son regard se voila, comme si sa confiance en elle s'effritait.

— Nous reprendrons cette conversation ce soir, assurai-je. J'ai un mur à repeindre. Et la patronne est du genre tatillonne !

Même si elle était plongée dans son mug, je devinais son sourire lumineux. Ses cheveux tombèrent sur son visage, cachant son rougissement. Je me promis de déterrer ce sujet lors de notre dîner. La faire rougir était un passe-temps dont je ne me lassais pas. Je me dirigeai vers la salle de bains, mais pivotai vers elle juste avant d'y entrer.

Les yeux de Sarah étaient sur moi, détaillant mon dos. Elle mit quelques secondes à revenir à la réalité, clignant des paupières et manquant même le rebord de son mug où elle tentait de cacher son accès de voyeurisme. Je savais sur quoi ses yeux s'étaient arrêtés : un tatouage habillait mon omoplate droite.

— Je ne savais pas que tu en avais d'autres, murmura-t-elle.

— Tu n'as jamais demandé.

— Et… Tu en as d'autres ?

— Non.

— Et qu'est-ce que ça signifie ? J'ai toujours été nulle en chimie, plaida-t-elle.

— Je te raconterai ce soir. Au fait, tu as une répétition pour la pièce ?

— De deux heures, au moins. D'ailleurs, Anita vient de m'envoyer un message pour me dire qu'elle était malade et clouée au lit. On devra faire sans elle.

— Bien. Je viendrai te chercher.

— Tu... C'est à cent mètres, je pense pouvoir m'en tirer facilement.

— Je t'ai invitée à dîner, je viens te chercher. On ne sait jamais, si tu croises quelqu'un de louche sur le chemin...

— Quelqu'un comme Frédéric ?

— Éventuellement.

Avec mon T-shirt roulé en boule, j'effaçai une larme de sueur qui roulait sur mon torse. Je n'avais pas osé aborder le sujet frontalement. Mais après hier soir, et surtout, avant ce soir, j'espérais que Sarah mette la situation au clair avec Frédéric. Il valait mieux pour lui qu'il reste loin de la librairie. Un jour ou l'autre, je finirais par lui en coller une, même sans raison.

— J'ai rompu, admit-elle timidement.

— Je ne vais pas faire comme si j'étais désolé, répliquai-je avec un sourire.

— Tu as un mur à repeindre.

Elle termina son café d'un trait et descendit de son tabouret. Puis elle débarrassa la table et m'adressa un petit signe de la main avant d'ouvrir la porte. Je la suivis du regard tandis qu'elle dévalait les escaliers en direction de la librairie, espérant que la journée ne s'éternise pas.

*
* *

Dès que Sarah avait quitté la librairie pour rejoindre la salle de théâtre, Anita avait débarqué. Elle avait pris soin de faire quelques courses et avait déjà préparé certaines choses. De fait, ma première question l'avait déstabilisée.

— Y a pas de carottes ?

Après quelques secondes de silence, elle avait posé son couteau.

— C'est un pâté de pommes de terre. Je crois que non, il n'y a pas de carottes.

— On peut en ajouter ?

— Tu lui as dit que tu ferais un truc à la carotte ?

— En quelque sorte. Pas grave, on fera sans ! avais-je dit en haussant les épaules.

— Tu veux que je te dise ? Elle se fiche des carottes ! Elle se fiche même de ce dîner. La connaissant, elle doit se défouler sur Baptiste pour qu'il arrive à aligner trois lignes sans bafouiller.

Et c'était vrai.

En arrivant dans la salle, je m'étais installé discrètement au fond de la salle. Sur scène, Sarah tentait de montrer à Élise où elle devait se positionner. Damien se lançait dans une interminable tirade, pendant que Baptiste se battait avec son costume.

Elle finit par croiser mon regard et, brutalement, la tension ambiante s'apaisa. J'assistai aux trente dernières minutes de la répétition, corrigeant silencieusement Damien à chaque mot écorché ou oublié. Élise parvint enfin à bouger sur la scène, occupant l'espace de son mieux.

Avec un pincement au cœur, je réalisai que je ne verrais peut-être pas la pièce. Il me faudrait demander une autorisation écrite à la gendarmerie et je n'étais pas le genre de mec à demander des faveurs dans des courriers alambiqués et officiels.

Sarah annonça la fin des répétitions à la minute près. Je ne pus m'empêcher de sourire et de lever un sourcil dans sa direction. Son enthousiasme et cette incroyable ponctualité trahissaient sa nervosité. Pour être honnête, j'étais dans le même état de stress qu'elle. Elle prit tout de même le temps de ranger la salle, rassemblant les accessoires dans un coin, puis les chaises dans un autre.

Debout près de la porte, je patientai aussi calmement que possible.

— Prêt ? demanda-t-elle.

— Prêt, répondis-je sans savoir de quoi nous parlions vraiment.

Elle referma la porte du théâtre derrière nous et nous prîmes la direction de la librairie.

— Cette répétition était épuisante, soupira-t-elle. Entre Élise qui ne sait pas se placer et Damien qui peine à retenir quatre lignes.

— C'est comme ça tous les ans ?

— Plus ou moins. Élise connaît son texte, elle l'a bossé pendant ses études. Il faut juste qu'elle apprenne à bouger sur toute la scène.

— C'est l'avantage du cinéma, on peut refaire la prise autant de fois qu'on veut.

— Pas faux. J'aimerais voir ça un jour, un tournage. Il faut que tu expliques à Damien comment apprendre correctement un texte ! Tu dois bien avoir un truc, ou...

— J'ai juste une excellente mémoire.

Nous atteignîmes la librairie et j'ouvris la porte pour laisser Sarah entrer. Elle grimpa les escaliers et s'arrêta net après avoir ouvert la porte de l'appartement.

— Un problème ? l'interrogeai-je.

— Euh… Rien. Disons que… En fait, je m'attendais à… autre chose, bégaya-t-elle.

Je jetai un coup d'œil à l'appartement, ne comprenant toujours pas ce dont Sarah parlait. Le salon était dans le même état que ce matin et la cuisine avait été méticuleusement nettoyée.

— Tu n'as pas mis la table ?

Soudain, cela me percuta. Pour séduire Sarah, j'avais dansé avec elle. Je lui avais fait quelques confidences, j'avais même réussi à écarter Frédéric. Mais dans son monde, il y avait un autre ennemi à combattre : tout ce qu'elle avait toujours lu dans les livres. Et j'imaginais que dans les livres, pour ce genre de dîner, on dégainait la porcelaine, une rose et quelques bougies.

— Tous ces livres jouent contre moi, dis-je en avançant en direction de la cuisine.

— Maxime, ce n'est pas…

— Ne me force pas à aller acheter des fleurs chez Frédéric, je pourrais vraiment le prendre comme une invitation à lui en coller une !

Elle étouffa un rire et leva les mains devant elle, en signe d'excuses. Je finis par installer nos assiettes et l'invitai à rejoindre la table. Je déposai le plat que j'avais préparé avec Anita entre nous deux et m'assis à mon tour.

— Pas de carottes, annonçai-je.

Sarah m'adressa un sourire pendant que je la servais. Ma nervosité avait fini par s'évaporer au profit du trac. Durant toute la journée, j'avais envisagé plusieurs scénarios possibles pour ce dîner. Ma conversation avec Damien avait laissé des traces. J'avais vécu ici, dans une bulle contrainte, et je devrais bientôt me confronter à ma réalité. Commencer une histoire avec Sarah me paraissait presque injuste. Je n'avais rien à lui promettre. J'avais déboulé dans sa vie sans prévenir, contre un bon paquet d'argent.

Peut-être que ça devait se limiter à ça.

— Alors, ce tatouage ? demanda-t-elle avec enthousiasme.

Elle avala une bouchée de son plat, et un bref gémissement lui échappa. Elle posa sa fourchette et m'offrit un timide applaudissement.

— C'est délicieux !

— Symbole chimique de l'adrénaline, répondis-je en piochant dans mon assiette.

— J'aurais dû m'en douter. « De ronces et d'adrénaline ». Tu ferais un bon titre de livre !

— C'est ça ton passe-temps ? Trouver des titres de livres aux gens ?

— Ça m'arrive.

— C'est comme ça que tu as trouvé le nom de la librairie ? « De livres et d'eau fraîche » ?

— Tout le monde devrait vivre de livres et d'eau fraîche ! Il n'y a que toi pour préférer les ronces et l'adrénaline.

— Je pensais que tu aimais ça.

Le souvenir de la promenade de son index le long de mon tatouage était très frais dans mon esprit. J'avais vu son regard fasciné et sa curiosité dévorante. Pour la première fois depuis des mois, j'avais ressenti une salve d'adrénaline sans ressentir le besoin de me battre.

— J'aime assez, oui. Mais… Tu es le genre de livre en plusieurs tomes, ajouta-t-elle dans un sourire.

Elle releva timidement les yeux vers moi. Une vague de désir brûlant m'étreignit. Y avait-il une réglementation sur ce genre de choses ? Genre je devais attendre qu'elle ait au moins fini son assiette pour l'embrasser ?

Très vite, elle réorienta la conversation sur ma carrière cinématographique, m'interrogeant sur le contenu du scénario que j'avais reçu.

— Tu ne l'as pas lu ? s'étonna-t-elle.

— Je veux d'abord trouver une solution avec Mathilde. Damien pense que je lui dois des excuses.

— Je le crains, oui.

Je poussai un profond soupir, déjà prêt à m'arracher les cheveux sur la situation. Je n'avais jamais présenté d'excuses officielles. À personne. Je me contentais de prendre, puis de laisser, sans jamais regretter mes choix. Sauf que, cette fois, il y avait trop de choses en jeu : ma carrière et ma vie tout entière.

— Je t'aiderai, proposa-t-elle.

— Tu veux vraiment te débarrasser de moi ?

— Eh bien, avant de manger ce plat, j'aurais dit oui. Mais maintenant, j'ai de véritables doutes !

— Je… J'ai un cadeau pour toi. Pour te remercier.

J'allai à ma chambre et récupérai le cadre photo que j'avais acheté à la supérette du coin. Je redoutais un peu la réaction de Sarah. Soit elle me portait aux nues, soit… elle me tuait.

— Maxime, ce n'était pas nécessaire, dit-elle en me voyant réapparaître dans le salon.

— C'est… C'est un souvenir.

— Tu as peur que je t'oublie ?

Elle arbora un visage incrédule, mais ne rit pas. Je lui en étais reconnaissant. J'appréciais que Sarah soit sérieuse avec moi, qu'elle ne me bombarde pas de faux rires désagréables. Ça me donnait la sensation de valoir quelque chose.

— Généralement, on se souvient de moi pour de mauvaises raisons, lui fis-je remarquer.

— Généralement, les gens se contentent des apparences. Tu n'es pas le genre d'homme qu'on oublie facilement.

Je lui tendis son cadeau et elle se pinça les lèvres de nervosité. Elle retira le papier avec délicatesse et un sourire ému se dessina sur ses lèvres. Apparemment, je n'allais pas finir en miettes.

— C'est la dernière tirade de Perdican.

— Je vois ça.

Elle caressa le verre du cadre du bout des doigts, relisant la prose de Musset sur les hommes menteurs et les femmes perfides. Je m'approchai d'elle, désignant le cadre.

— Je me suis dit que… Que ça pourrait aider Damien à l'apprendre, plaisantai-je. Et ça peut décorer la librairie en bas ?

Même lors de ma première audition, je n'avais pas été aussi nerveux. J'avais bégayé, oui. Mais je n'avais sûrement pas ressenti une telle anxiété. Pour une raison que je ne comprenais pas, l'avis de Sarah comptait énormément pour moi.

— C'est parfait, dit-elle finalement.

— Vraiment, tu aimes ? Parce que, vu que j'ai dû arracher la page, je craignais que…

— Disons que l'attention surpasse le massacre, me rassura-t-elle en plantant ses yeux dans les miens.

Je sus à cet instant que ma relation avec Sarah ne se limiterait jamais à *ça*, que notre relation serait forcément autre chose qu'une relation contractuelle et éphémère.

Lentement, j'effaçai la distance entre nous. Sarah ne cilla pas, les mains cramponnées à son cadre. Je déposai un baiser furtif sur sa mâchoire, lui laissant une dernière chance de prendre la fuite. Mais Sarah n'avait pas bougé d'un centimètre. Perchée sur son tabouret, elle attendait son fameux premier baiser.

Alors, je le lui offris.

Et je fis de mon mieux pour le rendre parfait.

Chapitre 12

Il y avait tout un tas de choses que je retiendrais de ma cohabitation avec Maxime : ses premiers jours d'agressivité, sa capacité à me faire rougir en deux mots, notre danse nocturne en pleine rue, la façon dont ses yeux s'éclairaient quand il riait. Tous ces souvenirs resteraient dans un coin de ma mémoire, enfermés à double tour comme des trésors précieux.

En revanche, ses baisers resteraient gravés sur mon corps, sur mes lèvres et sur la peau fine de mon cou, comme des cicatrices de joie. Il me suffirait de les effleurer pour replonger dans ce que je ressentais actuellement : une chaleur intense et incontrôlable.

Maxime posa sa main sur ma joue et m'attira plus près de lui. Ses lèvres bougeaient doucement contre les miennes. Il prenait son temps, me titillant avec lenteur. Il finit par abandonner ma bouche pour embrasser mon cou, aspirant la peau entre ses lèvres. Je basculai la tête et poussai un gémissement de plaisir. Aussitôt, Maxime reprit possession de ma bouche et y glissa la langue. Je plongeai mes doigts dans ses cheveux et fis l'impossible pour que nos deux corps se touchent. Je voulais le sentir et le toucher.

Alors que j'étais toujours assise sur mon tabouret, Maxime s'imposa entre mes jambes, pressant son érection contre mon intimité. Ses mains trouvèrent mes hanches et, brutalement, il me fit avancer vers lui. Surprise, j'étouffai un cri dans sa bouche. Les fesses sur le rebord du tabouret, je vacillai et me cramponnai à lui, mes doigts agrippant l'avant de son T-shirt.

Il sourit contre ma bouche et ses mains chaudes se faufilèrent sous mon chemisier, caressant mon dos avec tendresse.

— Je vais devoir t'enlever ce truc, me prévint-il.

Je m'écartai de lui, un peu paniquée.

— Ici ? Tu… Enfin, on pourrait…

— Ici. De toute façon, il y a peu de chances qu'on finisse par atteindre la chambre.

Ses lèvres se soulevèrent dans un sourire lascif, plein de promesses sensuelles. Ses mains redescendirent sur l'extérieur de mes cuisses, avant de remonter dans une lente torture vers mon intimité. Je me mordis les lèvres à m'en faire mal, pendant que ses doigts dansaient autour de mon sexe. Je me tortillai de frustration sur mon tabouret et fus récompensée d'un nouveau sourire.

Maxime se pencha et, délicatement, il défit le premier bouton de mon chemisier. Il embrassa mon ventre, puis retira un autre bouton et je gagnai un nouveau baiser. Il reproduit le même geste, effleurant ma peau de son souffle, ignorant mes tremblements d'excitation. Quand il arriva à hauteur de ma poitrine, il déposa un baiser sur le tissu de mon soutien-gorge, puis entre mes seins. Enfin, le dernier bouton céda et il repoussa le tissu de mes épaules. Je frissonnai et me couvris immédiatement de mes bras.

— Mets-toi debout.

Sa voix était un peu éraillée, diablement sexy. Je m'exécutai, toujours intimidée, mais brûlante d'un désir inédit. En prenant son temps, Maxime savait parfaitement ce qu'il faisait ; il voulait m'apprivoiser et j'appréciais cette attention. Il avait tout de suite compris que mon expérience était limitée. Limitée à un lit, à ma chambre, dans une pénombre rassurante. Ici, j'étais en pleine lumière, à moitié nue et entièrement à sa merci.

Il captura mon visage entre ses mains et déposa une pluie de baisers sur mes joues et sur ma bouche. Puis, il souda son front au mien et plongea son regard sombre de désir dans mes yeux.

— Tu veux qu'on aille dans ta chambre ?

Je secouai la tête, déterminée à ne pas flancher devant lui. Je voulais vivre cette expérience, me libérer de mes dernières barrières avec lui. Pour lui assurer que je n'allais pas changer d'avis, je me découvris et saisis le bas de son T-shirt. Maxime m'encouragea d'un sourire et je lui retirai son vêtement.

Dès son arrivée à la librairie, son tatouage m'avait fascinée. La ronce. Pour éloigner, pour prévenir du danger, pour tenir à distance quiconque pourrait s'approcher de lui. Sans lui demander son avis, je repris mon rituel, suivant le dessin à l'encre du bout de l'index. Sa respiration s'accéléra, comme s'il résistait à l'envie de me repousser. Je relevai les yeux vers lui. Son visage était tendu, ses mâchoires serrées, mais son regard brûlait d'une ardeur inédite. Quand j'atteignis son épaule, j'y déposai un baiser léger, puis un autre sur son torse. Sous mes lèvres, je sentis son cœur s'emballer.

— Qu'est-ce que tu es en train de me faire ? siffla-t-il.

— Tu veux que j'arrête ? m'alarmai-je.

— Surtout pas. Jamais.

J'embrassai son menton, puis me hissai sur la pointe des pieds pour retrouver le goût de ses lèvres, mes mains posées sur son torse. Il était toujours aussi doux, aussi prudent, mais je comprenais maintenant qu'il se retenait, comme s'il craignait de me briser.

— Tourne-toi, m'intima-t-il, à bout de souffle.

J'obtempérai dans la seconde, ignorant mon ventre qui se tordait d'anticipation. Maxime repoussa mes cheveux sur une épaule et caressa ma peau de ses lèvres. Son index glissa sous la bretelle de mon soutien-gorge, jusqu'au crochet. Il le défit et repoussa les bretelles sur mes bras, jusqu'à ce que le bout de tissu tombe à mes pieds.

De la paume, il caressa mon dos nu et sans entrave, prenant soin de passer sur mes côtes sans jamais toucher ma poitrine. Je haletai, peinant à refouler les vagues de chaleur successives qui s'abattaient sur moi. Bien que douce, cette agonie était insupportable. Je frottai mes cuisses l'une contre l'autre, cherchant à apaiser la douleur lancinante provoquée par mon désir.

— Tu es très belle.

J'étais presque heureuse de lui tourner le dos, tant mon rougissement était honteux. Mes jambes tremblaient et je fus rassurée de sentir Maxime se coller contre moi. Son torse musclé épousa parfaitement mon corps et sa bouche avide retrouva la peau fine de mon cou.

— Je vais goûter chaque centimètre de ta peau, chuchota-t-il à mon oreille.

Il suçota la peau de mon cou, puis sa langue parcourut la courbe de mon épaule. Ses mains retrouvèrent ma taille et, lentement, remontèrent à ma poitrine. Un cri de plaisir se coinça dans ma gorge à l'instant où il effleura les pointes sensibles de mes seins. Je me cambrai, espérant qu'il me touche à nouveau et pour de bon. Ma poitrine était tendue et je voulais sentir les mains rugueuses de Maxime sur moi.

Oubliant toute retenue, je bougeai mes fesses contre son sexe tendu. Maxime grogna et mordit mon épaule. Ses mains reprirent leur balade sur mon corps, caressant mon cou dégagé. Son index passa sur ma bouche et, du bout de la langue, je jouai avec.

— Continue comme ça, Sarah, et je vais jouir dans mon jean comme un adolescent !

— Ça serait si grave ?

— J'avais prévu de m'enfoncer en toi.

Galvanisée, je laissai mes mains s'égarer sur ses cuisses et remonter jusqu'à son entrejambe. Son sexe tendait son pantalon avec force. Je le caressai quelques secondes, avant que Maxime ne reprenne le contrôle. Il chassa mes mains curieuses et faufila à nouveau son index dans ma bouche. Jamais je n'avais ressenti une telle excitation, un véritable sentiment d'euphorie rehaussé d'adrénaline. J'en oubliais même mes inhibitions.

Je léchai son doigt avec plaisir, recevant ses petits soupirs de satisfaction comme autant de récompenses.

— J'ai hâte d'être en toi, grogna-t-il en pressant son sexe contre mes fesses.

Il retira son doigt de ma bouche et je protestai pour la forme, très vite distraite par le chemin que prenait son index. Traçant de petits cercles autour de mes pointes durcies, il finit par atteindre son but, en les faisant rouler entre son pouce et son index.

Une première décharge de plaisir intense secoua mon corps. Maxime embrassa mon épaule avec tendresse, pour m'apaiser, avant de sonner à nouveau la charge. Il reprit son dessin d'arabesque sur ma poitrine, attendant que mon souffle soit suffisamment court pour caresser les pointes. Je gémis de frustration, mais Maxime resta implacable, s'amusant de mon excitation, tirant sur mes pointes douloureuses, pour ensuite m'abandonner pantelante et insatisfaite.

Finalement, Maxime abandonna ma poitrine. Sa main droite glissa le long de mon ventre et il déboutonna mon jean, avant de descendre la fermeture.

— Je vais t'aider à retirer ça, d'accord ?

Je hochai la tête, incapable même de parler. J'étais trop excitée, trop frustrée, trop à bout de forces pour dire quoi que ce soit. Mon jean tomba à mes chevilles, suivi par ma culotte. Derrière moi, je sentis les doigts de Maxime pianoter le long de mes jambes. Il reprit sa position initiale : son torse musclé et fort contre mon dos, pendant que son bras droit s'enroulait autour de ma taille.

— Excitée ?

— Oui.

— Montre-moi ça…

Ses doigts galopèrent jusqu'à mon intimité et sa main couvrit bientôt mon sexe trempé. Cette seule et douce pression me tira un cri de soulagement. Maxime caressa mon sexe en gémissant contre mon cou. Tout mon corps vibrait et tout mon sang affluait entre mes cuisses. Son majeur glissa entre mes lèvres et, après une caresse furtive, il s'enfonça en moi.

Un nouveau cri m'échappa, entre surprise et stupéfaction. Je me cramponnai au bar, faisant tomber mon verre au passage. Son majeur allait et venait avec douceur, bientôt accompagné de son index.

— Maxime, murmurai-je, au bord de l'implosion.

— Laisse-toi aller. La prochaine fois, je veux que tu le fasses devant moi !

Il ne me laissa pas le temps de répondre et accentua le rythme, allant et venant en moi avec force. Mon corps se tendit peu à peu, cherchant à retenir mon orgasme le plus longtemps possible. Mais Maxime ne me laissait aucun répit. Il en exigeait toujours plus. Il aimait se battre et il le faisait sans merci, rien que pour m'achever.

Je me cambrai un peu plus, devinant des picotements agréables parcourir mon corps comme autant d'étincelles qui s'échapperaient d'un feu de joie. Je fermai les paupières, m'oubliant entre ses bras. C'était là, tout proche, et je savais que j'en sortirais dévastée.

— Je viens de changer d'avis. La prochaine fois, c'est ma bouche que tu sentiras là !

Il appuya sa promesse d'une pression sur mon clitoris et cela provoqua ma chute. Une ultime vague de chaleur m'engloutit et, en une seconde, tout ce que je tentais de retenir céda. Mon orgasme fit trembler tout mon corps et je manquais même de m'effondrer au sol. Ce fut le bras de Maxime qui me permit de rester debout.

— C'était le premier chapitre, murmura-t-il contre mon cou.

À bout de forces, je peinai à ouvrir une paupière. Maxime prit ma main dans la sienne et m'entraîna en direction de ma chambre.

— Tu as ce qu'il faut ? demanda-t-il.

— Euh… oui, répondis-je, intimidée.

— Toujours aussi prévoyante. Je commence à aimer ça !

Il ouvrit la porte de ma chambre et la referma derrière moi. Puis, il alluma ma lampe de chevet. Brutalement consciente de ma nudité, je plaquai mes bras autour de moi. Maxime claqua la langue de désapprobation, puis approcha de moi.

— Il faut occuper ses mains autrement, dit-il avec sérieux.

Mes joues rougirent dans l'instant. J'avais encore en

tête ses plans précédents. Je ne m'étais jamais touchée, jamais caressée. Le faire devant lui était gênant et très excitant. Maxime dut tout de suite comprendre ce à quoi je pensais car il s'approcha de moi et caressa ma joue d'un revers de la main.

— J'adore ça, dit-il. Tes rougissements. Impossible pour toi de cacher quoi que ce soit.

— Personnellement, je trouve ça un peu honteux. Je rougis comme si j'avais huit ans !

— Pour en revenir à tes mains, je songeais plutôt au fait que tu me déshabilles.

Je n'étais pas plus rassurée. Je n'avais jamais eu à retirer des vêtements à un homme. Cela étant, je n'avais jamais non plus été déshabillée par un homme avant. D'habitude – si je puis dire, car mon nombre de relations se comptait sur les doigts d'une seule main –, nous allions dans ma chambre, nous retirions chacun nos vêtements et nous finissions sous la couette. C'est à peine si j'allumais la lumière.

J'avais toujours considéré le sexe comme une sorte de passage obligé.

Avec Maxime, mes perspectives changeaient. Ce que je ressentais pour lui était intense et incontrôlable. Le sexe était différent, violent en sensation, brutal même. Et bon. Terriblement bon et euphorisant.

— Je suis certain que tu peux y arriver, m'encouragea-t-il.

Mes mains encore tremblantes approchèrent de la boucle de sa ceinture. J'effleurai son ventre musclé et sentis un léger tressaillement.

— C'est rare qu'on me déshabille, expliqua-t-il.

— Oh. Un privilège alors ?

— Plutôt un acte révolutionnaire.

J'ouvris les boutons de son jean et le fis descendre sur ses cuisses. Il leva les jambes une à une pour s'en débarrasser totalement. Je pris une profonde inspiration et saisis son boxer. Comme pour son pantalon, il s'en débarrassa d'un coup de pied puis annonça tout en avançant vers moi :

— Chapitre 2.

Si j'avais deviné son excitation à travers son jean, voir son sexe tendu, devant moi, pour moi, m'impressionna. Je reculai vers le lit, jusqu'à ce que mes jambes heurtent le bord du lit. Maxime jeta un œil en direction de mon chevet, à la recherche de préservatifs.

— Tiroir, soufflai-je.

Il hocha la tête et effaça la courte distance entre nos deux corps. Je m'assis sur le matelas, m'appuyai sur mes avant-bras et reculai sur le lit, avant de m'allonger complètement. Maxime m'adressa un sourire et se coucha à son tour, me surplombant. Son corps chaud épousa le mien, pendant que j'écartais les cuisses pour l'aider à s'installer.

Sa bouche retrouva la mienne, pour un baiser doux et lent. Mes mains se fichèrent à nouveau dans ses cheveux, avant de rejoindre ses épaules et de caresser son deuxième tatouage. Il gémit contre mes lèvres et les quitta finalement pour s'approcher de mon cou. Ses mains restèrent sagement sur mes hanches, me maintenant clouée au lit, prisonnière de son corps.

Mes seins étaient encore sensibles et lourds de ses caresses aussi, quand sa bouche se referma sur mon téton, un cri de satisfaction m'échappa. Malgré mon premier orgasme, la tension nerveuse et sexuelle qui parcourait mon corps était toujours là, prête à éclater au moindre contact et à me réduire en pièces.

Maxime déposa des baisers sur ma poitrine, puis traça un chemin brûlant jusqu'à mon nombril. Il effleura mon sexe, ignorant le fait que je me tortillais sous lui, trop excitée pour me contenir. Puis, très lentement, il fit le chemin inverse, rampant au-dessus de moi comme un prédateur ravi de fixer sa proie avant de l'achever. Son regard était si sombre que je ne distinguais plus ses pupilles. Je ne voyais qu'un puits sombre de faim et d'envie qui faisait battre mon cœur à toute vitesse.

Son sexe dur et lisse s'écrasait contre mon ventre et, pendant de trop courtes secondes, il eut même l'audace de caresser mon sexe avec le sien. J'en étouffai un juron, cachant mon visage dans l'oreiller, partagée entre plaisir et interdit.

— Donc, je disais... Chapitre 2, annonça-t-il en tendant la main vers mon chevet.

— Le chapitre 1 était réussi.

— C'est ma meilleure arme : la première impression. Après, tout est différent.

Je posai ma main sur sa joue, le retenant à moi. Je détestais l'image que Maxime avait de lui-même. Certes, il y avait sa colère, ses excès, cette hargne qu'il traînait partout avec lui. Mais je savais maintenant qu'il y avait autre chose, une fêlure, un secret que masquait mal cette ronce qui lui enserrait le bras et le cœur.

— Tu as raison. Quand on te connaît un peu, c'est différent. Mieux, surtout. Je suis certaine que le chapitre 2 sera encore meilleur que le chapitre 1.

— Tu parles de sexe ou de moi ?

— Des deux. Ensemble.

J'ouvris un peu plus mes cuisses, lui faisant comprendre que j'étais prête. Maxime déposa un baiser sur mes lèvres, puis prit un préservatif et l'enfila sur son sexe tendu. À nouveau, il effleura mon sexe humide du sien, un sourire coquin s'étirant sur ses lèvres. Il plongea son regard dans le mien, tandis qu'une de ses mains glissait le long de mon corps, me faisant frissonner de plaisir. Finalement, il agrippa l'arrière de mon genou et me le fit relever pour que j'entoure sa taille.

Sa bouche trouva mon cou, à l'endroit précis où palpitait frénétiquement mon pouls. Je fermai les yeux, déjà hors d'haleine, sentant son sexe se frayer un chemin en moi. Je gémis lourdement, partagée entre soulagement et plaisir. Je resserrai les cuisses sur mon amant, me laissant guider par son rythme lent et par mes sensations.

À chaque assaut de Maxime, je me cambrais un peu plus. Mes hanches rencontraient naturellement les siennes, sans honte, ni gêne. Tout mon corps dansait avec lui, intimement serré et lié au sien. Trop vite, les premières ondes de chaleur et vibrations de plaisir déferlèrent sur moi. Maxime accéléra ses mouvements, sa main trouva le creux de mes reins et il m'attira fermement contre lui, nos deux bassins parfaitement cadenassés l'un à l'autre.

— Encore ? demanda-t-il.

Son sourire satisfait parlait pour lui. Il prenait un plaisir fou à me torturer, à m'entraîner tout près du point de rupture, pour ensuite ralentir et retarder ma libération. Je hochai la tête, prête à tout pour laisser exploser la boule de désir qui se nichait dans le creux de mes reins.

Et très vite, son rythme devint intenable, m'arrachant des cris et des gémissements de plaisir. Maxime contrôlait mon corps, agrémentant ses coups de reins impérieux de caresses tendres et de baisers passionnés. Mes mains se cramponnèrent à ses biceps et il colla son front au mien. Nos souffles brûlants se mêlèrent, sa respiration sifflante se fondit dans la mienne. Soudain, mon corps se tendit et se mit à trembler de plaisir. Les yeux clos, un cri de plaisir étranglé dans la gorge, je vis pourtant clairement des étincelles, pendant qu'une multitude de flammèches semblait me lécher le corps. La vague de plaisir reflua lentement, me laissant épuisée et effondrée sur mon lit. Maxime repoussa les cheveux sur mon front et jouit à son tour dans un grognement de satisfaction.

Pendant de longues minutes, son corps musclé resta sur le mien. L'un comme l'autre, nous cherchions notre souffle. Finalement, il se retira de moi et roula sur le côté du lit. D'un geste rapide, il se débarrassa de son préservatif, avant de rabattre le drap sur nos deux corps enlacés.

— J'avais oublié que tu étais une dévoreuse de livres. Deux chapitres en si peu de temps, ironisa-t-il.

— J'ai hâte de découvrir la suite du livre. Le début est très prometteur.

Il me prit dans ses bras, m'autorisant à poser ma tête contre son torse. Du bout de l'index, je suivis à nouveau son tatouage, presque sûre de pouvoir dénouer les branches de ronce entremêlées. Beaucoup de choses m'intriguaient chez Maxime. Mais il me manquait toujours une pièce du puzzle, un détail qui m'aiderait à comprendre cette colère à fleur de peau.

Je ne désespérais pas de le découvrir un jour et je comptais profiter de cet instant d'intimité pour résoudre l'énigme.

— Il se passe quoi au chapitre 3 au juste ? demandai-je, très curieuse.

— On improvise. J'ai toujours été meilleur dans ce domaine !

— J'étais sérieuse, tu sais. Pour Mathilde, pour t'aider.

Je relevai les yeux vers lui, pendant que sa main qui

caressait mon dos marquait une pause. Ses traits se durcirent et il fit tout son possible pour éviter mon regard. En vain, car au bout de quelques minutes, je posai une main sur sa joue et le forçai à me regarder dans les yeux.

— Qu'est-ce que tu me caches ? l'interrogeai-je.

— Rien, cracha-t-il. Écoute, Sarah, je ne suis pas très « confidences sur l'oreiller ». Alors, si ça te va, je vais retourner à ma chambre.

— Quoi ?

J'eus à peine le temps de me redresser qu'il avait déjà remis son boxer et rassemblait ses affaires. J'enroulai la couette autour de ma poitrine et m'assis dans le lit. Cette seule réaction me donnait raison.

— Quelque chose que j'ignore au sujet de Mathilde et toi ?

— Non. Écoute, je dois…

— Non, j'en ai assez de te voir prendre la fuite. Je sais que tu me caches un truc.

— Je suis un repris de justice, qui fait sa peine chez toi, me rappela-t-il. Aucun mystère, juste une situation de merde !

Sa voix était cassante et je devinais même une pointe de colère. Sans le savoir, j'avais été un élément déclencheur. Il sortit de ma chambre et je le suivis en trottinant, traînant ma couette et ma fierté derrière moi.

— Alors, c'est ça ? Tu voulais juste qu'on couche ensemble ?

— Sarah, non. C'est… Écoute, je gère seul mes problèmes, en particulier avec Mathilde.

— En particulier avec Mathilde ? Depuis que tu es ici, combien de coups de fil as-tu reçus ? Combien de lettres ? Combien de mails ? Tu ne gères rien, tu laisses la situation pourrir.

— Et alors ? Tu penses pouvoir changer ça ?

— Je te propose mon aide. Tu pourrais… l'appeler ? Ou lui envoyer des fleurs ? Ou… lui écrire ? C'est moins frontal, ça passe mieux !

— Non, asséna-t-il.

— Non à quoi ?

— Pour lui écrire. Pour les fleurs, pour tout, ajouta-t-il après un court instant. Laisse-moi tranquille avec ça ! De toute façon, d'ici deux semaines, je ne serai plus là !

Il traversa le salon, me laissant hébétée sur le seuil de ma chambre. Comme j'en avais pris l'habitude depuis plusieurs jours, je me refis le film des moments que j'avais passés avec lui. La danse, le baiser, nos conversations à la librairie, les travaux, les répétitions, la façon même dont il pouvait citer du Shakespeare, sans s'en rendre compte.

Mes yeux tombèrent sur la petite cuisine et sur la pile de livres que je devais emballer pour les choix à l'aveugle.

— À demain, Sarah.

— Je… Je te laisserai un mot pour… les livres.

J'étais déçue par Maxime, et, pour une raison inexplicable, mon travail redevint ma priorité de la soirée. J'avais pris l'habitude de lui laisser des mots pour lui dire quoi faire – emballer les livres, les mettre de côté, les trier, les étiqueter – bien qu'à chaque fois cette méthode n'ait pas vraiment été couronnée de succès. Invariablement, Maxime les manquait et s'excusait avant de s'occuper de ses missions au plus vite.

Ses tours de passe-passe. Sa mémoire. Son air paniqué devant les rayonnages de la bibliothèque. Son scénario en plan.

J'avais enfin trouvé la pièce manquante du puzzle Maxime.

— Tu ne sais pas lire, dis-je, sous le choc.

Il s'arrêta net et continua de me tourner le dos. C'était ça. Il ne lisait pas. Jamais. Il ne faisait pas de texto, il appelait. Il ne lisait pas mes consignes, il me les demandait. Il ne lisait pas ses textes : deux écoutes suffisaient à lui faire tout retenir.

Il tourna la tête, poings serrés, me laissant juste entrapercevoir son profil.

— C'est ça ? Tu...

— Je ne lis pas bien, répondit-il, d'une voix lasse. Pas bien et trop lentement.

Ce n'était pas de la colère, c'était de la honte. Une honte si puissante qu'elle le submergeait fréquemment. Pour ne pas qu'on se moque de lui, il jouait les fiers-à-bras. Il frappait pour qu'on ignore son secret. Il frappait parce qu'il n'avait pas les mots.

— Mais...

— Mathilde enregistre mes lignes de textes et je les écoute jusqu'à les savoir parfaitement.

— Elle sait ?

— Depuis le premier jour. J'aurais été incapable de passer ma première audition si elle ne m'avait pas aidé. Elle a tout de suite compris.

Je fis un pas vers lui, à la fois peinée pour lui et consternée de constater qu'il avait mis en place tout un système de défense pour se préserver. La ronce était une véritable muraille inattaquable. Elle le protégeait et éloignait les intrus.

— Pourquoi ne m'as-tu rien dit ?

Il se tourna finalement vers moi, son visage crispé de rage. S'il voulait me faire peur, c'était réussi. Mais je refusais de lui donner satisfaction. Mes sentiments envers lui n'avaient pas changé. Il restait l'homme qui m'avait séduite avec sa repartie et son allure ténébreuse.

— Il y a pire que le mépris, lâcha-t-il après un court silence. C'est la pitié.

Il grimaça et je fis mon possible pour garder un visage neutre. Pour moi, ne pas savoir lire, c'était l'équivalent de l'enfer sur terre, c'était se priver de tout ce qui faisait l'essentiel de ma vie.

— Je suis désolée pour toi, avouai-je. Est-ce que... J'aimerais t'aider. Peut-être que je pourrais revoir les bases avec toi et...

— Anita le fait, me coupa-t-il.

— Anita ?

— Elle vient ici pour m'aider à lire et à écrire. Un jour, elle m'a demandé un titre de livre et j'ai été incapable de le lui trouver. C'est comme ça qu'elle a su.

À nouveau, une grimace de dégoût tordit son beau sourire. À ce moment, je compris que toute cette colère était autant dirigée contre lui que contre les autres. Il se détestait et faisait en sorte qu'on le déteste.

Je fis à nouveau un pas vers lui. Il se tenait assez près pour que je puisse le toucher.

— Bonne nuit, Sarah.

— Maxime...

— Je t'avais recommandé de rester à distance.

— Au cas où tu ne l'aurais pas remarqué, je suis du genre... Grande fille.

— J'ai remarqué. Mais, de toute évidence, tu mérites mieux qu'un acteur à la carrière en plein déclin et qui sait à peine écrire une liste de courses.

— Je me fiche de ta carrière. Et je ne fais jamais de liste de courses non plus. Je suis contente que tu m'aies confié ton histoire et je peux t'assurer que ça ne change rien pour moi.

— Évidemment, que ça change tout ! Que ferais-tu avec un mec comme moi ?

Je collai mon corps contre le sien, tentant de jouer la femme séductrice. Je doutais d'y parvenir. Je n'avais certainement pas la sensualité ou le sens de persuasion nécessaire. Enroulée dans ma couette, je devais certainement plus ressembler à une fille qui vient de passer une nuit trop courte, cheveux emmêlés, qu'à une femme prête à séduire son amant.

Un léger sourire passa sur les lèvres de Maxime. Soit j'avais réussi, soit j'étais vraiment ridicule. Je décidai de tenter ma chance jusqu'au bout.

— On pourrait parcourir le chapitre 3 ensemble, non ?

Son sourire se transforma en un petit rire et il effleura ma joue du bout des doigts.

— Ça ne change rien pour moi, dis-je avec conviction.

De la main, je recouvris son tatouage qui cachait les battements de son cœur. Je repris :

— Rien. Et surtout pas ça ! J'aime la fille que je suis quand je suis avec toi, j'aime que tu me fasses ressentir des choses… nouvelles. Le reste, peu importe ! Je vais aller dans ma chambre, je te laisse faire ce que tu veux.

Je remontai la couette sur moi et me dirigeai vers ma chambre. Je n'eus pas le temps de franchir le seuil que je sentis le bras de Maxime entourer ma taille et me serrer contre lui.

— Chapitre 3, murmura-t-il à mon oreille.

Il repoussa ma couette, lança ses vêtements dans un coin et me fit coucher sur le lit. L'instant suivant, son corps recouvrait le mien. Quelque part, enfoui dans ses vêtements, le téléphone de Maxime vibra. Ce dernier protesta, mais je l'encourageai à se relever. Un appel à cette heure tardive n'était jamais bon signe.

— C'est Mathilde, dit-il en retrouvant son appareil. Elle pourra attendre.

Chapitre 13

Avant cette nuit, je n'avais jamais mis les pieds dans la chambre de Sarah. Elle dormait toujours, nue et sur le ventre, ses mains enfouies sous l'oreiller avec cette moue adorable sur le visage. Plus d'une fois, dans ma vie et en particulier dans ma vie d'acteur, j'avais eu l'occasion de me retrouver au lit avec une femme.

Ce n'était pas une nouveauté, ni un exploit.

Cependant, avec Sarah, les choses étaient différentes. D'une part, nous étions sur son territoire, recouverts d'une couette fleurie. D'autre part, je n'avais aucune envie de la voir déguerpir au plus vite. Au contraire, observer son corps se soulever à chaque respiration était hypnotisant.

Sarah avait cet inexplicable pouvoir sur moi : elle m'apaisait, comme si les éléments déchaînés de ma vie – ma carrière, mes ennuis avec la justice, mes sombres secrets et ma colère toujours prête à jaillir – se figeaient pour me laisser un peu de répit.

Du répit. C'était exactement ce que j'avais trouvé ici. Je n'étais plus dans une course perpétuelle aux tournages, à la célébrité, aux interviews. Je ne cherchai pas à épater la galerie, ni à camoufler ce que je ressentais. J'avais finalement compris que mon univers n'était pas peuplé que d'ennemis et que je pouvais compter sur d'autres personnes que Simon ou Mathilde.

Ici, chez Sarah et au milieu des livres, j'avais surtout compris que je ne pouvais plus faire semblant. Anita avait fini par réaliser que j'étais quasiment incapable de lire une phrase sans buter sur chaque mot. Pire, il m'arrivait parfois de lire des mots sans en saisir le sens. Alors elle m'avait aidé. Comme ça, sans me demander mon avis ou réclamer la moindre contrepartie. Dès qu'elle le pouvait, pendant que Sarah s'occupait des répétitions de la pièce, Anita venait m'aider. Je profitais des absences de ma logeuse – ses vide-greniers ou ses dîners chez Baptiste – pour prendre mes leçons.

L'humiliation des premiers cours avait laissé place à une forme de satisfaction. Ce n'était pas parfait, mais je pouvais maintenant écrire une liste de mots avec peu de fautes.

Alors que je devinais les premiers rayons du soleil percer les volets, je détaillai la chambre de Sarah. Des livres, encore et toujours, dans les quatre coins de la pièce, empilés dangereusement les uns sur les autres. Les quelques étagères accrochées au mur étaient si pleines que les planches se courbaient sous le poids. Le papier peint était un peu défraîchi et Sarah avait aménagé l'encadrement de sa fenêtre pour pouvoir s'y asseoir confortablement.

— À quoi penses-tu ? fit la voix ensommeillée de Sarah, près de moi.

Elle repoussa ses cheveux emmêlés de son visage et posa sa tête contre mon torse, ses yeux rivés sur mon tatouage. Un bref sourire flotta sur ses lèvres et je me surpris à enrouler mon bras autour d'elle et à laisser mes doigts caresser son dos.

— Au fait qu'il te faudrait de nouvelles étagères. Ou moins de livres.

— J'opte pour la première option. J'aurais préféré que tu penses à m'apporter le petit déjeuner au lit.

— Soyons clairs sur ce sujet : je ne serai jamais à la hauteur de ce que tu lis. Avec ou sans les années 1960.

Ses doigts s'égarèrent sur le dessin sur ma peau, remontant le long de mon bras, chatouillant mon épaule, avant de finir sur mon cœur. En silence, elle posa sa main contre mon torse. Je savais qu'elle sentait les battements de mon cœur. Il s'affolait en permanence en sa présence.

— Pourquoi ne serais-tu pas à la hauteur ? m'interrogea-t-elle.

— Le méchant, rappelle-toi.

— Tu m'as fait danser en pleine rue, c'était plutôt romantique.

— Tu sens mon pied ? demandai-je.

— Quoi ?

— Est-ce que tu sens mon pied ?

Volontairement, je heurtai doucement le sien. Elle fit alors ce que j'attendais exactement d'elle. Son pied toucha le mien, effleura ma cheville, avant de remonter le long de mon mollet. Sarah m'adressa un sourire, presque fière de cette caresse sensuelle.

— Redescends, lui intimai-je.

— D'accord.

Son pied fit le chemin inverse dans la seconde. Elle buta sur mon bracelet électronique et je profitai de cette brève distraction pour saisir ses poignets et la basculer sur le dos contre le matelas. Elle laissa échapper un cri de surprise, avant d'éclater de rire. Je la couvris de mon corps, pressant mon entrejambe contre le sien.

— J'ai un bracelet électronique à la cheville. Définition même du méchant !

Je capturai ses lèvres pour un baiser un peu rude, la laissant à bout de souffle. Quand je m'écartai, Sarah se pinçait les lèvres, comme si elle savourait les dernières miettes d'un fabuleux dessert. Mon sexe se tendit immédiatement, prêt à poursuivre cette intéressante conversation matinale.

— Les filles préfèrent les méchants, commenta-t-elle. Surtout quand ils dansent !

Je repris ma position initiale, très vite imité par Sarah. Je n'étais pas certain d'aimer l'idée que Sarah me considère de manière si positive. Si mon séjour ici avait été bénéfique, je savais aussi qu'il n'était pas éternel. Un jour ou l'autre, je devrais retrouver ma vie – aussi normale que possible – et affronter mes vieux démons.

Deux mois passés avec elle, quelques nuits éventuellement… Cela ne me changerait pas. D'une manière ou d'une autre, je finirais par détruire notre histoire.

— J'ai longtemps pensé que ce tatouage était un avertissement, murmura-t-elle. Un truc qui disait « N'approchez pas ».

— Y a de l'idée.

— Et puis, ensuite, je me suis dit que tu te protégeais, que tu repoussais les gens parce que tu voulais être seul.

— Sarah…

— Mais ce n'était pas ça. C'est de l'encre. Comme dans les livres. Ça raconte ton histoire, c'est comme… une carte qui donne le chemin.

— Je crois que tu as une vision un peu trop romanesque de tout ça. À quinze ans, je me suis battu avec un type et j'ai récolté cette cicatrice au sourcil à cause d'un tesson de verre. À dix-huit ans, j'ai trouvé malin de piquer la voiture de mon père pour la fracasser contre un arbre.

— Dent ébréchée ?

— Oui. À vingt ans, sans raison particulière, j'ai tabassé un mec si fort que je m'en suis cassé le pouce. Je ne suis pas une histoire, Sarah. Je vaux tout juste l'encre sur mon corps.

— Ça me va, sourit-elle. C'est l'encre qui fait l'essence d'un livre. Sinon… C'est juste du papier vierge, sans aucune histoire.

Elle déposa un baiser sur mon cœur, puis sur mes lèvres. Je n'étais pas franchement d'accord avec elle, mais je n'avais pas la force d'argumenter. Je relevai légèrement la tête, vérifiant l'heure sur son radio-réveil. J'avais loupé mon créneau de liberté. J'espérais que Damien ne m'en voudrait pas.

Le téléphone de Sarah sonna près d'elle. Elle grimaça et m'expliqua rapidement qu'elle devait prendre cet appel.

— J'ai mis une annonce pour récupérer des livres. C'est sûrement ça !

Elle prit son peignoir posé sur une chaise et sortit du lit en répondant à son appel. J'en profitai pour m'extirper du lit à mon tour, enfiler mon caleçon et récupérer mon téléphone. L'appel tardif de Mathilde me revint en mémoire, mais ma batterie avait rendu l'âme. Du coin de l'œil, je vis Sarah s'animer avec enthousiasme. Sûrement qu'elle avait réussi à négocier de vider l'équivalent de la Bibliothèque nationale.

Je lui fis un petit signe, lui signifiant en silence que je rejoignais ma chambre. J'enfilai un T-shirt et branchai mon téléphone. D'ici, j'entendais toujours Sarah parler et rire, attestant que sa transaction était sur de bons rails et que cette conversation allait s'éterniser. Je filai à la salle de bains et me jetai sous la douche, espérant me réveiller pour de bon. Repenser à ma nuit avec Sarah ne m'aidait pas à sortir des limbes du sommeil. Au contraire, me souvenir du mouvement lascif de son corps contre le mien, de sa respiration haletante et de son visage rayonnant de plaisir m'entraînait facilement vers de nouveaux… chapitres.

J'eus le temps de sortir de la douche, de préparer du café et de m'habiller, avant que Sarah refasse une apparition. À son sourire, je compris que ses tractations avaient été fructueuses.

— Bonne nouvelle ?

— Excellente. Un grenier rempli de livres. Bon, tout n'est sûrement pas en bon état, mais ça me permettra de garnir la librairie.

— Tu as conscience qu'elle est déjà bien garnie, non ?

Sarah pencha la tête et m'adressa un sourire entendu. Oui, elle le savait. Mais cela ne l'arrêtait pas. Je me demandai vaguement si quelque chose l'arrêtait. Damien m'avait parlé de son enfance chaotique et de ses difficultés avec la librairie ; elle avait découvert mon lourd secret. Et pourtant, elle était là, tout sourire, les cheveux ébouriffés, désirable, habillée d'un jean trop large et d'un T-shirt usé.

— Jamais trop, répondis-je pour elle.

— Jamais trop. Tu as fait du café ! s'enthousiasma-t-elle en se ruant vers la cafetière.

— Je vais aller ouvrir et sortir les tables.

Sarah avait déjà le nez dans son mug. J'ouvris la porte qui donnait sur les escaliers, prêt à les dévaler. Je me ravisai dans l'instant, décidant de vérifier si Sarah était vraiment prête à tout.

— On dîne ensemble ce soir ?

— Je...

— Je demanderai à Baptiste de nous livrer quelque chose, assurai-je.

— Je risque juste de finir assez tard les répétitions. On s'occupe des costumes ce soir et je ne voudrais pas que...

— J'attendrai. Anita doit me faire travailler sur de la grammaire.

C'était un vrai soulagement de ne plus porter ce secret seul, de ne plus avoir ce poids que je traînais avec moi aussi solidement que ma colère depuis des années. Comme à son habitude, Sarah m'avait épaté : elle n'avait pas eu de regard de pitié, ni de moue désolée. Elle avait encaissé et décrété que ça ne changeait rien.

Pour elle, peut-être.

Pour moi, certainement pas.

— Dis-lui qu'elle doit aussi essayer son costume et que sa théorie du « un rien m'habille » ne sera pas appropriée le jour de la représentation.

— Je lui transmettrai.

J'approchai de Sarah et elle me suivit des yeux, partagée entre inquiétude et surprise. Elle se réfugia à nouveau dans son mug, mais je parvins à le lui prendre des mains. Je le posai sur le plan de travail, puis agrippai les hanches de Sarah. Elle se crispa et se cramponna au meuble derrière elle. Je laissai mes lèvres effleurer la peau de son cou, longer la ligne de sa mâchoire, avant de finir au-dessus de sa bouche.

— On compte encore en chapitres ?

Elle secoua la tête, les yeux presque fermés, le souffle court. C'était grisant d'avoir autant d'influence sur elle.

— En tomes, suggéra-t-elle à voix basse.

— Bien. Alors, tome 2. Le retour.

Elle se pinça les lèvres et son rire resta coincé dans sa

gorge. J'en profitai pour presser ma bouche contre la sienne et lui voler un baiser. Embrasser Sarah était devenu une véritable addiction. Je reconnaissais déjà ses premières secondes d'hésitation, puis le moment incroyable où elle s'abandonnait, avant qu'elle ne reprenne le dessus, en enroulant ses bras autour de ma nuque.

Je l'embrassai pendant un bon moment, cherchant en vain la motivation nécessaire pour aller ouvrir la librairie. Je regrettais maintenant d'avoir laissé Sarah prendre son appel. Nous aurions dû rester au lit. Mes yeux plongés dans les siens, je finis par m'écarter.

— Le temps de prendre une douche et je te rejoins.

— D'accord.

Elle se faufila contre moi et retourna à sa chambre. Je récupérai mon téléphone et me décidai à descendre les escaliers. Je déverrouillai la porte de la librairie et commençai à sortir les tables et les chaises. Dans la poche de mon jean, je sentis mon téléphone vibrer contre ma cuisse.

Durant la nuit, Mathilde avait essayé de me joindre plusieurs fois, en vain. Damien avait lui aussi tenté sa chance sûrement ce matin, espérant que je vienne courir avec lui. Justement, il pouvait toujours courir : je n'avais pas aussi bien dormi depuis des mois. En particulier, sans avoir bu la moindre goutte.

Je sortis plusieurs étagères et, après m'être assuré de la météo, je plaçai quelques livres sur les tables. Le fleuriste profita de ce moment pour sortir de sa boutique. Il m'adressa un sourire crispé et je refoulai l'envie irrésistible de lui adresser un magistral majeur.

— Beau soleil, hein ? fit-il en approchant de moi, des fleurs à la main.

— Superbe, oui.

— Est-ce que… Est-ce que Sarah est debout ?

— Elle prend sa douche.

Le fleuriste me dévisagea, comme s'il essayait de savoir si Sarah et moi avions passé la nuit ensemble. Je brûlais d'envie de le lui dire, histoire de lui faire ravaler son sourire parfait et trop lisse. Je tendis la main vers les fleurs et repris :

— Je lui donnerai, si tu veux.

— Oh. Je… Je voulais discuter avec elle. Au sujet de hier soir, elle est… Disons qu'elle est partie un peu vite.

Il se frotta l'arrière de la tête, un peu embarrassé. Je ne l'étais pas. Aucunement. Je me fichais de ce mec. Il ne méritait pas Sarah. Pas que je la méritais plus, mais j'aurais préféré me faire rouler dessus plutôt que de voir cet idiot avec elle.

— Je l'ai raccompagnée, l'informai-je.

— Oh. Bien. Vous êtes encore ici pour longtemps ?

— Ici ou avec elle ?

— C'est la même chose, répliqua-t-il, agacé.

Je me contentai de sourire, ce fameux sourire arrogant et carnassier que je réservais aux journalistes et aux femmes. Pendant une courte seconde, j'en fus presque rassuré : Sarah ne m'avait pas changé à ce point. Je parvenais encore à me comporter comme un sale type quand on m'en donnait l'occasion. Seule différence : pour l'instant, je n'avais pas encore envie de lui arracher les dents une à une.

— Ça ne répond pas à ma question, reprit-il, incertain.

— Pour ma présence ici, un peu moins de deux semaines.

Ses mains se resserrèrent sur ses fleurs, pendant que son regard fixait l'entrée de la librairie. Il devait sûrement attendre une apparition de Sarah en espérant sauver les meubles.

— Je vais les garder si tu veux, ça peut prendre du temps avant qu'elle descende.

Son embarras grandit et il me tendit finalement le bouquet de fleurs violettes et blanches qu'il tenait à la main. Il oscillait entre vexation et colère. Je posai les fleurs sur une des tables, pendant que Frédéric s'éloignait en direction de sa boutique.

— Passe une bonne journée, criai-je, moqueur.

J'installais les dernières chaises correctement quand mon téléphone vibra à nouveau. Le visage de Mathilde s'afficha et, m'asseyant au soleil, je me décidai à répondre.

— Salut !

— Bon sang, mais tu ne réponds jamais à tes appels ! s'agaça Mathilde.

— Je dormais.

— Pardon, s'excusa-t-elle d'une voix plus douce. Je... Il faut que je te parle d'un truc.

— C'était si urgent ?

— Euh. Oui.

Au ton de sa voix, je compris qu'elle était vraiment sérieuse. J'étais habituée à ce que Mathilde m'engueule. En particulier quand je ne répondais pas à ses appels. Mais, cette fois, c'était différent. Sa voix suintait d'urgence et d'inquiétude, à des années-lumière de son mode de fonctionnement.

Je m'assis sur l'une des chaises, fixant l'entrée de la boutique en espérant y voir Sarah.

— Écoute, si c'est à cause du scénario, je n'ai pas eu le temps de...

— Non, Maxime. C'est autre chose. De toute façon,

je me doutais que tu n'allais pas le lire tout de suite. Ce n'est pas…

— Sarah sait.

— Sarah, la libraire ? Elle sait ? Mais comment… Et bon sang pourquoi lui as-tu parlé de ça ?

— Elle a deviné. Je sais qu'elle ne dira rien, Mathilde. Elle n'est pas comme ça. Elle est… Elle est vraiment différente.

À l'autre bout du fil, j'entendis Mathilde soupirer. Je devinais de l'agitation, des papiers qu'on remuait, le bruit d'un clavier qu'on maltraitait. J'imaginais déjà Mathilde dans son recoin de bureau, rempli de dossiers et de dessins de son gamin. Je me rendais compte maintenant que j'avais été injuste avec elle. Injuste et ingrat. Elle m'avait toujours aidé, et je n'avais fait que la repousser. Comme tous les autres.

— On dirait que ce séjour t'a réussi, murmura-t-elle d'une voix étranglée.

— Oui. Tu avais raison en fait.

Il y eut un court silence, pendant lequel Sarah apparut finalement sur le seuil de la librairie. Les cheveux encore humides, elle avait son téléphone vissé à l'oreille et me fixait, un air alarmé sur le visage.

— Maxime, je… je t'appelais au sujet de Simon.

Je me redressai, soudainement inquiet. Je n'avais pas eu de nouvelles depuis son dernier appel. Le vent se leva et Sarah s'approcha de moi, blême et inquiète. À l'instant où elle pressa mon épaule de sa main, je compris que cette conversation n'avait rien à voir avec ma carrière ou ma vie. Dans le brouillard qui m'enveloppait, je perçus à peine la voix de Mathilde.

Je savais pourtant que ces quelques mots – les derniers

avant que mon téléphone finisse écrasé au sol – allaient me hanter pendant des mois.

— On l'a retrouvé mort, hier soir. Il a mis fin à ses jours.

La main de Sarah serra un peu plus fort mon épaule, mais pas suffisamment pour me clouer à ma chaise. Je me levai, sentant ma colère et ma rage surgir violemment. Déchaînées par la douleur, elles implosaient partout dans mon corps. En une seconde, tout devint insupportable.

Le soleil, le vent, les tables, le bouquet de fleurs, les livres, ma vie, Sarah. Tout. L'univers en entier semblait se retourner contre moi, comme pour me punir de tout ce que j'avais fait dans ma vie.

— Maxime, m'interpella Sarah.

— Laisse-moi !

— Maxime, on peut trouver une solution. On peut demander une autorisation de sortie, pour aller à Paris et…

— Laisse-moi ! hurlai-je. Laisse-moi ! Laisse-moi !

Elle tenta de m'agripper la main pour me retenir et me canaliser, mais je la repoussai à nouveau. Je n'avais pas besoin d'elle. J'étais coincé ici et Simon… Simon n'était plus là. Et je n'avais rien vu, rien senti. Trop obnubilé par ma propre vie, dominé par ma colère, furieux contre l'humanité, je n'avais pas senti sa détresse.

— S'il te plaît, Maxime. Reste ici, me conseilla Sarah, alors que j'arpentais la petite place comme un lion en cage, prêt à bondir sur ma première proie.

— Bordel, laisse-moi !!

Elle se recula, me dévisageant avec un mélange de peur et d'incompréhension. Sarah ne m'avait jamais vu ainsi, elle n'avait jamais assisté à ces moments incontrôlables, où ma fureur prenait le pas sur tout le reste.

Je me rejouais en boucle ma conversation avec Mathilde. Les appels manqués, sa voix rauque d'émotion, sa nervosité inhabituelle. Et puis, la mort de Simon. Le gendre idéal, le type sage comme une image que les réalisateurs encensaient, le mec qui faisait rêver les femmes et qui, avec ses bonnes manières, leur tenait la porte.

Le mec qui m'avait invité chez ses parents à Noël dernier, décrétant qu'être seul à Noël était insoutenable.

Je n'avais rien vu. C'était ça qui était insupportable. Ce n'était pas la douleur lancinante de la perte, ni la sensation effrayante d'être au bord du gouffre. Non. Le plus atroce, c'était cette étouffante culpabilité, cette petite voix criarde qui me serinait que c'était ma faute, que je ne méritais pas d'être son ami, que ça aurait dû être moi.

Que j'aurais dû mourir cent fois au moins : entre mes soirées trop alcoolisées et ma tendance pathologique à la destruction. Détruire. C'était ça le but de ma vie : détruire les autres et détruire ma propre vie, consciencieusement, morceau par morceau : Mathilde, ma carrière, Simon.

Et Sarah finirait ainsi, elle aussi.

— Est-ce que tout va bien ?

Alerté par mes cris et par mon comportement erratique, Frédéric était sorti de sa boutique, son sécateur à la main. Son regard glissa de Sarah à moi, avant de revenir sur Sarah.

— Tout va bien, assura cette dernière.

Elle pouvait toujours tenter de le rassurer. Le fait qu'elle pleure anéantissait ses efforts. J'aurais aimé avoir la force de la consoler, mais j'étais trop en miettes et en colère pour esquisser un geste de réconfort.

— Ça n'a pas l'air. Est-ce que tu veux venir à la boutique quelques instants ? proposa-t-il.

Il me lança un regard prudent, un peu inquiet de ma réaction. Je fronçai les sourcils et fourrai mes poings dans mes poches. Avec un peu de chance, Frédéric ne serait pas un dommage collatéral. Je m'approchai de lui, prêt à exiger qu'on nous foute la paix et qu'il reste dans son coin, avec ses fleurs.

— Elle va bien, dis-je, dents serrées.

— Elle ne va pas bien, répliqua-t-il, nullement impressionné.

Il colla son corps au mien, dans une vague provocation. En temps normal, je l'aurais saisi par le col pour le plaquer contre le premier mur à disposition. Mais j'étais encore conscient que j'étais en période de probation et que Frédéric n'aurait aucun scrupule à m'enfoncer.

— Rentre chez toi, grinçai-je.

— Sinon quoi ? Si tu lui as fait du mal…

— Il n'a rien fait, intervint Sarah.

Elle glissa une main entre nous, avant de se faufiler entre Frédéric et moi pour nous séparer. Face à moi, elle posa sa main contre mon torse, m'encourageant silencieusement à reculer.

Je m'exécutai, toujours en colère contre lui.

— Sale con prétentieux, siffla-t-il.

D'un mouvement brutal du bras, j'écartai Sarah de mon chemin et je saisis le T-shirt de Frédéric dans mon poing. Il battit des mains et toucha à peine le sol quand je le soulevai. Derrière moi, j'entendis Sarah crier, m'implorant de m'arrêter. Mais c'était trop tard.

Entre mes mains, Frédéric se débattit, mais j'étais bien plus fort. Son sécateur lui tomba des mains, pendant que je le jetai contre les seaux à fleurs garnis de bouquets qu'il venait d'exposer sur la place. Il s'écrasa contre les pavés, trempé et vexé.

— J'aurais peut-être dû dire « brute immature » ? cracha-t-il.

Avant qu'il ne puisse reprendre son souffle, mon poing trouva le coin de sa bouche. Il s'étrangla de terreur et je le frappai une seconde fois, pour l'assommer pour de bon. Un filet de sang coula de ses lèvres jusqu'à son menton. Je me reculai et donnai un coup de pied dans l'un des seaux qui termina sa course dans la vitrine.

Un petit impact apparut, puis une fissure courut jusqu'au coin opposé. Frédéric s'essuya la lèvre avec la main et me lança un regard mauvais. À bout de souffle, je tendis la main, prêt à l'aider.

Sur ma gauche, j'entendis des pas et découvris Damien cavalant dans ma direction.

— Arrête, bon sang ! Tu es en train de lui faire vraiment peur !

Je pivotai vers Sarah, qui semblait avoir pâli au point d'être transparente et qui fixait la place sans vraiment la voir. J'étais vissé sur place, éreinté par ma propre rage et mes excès. Maintenant que j'en avais un peu évacué, je réalisais ce que j'avais fait.

— Désolé, vieux ! lançai-je à Frédéric. Je paierai pour les dégâts !

— Tu es un fou furieux, bon à enfermer ! hurla ce dernier, hystérique.

— Pas faux, commenta Damien.

— Je ne veux pas qu'il l'approche, sifflai-je.

Je jetai un nouveau coup d'œil vers Sarah. Elle s'était levée et se dirigeait vers la librairie d'un pas lent. Une pluie d'excuses ne suffirait sûrement pas à me racheter. Il me restait à espérer qu'elle fasse preuve de sa compréhension habituelle.

J'en doutais, cependant. Ma réaction avait été trop

violente et j'avais même réussi à lui mettre involontairement un coup.

— Elle va faire un sac.

— Elle me vire, j'imagine ?

— Non, elle vient avec toi. Je sors de la gendarmerie. Je négocie depuis hier soir ton autorisation de sortie, expliqua Damien, en l'extirpant de la poche de son jean.

Il jeta un bref coup d'œil vers la boutique de fleurs dont je venais de ravager la terrasse. À force d'agir sans réfléchir, j'allais m'enfoncer dans davantage de problèmes. J'en avais maintenant conscience.

— Je vais l'aider à ranger et faire en sorte qu'il ne porte pas plainte, m'indiqua Damien.

— Merci, murmurai-je.

— Tu as deux jours. Ensuite, il te restera quoi… une semaine à tirer ?

— Huit jours, répondis-je.

— Évite de faire le con ! J'adore t'avoir ici, mais je n'ai pas prévu de sauver ton cul à chaque fois que tu fais une connerie.

— Je sais. Et pour Sarah, je fais quoi ? J'ai été… dégueulasse avec elle.

Damien me colla mon autorisation de sortie d'une main ferme contre mon torse. Il m'adressa un sourire, puis reprit :

— On verra ça plus tard. Une chose à la fois ! Laisse l'orage passer et prends mes clés de voiture.

— Ta voiture ? grimaçai-je.

Damien n'avait que son utilitaire crasseux et poussif. Remonter sur Paris allait me prendre une éternité. Une éternité d'autant plus longue si Sarah jouait aux grandes muettes pour me faire payer – justement – mon accès de folie furieuse.

— C'est ça, ou rien !

Il fourra ses clés dans ma main, ne me laissant pas le temps de réfléchir. Je le remerciai d'un hochement de tête, avant de retourner vers la librairie. J'entendis Damien proposer son aide à Frédéric, qu'il accepta dans un grognement. Je songeai furtivement à ce que mon ami m'avait dit. Il avait raison sur un point : il ne serait pas tout le temps là pour me sauver.

Je devais apprendre à me contrôler.

Mieux, je devais apprendre à me faire pardonner.

Quand j'entrai dans la librairie, deux valises étaient posées près de la porte. Sarah rédigeait un mot au feutre, indiquant qu'elle était absente et que la librairie était donc fermée.

— Tu n'es pas obligée de faire ça.

— Ça quoi ?

— Fermer ta boutique, chambouler ton agenda, subir la voiture de Maxime… Venir avec moi.

— Je ne le fais pas par obligation.

Je scrutai son beau visage, exempt d'animosité. Elle ne souriait pas, mais son regard chaleureux me rassura. Dans les ruines de ma vie, Sarah était une vraie bouffée d'espoir. Elle tenait bon, là où tout le monde avait abandonné.

— C'est ce que font les gens quand ils aiment quelqu'un, continua-t-elle. Soutenir, aider, prendre la main, quand l'autre en a besoin.

Elle colla son affiche contre la porte et passa près de moi. Je capturai son poignet et attirai Sarah contre moi. J'avais besoin de sentir son corps chaud contre le mien, de réaliser que je n'étais pas seul. Après une brève seconde de surprise, elle se laissa faire, entourant ma taille de ses bras, pendant qu'elle coinçait sa tête contre mon torse.

— Merci, murmurai-je.

— On y va ? Le temps est compté, je crois !

Elle prit sa valise, me laissant le soin de fermer la boutique derrière nous. En la regardant s'éloigner, je ne pus m'empêcher de songer à ce qu'elle venait de dire.

Oui, notre temps était compté.

Et oui, je l'aimais.

Chapitre 14

Le trajet en voiture prit des heures. Maxime, les mains sur le volant, avait maudit cent fois Damien et sa voiture trop lente pour lui. Il avait même juré de lui offrir une nouvelle voiture, dès que possible.

Maxime ne parla presque pas et je ne fis rien pour l'y encourager. Sa colère était encore très présente, et, dans cet espace confiné, je ne voulais pas provoquer une nouvelle crise. La manière dont il avait soulevé Frédéric m'avait effrayée. Je comprenais maintenant ce qu'il avait voulu m'expliquer, sur la façon dont il pouvait détruire en quelques secondes ce qui l'entourait.

Damien m'avait appelée, affolé, m'expliquant la situation.

— Simon s'est suicidé, avait-il débité à toute vitesse. Dans sa chambre. Mathilde doit prévenir Maxime, mais, je te préviens, il risque de mal le prendre.

Alors j'avais sauté dans les premiers vêtements que j'avais trouvés, les cheveux encore trempés, et j'avais dévalé les escaliers. J'avais espéré le lui dire pour trouver les mots, prendre sa main. Mais j'étais arrivée trop tard et ma présence n'avait pas suffi. J'avais assisté, impuissante, à son explosion. En un instant, le fameux puzzle était de nouveau en miettes, avec de nouvelles pièces tordues à replacer.

Le fait de l'accompagner s'était imposé comme une évidence. Je savais que cela finirait ainsi dès que Damien m'avait informée de la situation. Je ne me voyais pas laisser Maxime y aller seul, à la merci de ses vieux démons. Le protéger était devenu une forme d'automatisme.

Il m'avait confié son secret, je devais le soutenir.

Même si c'était pour quelques jours, je voulais m'assurer qu'il irait bien.

Même si c'était pour quelques jours, je voulais passer du temps avec lui.

J'étais loin d'être dupe concernant la situation. À l'écart de son métier, Maxime se montrait prévenant et attachant. Certes, comme il l'avait dit, il était loin de ressembler aux héros des livres. Il était mieux que ces héros. Plus fragile, plus distant, plus abîmé, plus violent. Moins facile.

Je profitai d'un feu pour regarder son visage. Même en colère, même triste, Maxime gardait son magnétisme. La ligne affûtée de sa mâchoire, son regard sombre, cette petite cicatrice énigmatique sur le sourcil. Je ne savais pas si je devais me sentir heureuse ou pathétique d'être tombée amoureuse d'un homme qui me quitterait sans frémir d'ici à une semaine.

— On est arrivés, annonça Maxime, me sortant de mes pensées.

Mes yeux parcoururent les rues, bordées d'immeubles haussmanniens. Maxime vivait dans une impasse privatisée donnant sur le parc Monceau ; une bulle de calme au milieu de l'animation citadine.

En arrivant à Paris, j'avais été frappée par l'agitation nerveuse qui y régnait. Les rues grouillaient de monde, les véhicules se frôlaient. La ville semblait bourdonner en permanence, comme animée d'une énergie inépuisable.

J'avais finalement compris ce que Maxime ressentait en vivant ici : l'excitation, cette sensation incroyable qui rendait tout possible.

Il tapa un code, et une large porte de garage s'ouvrit. Nous nous engouffrâmes dans le sous-sol et Maxime se gara sur la place la plus éloignée de l'entrée.

— L'avantage de cette voiture, c'est que personne ne saura que c'est la mienne, ironisa-t-il.

Il prit nos deux valises et je le suivis jusqu'à l'ascenseur. En quelques secondes, nous rejoignîmes son appartement. Le salon était si grand qu'il aurait pu contenir mon appartement tout entier. Je levai la tête vers le plafond, paré de moulures et orné d'un lustre imposant. À mes pieds, le parquet en bois massif était parfaitement ciré. Par réflexe, je retirai mes chaussures et marchai avec précaution.

— Mets-toi à l'aise, m'encouragea-t-il. Je vais poser les valises dans ma chambre.

— D'accord.

J'arpentai la pièce avec curiosité. Malgré l'ameublement et la décoration, le salon était glacial. Il n'y avait aucune trace de Maxime : aucune photo, aucune touche personnelle. Ça ressemblait plus à un appartement témoin qu'à un lieu de vie.

Interdite, voire un peu impressionnée, je m'arrêtai devant une bibliothèque garnie de livres. Elle était impeccable : aucune trace de poussière… et surtout, aucune trace de doigts sur les étagères vitrées. Je parcourus les titres, effleurant les livres en souriant. Il n'y avait pas vraiment d'harmonie dans ce meuble. Les recueils de poésie succédaient aux pièces de théâtre, et elles-mêmes précédaient des romans réalistes.

— Ils sont là pour faire joli, expliqua Maxime, de retour dans le salon.

Il s'approcha de moi et il fixa à son tour les livres. Il en prit un au hasard et l'ouvrit.

— Simon m'a offert celui-ci.

Il me montra une note manuscrite sur la première page. Avec un soupir las, il m'avoua qu'il avait toujours été incapable de la déchiffrer.

— Comment... Comment personne n'a-t-il jamais rien vu ? demandai-je.

— J'ai des trucs. Genre, j'ai oublié mes lunettes. Ou je regarderai plus tard. Parfois Mathilde m'aide. Honnêtement, c'est assez facile quand on ne s'attache pas aux gens.

— C'est ça alors ton plus grand truc, ne pas t'attacher aux gens ?

Amèrement, je songeai qu'il se facilitait la vie. Il passait dans la vie des gens, sans jamais y rester. Il se contentait d'un sourire, d'une blague ou parfois d'une bagarre, puis s'échappait, insaisissable. Je comprenais maintenant qu'il ne changerait pas de mode opératoire pour moi. Au contraire, la distance entre Paris et Chateaurenard allait même lui rendre les choses encore plus faciles.

— C'est mon truc, oui. Au même titre que détruire ce qui m'entoure.

— Frédéric va bien, le rassurai-je. On va trouver un arrangement.

— Tu peux me lire ce qu'il a écrit ?

Il me tendit le livre que Simon lui avait offert, une vieille édition d'une pièce de Molière. Je ne pus m'empêcher de caresser la couverture épaisse et lourde, sur laquelle était gravé le titre de la pièce.

— *Le Misanthrope*, dis-je avec un sourire.

— Il m'a expliqué, oui. Il trouvait ça adapté.

— Ça ne l'est pas ! Tu es… tout sauf un misanthrope. Et même le misanthrope finit par avoir ses propres faiblesses.

— Vraiment ?

— Vraiment. Il déteste les hommes, mais il aime une femme.

Sans me demander mon avis, Maxime se plaça derrière moi et enroula ses bras autour de ma taille. J'étais partagée entre soulagement et désespoir. Quoi que je puisse dire, ou faire, je savais que notre relation était vouée à être du très court terme. Après sa dernière semaine à la librairie, il disparaîtrait.

Et parce qu'il en avait l'habitude, il excellerait dans ce domaine et m'oublierait avant même d'avoir rejoint Paris.

Il déposa un baiser sur mon épaule et j'ouvris le livre pour découvrir le mot de Simon.

— Sa mère était institutrice, m'informa-t-il.

— D'où l'écriture. Jolie majuscule.

Je lus le mot en silence et ma gorge se serra. Je m'étais attendue à une vague note pour son anniversaire, à une blague sans envergure. Maintenant, elle prenait un tout autre sens. J'aurais pu mentir facilement à Maxime. Mais ça aurait été injuste, en particulier aujourd'hui.

Je m'éclaircis la voix et tentai de ne pas me laisser gagner par l'émotion.

— C'est écrit… « Joyeux anniversaire, Max. Garde bien ce livre, avec cette signature, à ma mort : il te paiera au moins deux ou trois soirées. »

Derrière moi, je devinais le corps de Maxime, tendu comme un arc. Malgré moi et malgré le fait que je ne connaissais pas Simon, je sentis une larme rouler sur ma joue. Je savais ce que c'était de perdre un proche, de se sentir seul, de lutter contre l'envie de hurler.

J'entendis Maxime renifler et il nicha sa tête dans mon cou.

— Sacré prétentieux. Ça en paierait à peine une, dit-il contre ma peau.

Je ris à mon tour et nous restâmes devant cette bibliothèque pendant de longues minutes, entre rire et larmes.

— Si on mangeait quelque chose ? Je vais commander.

Ce soir-là, nous dînâmes devant un des films de Simon, rediffusé à la télévision. Maxime me raconta leur rencontre, leurs soirées, leurs tournages. J'admirais son visage qui s'illuminait à chaque souvenir heureux. Je redoutais pourtant la journée du lendemain, celle où il devrait affronter le temps présent.

Cette nuit-là, je m'endormis dans les bras de Maxime. Pourtant, vers 2 heures, je me réveillai seule. Je retrouvai Maxime, habillé seulement de son caleçon, dans sa cuisine, un verre à la main. Apparemment, ce n'était pas le premier.

— Est-ce que ça va ?

— Non. Retourne dormir, je te rejoins tout de suite.

Je m'approchai de lui. À en croire ses yeux rougis, il avait pleuré. En temps normal, je l'aurais pris dans mes bras. Mais Maxime m'avait démontré plusieurs fois qu'il n'agissait comme personne. Il risquait de me repousser et de se retrancher encore plus durement dans son silence.

— J'aurais dû l'aider, murmura-t-il finalement.

— Tu n'as pas à te sentir coupable de ça, Maxime. On a tous nos démons, non ?

Il ravala un rire et but une rasade de ce que je supposais être de la vodka.

— Je ne crois pas que tu en aies.

— Avant que tu arrives à la librairie, j'étais sur le point de la mettre en vente. Je suis ruinée, ou presque. Et sans cette librairie, je n'aurais vraiment plus rien. Sans cette librairie, je ne serais pas grand-chose. Je ne sais pas faire autre chose. Ma famille est… en perdition totale. Mes parents m'ont laissée à ma grand-mère, parce que je n'étais pas leur priorité.

— On ne peut pas dire que mes parents aient brillé non plus. Mais lui… Je ne sais pas, il avait tout. Famille, amis, carrière, argent. Je… J'ai l'impression d'être passé à côté. Je n'ai pas été à la hauteur, conclut-il en se reversant un verre.

— Ce n'est pas ta faute, Maxime.

Il me lança un regard sévère. J'aurais pu le lui répéter à l'infini, qu'il n'y aurait jamais cru. La culpabilité et la colère faisaient partie de lui. Je redoutais maintenant que la mort de Simon ne l'entraîne dans les recoins les plus sombres de son âme.

Je posai ma main sur son torse, à l'endroit où son cœur battait trop vite, et répétai à nouveau :

— Ce n'est pas ta faute, Maxime.

Il me fixa, jaugeant ma sincérité. J'y avais mis toute ma conviction et toute ma force. Je me demandais seulement maintenant si quelqu'un avait déjà parlé à Maxime ainsi. Son cercle de proches était limité et très lié à son métier. Qui s'était déjà soucié de sa vie personnelle ? Qui lui avait déjà dit qu'il n'était pas responsable de ce qu'il se passait autour de lui ?

Il avala son verre d'un trait et passa une main sur son visage fatigué avant de recouvrir la mienne toujours sur son cœur. Il la serra et m'attira contre lui.

— J'aurais peut-être dû merder beaucoup plus tôt. Histoire de te rencontrer avant tout ce bazar.

— Tu n'as pas à te sentir coupable de quoi que ce soit.

— Oh si, dit-il.

Il me souleva et je laissai échapper un cri de surprise. Je me retrouvais assise sur son îlot central, faisant tomber ses pots à épices et le grille-pain. Avant que je ne puisse m'excuser, Maxime balaya le reste de l'îlot du bras, faisant valser sa bouteille presque vide et une panoplie de casseroles flambant neuves.

— Je vais faire quelque chose de très mal d'ici quelques secondes. Et je vais le faire avec toi. Ce qui normalement devrait me dédouaner un peu.

Il m'adressa un sourire carnassier, qui me fit oublier tout ce que je redoutais : notre séparation à venir, sa culpabilité dévorante, ma vie après lui. Je posai mes mains sur ses joues, tentant de mémoriser chaque détail de son visage. Sa légère barbe me piquait les paumes mais son sourire heureux et son regard sombre de désir me firent oublier cette sensation.

Il pressa sa bouche contre la mienne et ses mains agrippèrent mon T-shirt pour me le retirer. L'instant suivant, sa bouche caressait mon corps, trouvant la pointe de mes seins. Je me laissais aller, autorisant Maxime à prendre possession de mon corps dans sa cuisine.

— Mes préservatifs sont dans la salle de bains, haleta-t-il alors que je tentais de repousser son caleçon.

— Je n'ai rien contre l'idée de prendre une douche, murmurai-je.

— Je répète ce que j'ai déjà dit : j'aurais vraiment dû merder avant !

Son sourire aurait pu faire fondre l'Antarctique dans la minute. Il glissa ses mains sous mes cuisses et je me cramponnai à ses hanches. J'enroulai mes bras autour de sa nuque et il me fit traverser son appartement jusqu'à sa salle de bains en marbre noir.

Maxime oublia son chagrin et sa culpabilité en me faisant l'amour avec tendresse, comme s'il craignait de me faire mal. Nous retrouvâmes la chambre à l'aube, où Maxime s'endormit aussitôt, les traits de son visage enfin détendus.

La messe d'enterrement dura une heure. Les parents de Simon avaient réussi à préserver leur intimité, et les journalistes étaient tenus à l'écart. Pour autant, certains n'hésitèrent pas à prendre des photos en interpellant Maxime.

J'imaginais que le fait que je lui tienne la main n'était pas totalement étranger à leur intérêt.

— Tu as des magazines people chez toi ? avais-je demandé à Maxime alors que nous buvions nos cafés respectifs.

— Mathilde me les apporte. Elle aime savoir avec qui je couche ou non.

— Et donc ?

— C'est faux, la plupart du temps. J'évite de coucher avec des potentielles collègues. Je me contente des filles normales, qui ne trient pas leur salade, mangent des frites et ne sont pas concentrées sur leur nombril.

— Je dois prendre ça comme un compliment ?

— Tout à fait. En plus, tu sucres ton café. Ta normalité et ton futur diabète sont hyper sexy. Tes seins aussi.

Cela avait représenté nos cinq minutes de détente au cœur de la matinée. Tout s'était ensuite enchaîné, entre refaire le nœud de cravate de Maxime et l'aider à apprendre un texte qu'il devrait débiter par cœur à l'église. Je le savais déjà éprouvé – notre nuit courte avait laissé des traces – mais il ne laissa rien transparaître. J'avais cherché, en vain, une bonne partie de la nuit un moyen de rendre confiance à Maxime, de lui faire comprendre qu'il était aimé pour ce qu'il était. Même dans son imperfection et dans sa colère.

La cérémonie consista en un défilé de témoignages, tous plus élogieux les uns que les autres. Devant nous, la mère de Simon pleura en silence, face au portrait souriant de son fils. Maxime me serra la main si fort que mes doigts en étaient ankylosés.

— C'est à toi, soufflai-je.

Je l'encourageai en embrassant le dos de sa main. Il se leva, lissa sa veste et se dirigea vers le pupitre. Il osa à peine jeter un œil au cercueil qui trônait au centre. Ses mains trouvèrent le rebord du pupitre et, après un bref regard vers la famille de Simon, il commença.

— Je… J'ai rencontré Simon lors d'un de mes premiers tournages. Il avait de l'expérience dans le métier, quand moi… je débutais. Nous avons parlé, de nous, de notre métier. Dans ce milieu, il n'y a pas d'un côté les gentils et de l'autre les méchants. À vrai dire, il n'y a pas vraiment de gentils. Sauf lui. Lorsqu'un jour une critique m'a descendu, il a débarqué chez moi avec un des plats maison de sa mère. Du bœuf bourguignon, je crois.

Il risqua un sourire et je vis la mère de Simon se redresser avec un reste de fierté maternelle.

— Madame, c'était délicieux. Un des meilleurs repas de ma vie, avec le meilleur des mecs de cette planète.

L'assistance se détendit et je devinai quelques rires dans l'église. Je fixai Maxime, qui, poings serrés, tentait de contrôler son émotion. Malgré son débit affirmé, je percevais des intonations basses et enrouées.

— Je me moquais souvent de lui. Il faisait des courses pour sa voisine, il prenait des nouvelles de son concierge, il payait des cours de musique à un gamin qui n'avait pas un rond. Ce mec était… probablement descendu sur terre pour faire le bien. Mais je n'oublie pas qu'il jurait comme un charretier, qu'il était systématiquement en retard à nos rendez-vous et qu'il mentait sur son CV en disant qu'il pratiquait le jujitsu.

Un nouveau rire secoua la foule. J'adressai un sourire à Maxime, l'encourageant à poursuivre. Il n'avait pas à culpabiliser pour Simon… et lui rendre hommage était la meilleure façon de dépasser cette histoire.

— Je n'ai jamais… Je n'ai jamais été le genre de mec à me lancer dans de grandes déclarations. Comme vous le savez, je parle avec… mes poings. Simon ne m'a jamais jugé pour ça, mais il m'avait averti de ce que je risquais. Voilà ce que j'appréciais chez lui, sa capacité à écouter, à vous conseiller, sans jamais vous influencer. Je n'ai jamais rencontré un type aussi drôle et brillant que lui. Le genre de type à vous parler avec la même passion d'un film russe de l'entre-deux-guerres et de la cuisine de sa mère.

Une larme coula sur sa joue et Maxime prit une profonde inspiration.

— Voilà ce que je lui dirais aujourd'hui, si je le pouvais. Je lui dirais qu'il a sacrément merdé de faire ça. Je lui dirais qu'il va vraiment me manquer. Et je lui dirais que je l'aime, s'étrangla-t-il, à bout de forces. Et je le remercierais d'avoir été là les soirs de fête, comme les soirs de solitude. Je le rassurerais sur les cours de musique de ce gamin et sur les courses de sa voisine.

Maxime descendit quelques marches et s'arrêta devant le cercueil fermé. Des quantités de fleurs le cernaient et

Maxime tira un lys pour le poser près de la plaque où étaient gravés le nom et la date de naissance de Simon.

— On est là, Simon. Et on va tenter de faire aussi bien que toi !

Maxime retrouva sa place et refusa le mouchoir que je lui tendais. Au lieu de ça, il remit les lunettes de soleil qu'il avait retirées en entrant dans l'église et resta silencieux jusqu'à ce que le prêtre nous invite à quitter les lieux.

Au cimetière, les parents de Simon avaient souhaité limiter l'assistance à la famille et aux proches. Je me sentais d'autant plus intruse d'assister à l'inhumation. Maxime, mâchoires serrées, se contenta de fixer un point à l'horizon, refusant d'admettre la mort de son ami. Face à moi, une belle femme brune, cachée derrière des lunettes de soleil luxueuses, me donna la sensation désagréable d'être épiée.

Après la mise en terre et une ultime prière, la petite foule d'une dizaine de personnes se dispersa.

— Je vais parler à ses parents, d'accord ? demanda Maxime en libérant ma main.

Je m'éloignai en direction de la sortie, vite rattrapée par la femme brune qui me dévisageait.

— Bonjour, je… On ne se connaît pas, je crois. Je suis l'agent de Maxime. Enfin, son ex-agent.

Elle retira ses lunettes, me dévoilant ses yeux rougis de larmes et son teint cadavérique. Elle tenta de sourire, mais, comme Maxime, elle paraissait à bout de forces, ravagée par la mort de Simon.

— Vous devez être Sarah, c'est ça ?

— Oui. Euh… Désolée, je me sens un peu de trop ici. Ça vous ennuie si on sort de cet endroit pour respirer un peu ?

— Non, bien sûr. Je… Je voulais vous remercier pour

ce que vous faites pour lui. J'ai vu qu'il vous tenait la main, est-ce que...

— On va dire oui, pour éviter une très longue explication, la coupai-je. Pour le moment, en tout cas. Dans une semaine, il revient à Paris.

Je savais déjà comment cette histoire allait finir. Et je savais aussi que je devais prendre les devants pour éviter d'être celle qui souffre le plus. À notre retour à Chateaurenard, je devrais mener cette conversation pour nous deux. Il reprendrait sa vie ici, et je tenterais de sauver ma librairie. De toute façon, il n'y avait pas d'autres possibilités.

— Oh. Je... Bon sang, c'est passé si vite. Et cette histoire avec Simon. C'est terrible. Je me sens responsable.

— Maxime aussi. Il culpabilise.

Je fixai mes pieds et jouai distraitement avec les graviers. Je n'avais rien en commun avec Mathilde – hormis Maxime – et je n'avais pas grand-chose à lui raconter. Le lieu ne facilitait en rien notre conversation.

— Il ne devrait pas. Simon avait des dettes de jeu. De grosses dettes. Je crois qu'il a été submergé.

Il y eut un long silence, pendant lequel nous remontâmes la rue pavée. Après la parenthèse de cet après-midi, la vie reprenait son cours. La même agitation, la même énergie, le même dynamique. Rien n'avait vraiment changé.

— J'ai dit à Maxime qu'il devait vous réembaucher. Est-ce que vous allez lui laisser une chance ?

— Je n'ai jamais considéré que la conversation que nous avions eue au commissariat était... réelle. Maxime est comme ça : une vraie tête brûlée. C'est ce qui le rend talentueux. Ses émotions sont à fleur de peau.

— En effet, opinai-je.

Cette conversation, bien qu'anodine, ne faisait que

confirmer ce à quoi j'avais pensé sur la route vers Paris. Mon avenir commun avec Maxime était très limité. Il devait jouer, faire des films et tenir des rôles à couper le souffle. Il devait reprendre son chemin et je devais reprendre le mien.

— Est-ce que vous êtes venue me prévenir de quelque chose ? demandai-je en retenant mon agacement.

— Non. Maxime a toujours su me surprendre, je ne doute pas qu'il le fera encore.

— Avec ou sans moi ?

— Ce n'est pas à moi de le dire. Disons que je vois qu'il a changé avec vous, mais je sais aussi qu'une relation à distance, avec un acteur et en particulier avec lui, peut sembler… compliquée.

— Je sais.

J'étais presque rassurée. Rassurée de constater que je n'étais pas la seule à envisager ma relation avec Maxime, de savoir que Mathilde était une fille bienveillante, rassurée que Maxime soit au moins entouré d'une femme de confiance. Je repérai un café et proposai à Mathilde d'aller boire un verre.

Derrière nous, j'entendis des pas. Quand je me tournai, je découvris Maxime, courant à grandes enjambées dans notre direction. Arrivé à notre hauteur, il prit ma main et déposa un baiser sur mon front.

— C'est moi qui offre, les filles. On boira un verre à la santé de Simon !

— Très bonne idée, approuvai-je.

— À ce sujet, Mathilde, trouve-moi les coordonnées de ce gamin, je vais payer ses cours. Et assure-toi que sa voisine ait quelqu'un pour faire ses courses.

Mathilde resta bouche bée quelques secondes, avant d'acquiescer. Nous entrâmes dans le bar et nous nous installâmes au fond de la salle, en espérant que personne ne reconnaisse Maxime. Comme si la situation était normale, il enroula son bras autour de mes épaules et me serra contre lui.

— On rentre demain, me rappela-t-il. Sarah monte une pièce de théâtre la semaine prochaine. Elle supervise les dernières répétitions, expliqua-t-il à Mathilde.

— C'est une pièce de village, pondérai-je.

— Tu devrais venir, Mathilde, ça va être incroyable ! Je vais aller commander nos cafés.

Nouveau baiser sur le front, rituel auquel je m'habituais trop vite. Je suivis Maxime du regard, avant de reporter mon attention sur Mathilde. Maxime était surexcité. Sûrement un contrecoup de cette colère qu'il voulait canaliser. Soudain, je compris enfin ce que je devais faire pour lui, pour qu'il aille mieux, pour qu'il comprenne que, malgré ses erreurs, il était un mec bien.

— Mathilde, j'ai un service à vous demander.

Le lendemain, à l'aube, j'eus le plaisir de reprendre la route avec Maxime et de l'entendre jurer contre la voiture de Damien. Maxime avait réussi à juguler sa peine. Du moins, il essayait de me le faire croire. Mais, à chaque silence, je voyais qu'il était perdu dans ses pensées et muré dans sa douleur. J'en avais pris mon parti. On ne faisait pas parler un homme qui ne voulait pas se confier.

Il finirait par digérer. Avec le temps. À la mort de ma grand-mère, ma passion pour les livres m'avait sauvée d'une réalité trop dure à encaisser. Je m'étais amourachée d'hommes de fiction, j'avais rêvé de famille idéale, j'avais mené des enquêtes avec de grandes détectives. Tout ce qui me permettait de ne pas affronter ma vie me convenait. Évidemment, avec Maxime, il fallait trouver une autre solution.

Parler.

Le faire taper dans un sac de frappe.

Lui faire repeindre toutes les étagères de la librairie.

L'aider dans ses cours de lecture.

Tout était bon. La seule chose que je ne maîtrisais pas, c'était le temps. Je n'avais plus de temps. Nous n'avions plus de temps. C'était d'ailleurs la prochaine étape de notre histoire. Je me promis de lui parler dans le courant de la semaine.

— On est arrivés !

Maxime caressa ma joue du revers de la main, me sortant de mon sommeil léger. Cet aller-retour express à Paris m'avait lessivée. L'enterrement de Simon avait été éprouvant et garder un œil sur Maxime, qui oscillait entre douleur et énergie débordante, fatigant. Par ailleurs, j'avais retourné notre situation dans tous les sens, cherchant une solution, en vain.

— Je vais sortir les tables, annonça Maxime. Tu nous fais un café ?

Cette douce routine me tira un sourire. Je m'apprêtais à sortir de la voiture, quand Maxime me retint en ceinturant mon poignet.

— Merci d'être venue avec moi.

— Je t'en prie. Vu les circonstances, c'est normal.

— Pour toi, peut-être. Pour moi, c'est... étrange. Je ne suis pas habitué à ça.

Il désigna l'espace entre lui et moi, un air vaguement embarrassé sur le visage. Depuis son arrivée ici, c'était la première fois que je voyais Maxime à court de mots. J'accrochai son regard et mon cœur s'emballa. Maxime me scrutait comme si j'étais la chose la plus précieuse et la plus rare au monde. Je ne voyais plus la colère, ni la frustration. Au contraire, les yeux sombres de Maxime étaient doux et prévenants.

— Et c'est quoi, ça ? demandai-je, les joues brûlantes.

— Je ne sais pas. J'ai… Je me suis toujours demandé pourquoi tu avais accepté de m'héberger. Je ne parle pas d'argent, intervint-il alors que j'étais prête à me justifier.

— Maxime…

— En fait, j'ai renoncé à comprendre. Je ne sais pas pourquoi tu as fait ça. Je ne sais pas pourquoi Anita m'aide, ni même pourquoi Damien m'a prêté sa guimbarde. Je ne sais pas et je crois que je m'en fous un peu. Tout ce que je sais… Tout ce que je sais, c'est que je crois que je suis tombé sous le charme de tout ça.

— Encore ce « ça » ? le taquinai-je.

— Je suis tombé amoureux de toi.

Son aveu me coupa le souffle et me fit incroyablement sourire. Je ne savais pas comment Maxime faisait ça, mais son seul regard me fit oublier mes doutes et mes réticences.

C'était la première fois qu'un homme m'avouait ses sentiments.

Et c'était la première fois que je ressentais la même chose.

Alors, malgré le temps qui s'écoulait et notre histoire compromise, je lui répondis ce que je brûlais de lui dire depuis notre nuit ensemble.

— Je t'aime aussi.

Chapitre 15

Je me retrouvais devant le dernier endroit que je pensais visiter à Chateaurenard. Pour un peu, j'aurais presque été tenté de faire un scandale pour prolonger mon séjour ici. Dans trois jours, ma peine s'achevait officiellement. Et je rentrerais à Paris.

La boutique de Frédéric était étroite et sa décoration un peu vieillotte. Le fleuriste m'offrit à peine un sourire quand j'entrai ; sa lèvre supérieure était encore gonflée de notre dernière rencontre. Son attitude prudente me tira un sourire et je le provoquai volontairement en remontant ma chemise au-dessus des coudes.

De toute évidence, je l'impressionnais. Ou je lui collais une telle trouille qu'il ne voulait pas me regarder dans les yeux, de peur de reprendre un coup. L'envie ne me manquait pas : ses yeux luisaient de mépris. Pour lui, j'étais au mieux un acteur, au pire… un raté. Je penchais pour la seconde option.

— Il me faudrait des fleurs, expliquai-je.

J'ignorais le sourcil arqué de Frédéric, qui semblait me féliciter pour ma perspicacité. Ce type n'allait pas me manquer et c'était réciproque.

— Beaucoup de fleurs, précisai-je.

Son mépris se transforma en vague intérêt financier. Je parcourus la boutique, m'arrêtant devant les bouquets, puis devant les plantes. Offrir des fleurs était une idée d'Anita. D'après elle, cela valait mieux qu'une longue explication.

— Il me faudrait un bouquet de lys pour mon agent.

— À Paris ? demanda-t-il, un peu inquiet.

Sûrement qu'il avait peur que je ravage tout dans son magasin.

— Oui. Vous assurez bien les livraisons, non ?

Je désignai la grille de tarifs affichés derrière lui. Les livraisons se déclinaient en trois zones : Chateaurenard, les dix kilomètres alentour… Et le hors zone. Pour Paris, je me doutais que j'allais devoir payer la livraison la plus chère. Mais c'était une manière pour moi de m'excuser de mes derniers excès.

— Euh, oui. Combien de lys ? soupira-t-il en prenant son bloc-notes.

— Tous. Ensuite, je voudrais une composition. Pour demain, aussi.

— Une occasion particulière ?

— Une tombe à fleurir. J'y tiens, alors faites-le bien. D'accord ?

Il hocha la tête, tout en écrivant furieusement des notes sur son carnet. Mes quelques commandes allaient lui prendre la journée et lui vider son stock.

— Ensuite, un bouquet aussi gros que possible pour Anita. Livraison dès demain et, ensuite, une livraison par semaine.

— Pendant combien de temps ?

Je haussai les épaules. Avec un peu de chance, Anita avait encore de longues années devant elle. Lui faire livrer des fleurs une fois par semaine semblait peu par rapport à ce qu'elle m'avait apporté. En m'aidant à redécouvrir la lecture et l'écriture, Anita m'avait ôté l'un de mes plus lourds secrets. Je n'étais pas encore parfaitement à l'aise, mais elle était prête à me recommander à l'une de ses amies parisiennes pour m'aider.

— Commençons par cinq ans. Et, enfin, un bouquet de roses. Si possible rouges.

— Toutes, je présume ?

— Vous en avez combien en stock ?

— Environ soixante-dix.

— Toutes, alors. Il me le faut pour la soirée de théâtre, dans deux jours.

— Bien. Autre chose ?

— Je ne crois pas.

Je dégainai ma carte bancaire, prêt à payer l'ensemble du stock de mon ennemi préféré. Je n'avais pas acheté de fleurs depuis un bail. La dernière fois, c'était pour l'anniversaire de ma mère. Je ne savais même pas si elle les avait reçues. Je soupçonnais mon père d'avoir tout fait, jusqu'à sa mort, pour l'empêcher de me parler.

Je me souvenais encore de ces mots glacials dans le cimetière.

— Elle est morte de chagrin, avait-il dit en me lançant un regard colérique.

Je secouai la tête, revenant à la réalité. Je ne fus pas surpris du montant à quatre chiffres que Frédéric m'annonça. En revanche, qu'il tende sa main pour me saluer me stupéfia.

— On devrait faire la paix, dit-il pour me convaincre.

— Sinon quoi ?

— Sinon rien. Mais un homme qui offre des fleurs ne peut pas vraiment être un sale con, si ?

— Vous pourriez être surpris !

Après une seconde d'hésitation, je pris sa main dans la mienne et la serrai. Ce type ne serait certainement jamais mon ami. Je lui faisais suffisamment peur pour qu'il se tienne à distance de Sarah. Il avait maintenant compris qu'il n'aurait plus aucune chance avec elle. Mais il habitait en face de Sarah et, avec lui, je savais qu'il y aurait au moins une personne pour veiller sur elle.

Car bientôt je ne serais plus là pour le faire. Et je n'avais pas réussi à résoudre l'équation de notre relation. À croire qu'il n'y avait pas de solution. En fait, si. Il y en avait. Mais aucune ne me semblait assez bonne pour elle. Je savais que nous étions en sursis ; la fin de ma peine marquerait un tournant dans notre histoire. Pourtant, j'étais certain que nous pouvions y arriver.

Elle ici, moi à Paris. Ce n'était pas idéal, mais c'était faisable. Je pourrais faire des allers-retours, revenir pour des vacances, limiter les tournages. Il fallait juste que je trouve un instant pour en parler à Sarah. Depuis notre retour de Paris, elle enchaînait les répétitions de la pièce et les rendez-vous à l'extérieur. Pendant ce temps, je peinais à vider les cartons et à trouver des emplacements pour les derniers arrivages. Quand j'avais un moment de liberté, Anita débarquait, prête à me faire profiter d'un nouveau cours de lecture.

Cette dernière semaine passait bien trop vite et j'avais la sensation désagréable que Sarah me fuyait. Certes, nous nous retrouvions la nuit, mais elle se levait aux aurores et touchait à peine son repas. Je ne lui en voulais pas. J'affrontais la réalité avec mes poings, Sarah, elle, préférait la fuir.

Après ma visite chez Frédéric, je rejoignis la salle de répétition de la pièce. La troupe de bénévoles s'était étoffée et le décor était désormais en place. Damien répétait sa tirade finale, pendant qu'Élise tentait d'ajuster sa robe imposante. Anita riait aux éclats avec Baptiste, qui m'adressa un signe de la tête en m'apercevant au fond de la salle.

Sarah et moi avions notre routine. Elle me cherchait du regard au fond de la salle, guettant l'heure de fin de mon couvre-feu. Cinq minutes avant, je me levais et lui faisais un petit signe. Elle annonçait la fin de la séance et nous rentrions ensemble, main dans la main, vers l'appartement. Nous dînions et je parvenais parfois à attendre le dessert avant d'attirer Sarah vers sa chambre – ou la douche, ou le salon – pour lui faire l'amour.

J'écoutai les répétitions pendant près de quarante-cinq minutes et me levai quelques instants avant l'heure fatidique. Sarah vérifia l'heure sur sa montre et se tourna vers moi avec un petit sourire accroché aux lèvres.

— Terminé pour ce soir, annonça-t-elle. Demain, venez vers 14 heures, on fera une dernière répétition en costume. Damien, relis ta tirade, d'accord ? Élise, il faut que tu sois… plus affectée sur la dernière scène. Camille perd ses illusions et le grand amour en quelques phrases, d'accord ?

— J'ai déjà perdu mes illusions, grinça cette dernière en descendant de scène. Salut, Maxime ! lança-t-elle avec un sourire suave.

Je lui fis un petit signe de la main, avant d'enfoncer les mains dans les poches de mon jean. Sarah referma son carnet de notes et le glissa dans son sac avant de m'adresser un sourire lumineux, avec ce petit rougissement de ses joues si caractéristique. Notre relation n'était pas vraiment un secret – du moins pour les personnes qui étaient dans cette salle – mais Sarah agissait comme si nous étions embarqués dans une relation clandestine. Je n'avais rien contre ; j'avais l'habitude que toute ma vie soit étalée devant la planète entière – même si, la plupart du temps, il s'agissait de demi-vérités.

Sarah avait pourtant raison sur un point : j'aurais aimé la garder rien que pour moi. Elle était trop précieuse pour être jetée en pâture à la presse.

— Bonne répétition ? demandai-je en ouvrant la porte de la salle pour elle.

— Stressante. Je ne sais pas pourquoi je m'inflige ça chaque année !

— Parce que tu aimes les défis ?

Dehors, une fine pluie d'été mouillait les pavés. J'attirai Sarah contre moi, soulevai ma veste et nous mis à l'abri. À ma grande surprise, Sarah s'écarta et leva son visage vers le ciel.

— Il pleut ! protestai-je.

— Je m'en fiche ! Viens !

En trois minutes, nous étions trempés. Sarah irradiait de bonheur. Je pris sa main dans la mienne et l'attirai contre moi. Embrasser Sarah était devenu une nouvelle addiction, de celles qui ne faisaient de mal à personne. Sauf à moi, quand je m'interrogeais sur ce que nous allions devenir d'ici à la fin de la semaine. Sarah pressa son corps humide contre le mien et je la sentis sourire contre ma bouche.

— Je faisais ça quand j'étais petite.

— Embrasser des hommes dans la rue ?

— Sortir sous la pluie. Ma grand-mère disait que ça nous libérait de tout. Tu ne trouves pas ?

— Hormis nous faire choper la crève, je ne vois pas trop l'intérêt !

Je chassai une mèche de cheveux qui gouttait sur mon front. Je mentais. Voir Sarah, aussi rayonnante sous cette pluie, trempée comme une soupe, resterait un souvenir mémorable. Je me demandais souvent comment Sarah, si différente, si timide, si douce, si à l'opposé de moi, avait pu prendre une place si importante dans mon monde. Peu à peu, avec patience, elle avait repoussé ce voile sombre qui obscurcissait ma vie. Elle avait refusé que je la tienne à distance.

Sarah avait mené sa petite guerre personnelle contre moi, butant contre un mur mais trouvant de nouveaux moyens de le contourner, avant de finir par l'abattre pour me mettre à nu.

Je n'étais pas tombé amoureux, j'avais rendu les armes. J'avais laissé cette femme gagner contre moi.

Je me surpris à sourire. Sarah était ma plus grande et ma plus belle défaite, celle dont j'étais le plus fier.

— Qu'est-ce qui te fait rire ? demanda-t-elle en nouant ses bras autour de ma nuque.

— Toi. Ou moi, je ne sais pas.

— Toujours aussi mystérieux.

Elle déposa un baiser sur mes lèvres et je compris enfin l'intérêt de cette balade sous la pluie. Je la soulevai et basculai Sarah sur mon épaule, son délicieux derrière à portée de main.

— Je peux savoir ce que tu fais ? cria-t-elle.

— Je trouve un intérêt à ce petit rituel météo.

— Oh. Et c'est quoi ?

— Prendre un bain.

Sarah était enveloppée dans son peignoir moelleux tandis que je tentais de faire réchauffer le veau aux olives de Baptiste. Nous avions trouvé le plat sur le rebord d'une des vitrines, avec une carte nous souhaitant une bonne soirée.

— Il faut que tu te trouves un film où tu apprends à faire la cuisine, commenta Sarah en se postant près de moi.

— Je n'y manquerai pas, ricanai-je. Retourne plutôt à ta pièce !

Sarah avait récupéré son carnet de notes – miraculeusement sec ! – et listait ce qu'elle devait faire le lendemain. Malheureusement, je ne pourrais pas venir à ces répétitions, mais Sarah et Damien avaient tout de même réussi à trouver une solution pour me faire assister à la pièce.

— Quel genre de pression faites-vous subir aux flics pour toujours obtenir ce que vous voulez ?

— Corruption active et un poil de chantage, répondit Sarah, sans lever le nez de son carnet.

— C'est bien ce qui me semblait !

— Damien fait un don en nature aux bonnes œuvres. Et la fille de l'adjudant-chef est très… fan de toi ! Elle vient à la librairie, assez régulièrement. Tu as dû la repérer : une adolescente, brune, yeux clairs, trop maquillée et persuadée que Stephen King a fondé une chaîne de fast-food.

Je retins un rire, avant d'identifier la jeune fille en question. En effet, elle s'était montrée assez entreprenante avec moi, me questionnant sur mes goûts en littérature. Il n'y avait aucune chance que je m'intéresse à elle, même avec dix ans de plus.

— Je vois, dis-je avec un sourire. Ta liste est encore longue ?

— J'ai l'impression qu'elle est interminable, soupira-t-elle, en passant une main dans ses cheveux humides. Et la semaine prochaine, j'ai encore des livres à réceptionner.

— Tu ne prends jamais de vacances ?

— Des quoi ? Je ne vois pas du tout de quoi tu parles.

— Vacances. Ce truc où tu t'assois sur un transat et tu regardes tes orteils. Ça a bien dû t'arriver une fois dans ta vie, non ?

— En effet. Il y a cinq ans, j'ai fermé la librairie pendant une semaine. À mon retour, je n'avais plus d'électricité et, honnêtement, je m'étais ennuyée ferme.

— Vraiment ?

— Vraiment ! Anita m'avait réservé un bungalow sur une plage. Mer turquoise, sable fin, soleil radieux.

Je fronçai les sourcils ; ce genre de vacances ressemblait à celles dont la plupart des gens rêvaient. Et puis, soudain, je compris. Sarah ne rêvait pas de ce genre de vacances. C'était à peine si le mot *vacances* lui était familier.

— Aucune librairie à la ronde ? suggérai-je.

— Aucune, gémit-elle. J'ai cru mourir d'ennui.

J'éclatai de rire, imaginant Sarah errant sur sa plage en maudissant l'humanité. Je déposai nos assiettes de chaque côté du bar et m'installai sur un des tabourets. Sarah repoussa son carnet et huma son dîner.

— Je meurs de faim ! Et toi, ta journée ? demanda-t-elle.

— Des livres. Beaucoup de livres.

Sarah piqua du nez vers son assiette, cachant un énième rougissement. J'avalai un morceau de veau, puis pris sa main pour la rassurer.

— J'avais du café. Beaucoup de café. Et je t'ai recommandé des étagères pour habiller le mur du fond.

— Maxime, je n'ai pas les moyens de…

— Vois ça comme un cadeau de départ.

— C'est toi qui pars, c'est toi qui dois recevoir un cadeau !

Un court silence s'installa. Sans le vouloir, nous étions

arrivés à la conversation que nous avions tous les deux cherché à éviter. Mon départ n'était pas un mystère. Ce que notre histoire allait devenir, en revanche, en était un.

— C'est vrai, c'est moi qui pars, repris-je en jouant avec un morceau de veau.

— Lundi, c'est ça ?

— Damien me ramène à Paris.

Sarah hocha la tête. Je savais ce qui la tourmentait. J'avais vaguement espéré qu'elle aborde le sujet. Je n'étais pas à l'aise sur la notion de sentiment, de grandes déclarations et de promesses d'avenir. Je manquais d'expérience et j'étais certain de ne pas être à la hauteur. Je n'oubliais pas que Sarah avait été bercée par des héros parfaits... et que j'étais juste... moi. Totalement imparfait, à tendance brutale. Devant son silence, je me forçai à prendre le sujet en main. De toute façon, il nous fallait régler ça d'ici à deux jours.

— On devrait en parler, proposai-je.

— De Paris ?

— De Paris, d'ici, de toi. De ce qu'on va faire.

Elle leva le regard vers moi mais fit tout son possible pour éviter mon regard. Lèvres pincées et l'air un peu embarrassé, elle repoussa son assiette. Elle prit une profonde inspiration et, quand finalement ses yeux trouvèrent les miens, je perçus une pointe de tristesse.

— On... On ne va rien faire, dit-elle finalement. Il n'y a pas de « on », en fait.

— « On » a pris un bain ensemble. Bain dans lequel « on » a fait l'amour. Il y a un « on », Sarah.

— Ce soir, oui. Demain peut-être. Mais... Pas lundi.

J'avais eu l'occasion de prendre pas mal de coups durant ma vie. J'avais eu le nez cassé et une épaule déboîtée.

Mais aucune de ces blessures ne m'avait fait aussi mal que les mots de Sarah.

Elle me quittait.

Elle me laissait.

Froidement. Facilement. Alors même que je tentais de trouver une solution pour nous deux, elle mettait un terme à notre histoire avec un pragmatisme et une rationalité que je ne lui connaissais pas.

Où était la fille sensible que j'avais rencontrée ? Où était la fille qui m'avait fait danser en pleine rue ? Brutalement, devant moi, elle n'était plus là.

Je scrutai son visage, dont l'expression oscillait entre inquiétude et incrédulité.

— Ce n'est pas tenable, dit-elle finalement. Quel que soit… Écoute, j'ai réfléchi à la situation et il n'y a pas de solution.

Après avoir été assommé par son annonce, cette nouvelle gifle me réveilla. Elle me repoussait. Et elle le faisait seule, sans même me consulter. Aussi facilement qu'elle m'avait ouvert les portes de la librairie, elle les refermait et me condamnait à m'éloigner d'elle. Avec amertume, je réalisai qu'elle ne faisait que reproduire ce que j'avais fait pendant des années. J'avais repoussé les gens sciemment. J'avais mis à distance mes proches et éloigné tous ceux qui avaient tenté de créer un lien.

Elle nous détruisait et cela faisait un mal de chien.

— Je pensais qu'on y réfléchirait ensemble…

— Eh bien, faisons-le ! s'agaça-t-elle à son tour. Réfléchissons ensemble à cette situation bien tordue où tu vis à Paris et où je vis ici ? Hein ? Cinq cents kilomètres.

— Il y a des tas de gens qui gèrent des relations à distance !

— Ce n'est pas une question de distance, Maxime.

C'est… Il y a combien d'univers entre toi et moi au juste ? Tu aimes jouer, tu aimes Paris. Ta vie est là-bas. Moi, j'ai la librairie, toute ma vie est ici. Mes amis, mes clients. Tout.

— *Presque* tout.

Je serrai les poings, jugulant la colère qui montait peu à peu. Écouter Sarah, c'était comme prendre un coup de couteau violent en plein cœur, le genre de truc qui vous laissait à bout de souffle et estomaqué. J'étais tellement habitué à me confronter à la timidité de Sarah que sa soudaine inflexibilité m'époustouflait.

Évitant mon regard, elle m'asséna un nouveau coup :

— *Tout.*

La lame, aussi douloureuse qu'un vent glacé, me transperça à nouveau. Cette fois, la déception était plus forte que la colère.

— Tu finirais par m'en vouloir, reprit-elle.

— De rendre ma vie un tout petit peu plus… Agréable ?

— De te brider. De te retenir ici. J'ai vu tes films, Maxime. Je sais ce que tu vaux. Ça ne serait pas juste pour toi de rester ici, alors que tout t'attend là-bas.

— Personne ne m'attend.

— Ce n'est pas ce que dit Mathilde.

— Officiellement, Mathilde n'est plus mon agent.

Sarah pencha la tête et je passai une main sur mon visage. J'étais fatigué. Nous étions en train de dîner et cette conversation avait pris un tour beaucoup trop sombre. Je voulais juste discuter… et désormais, nous étions en train de rompre. Ce n'était pas comme ça que j'avais envisagé les choses. J'avais naïvement cru que Sarah adhérerait à un compromis.

— Tu sais bien que c'est faux, soupira-t-elle. Et, quand bien même, ça ne change en rien notre histoire. Tu ne peux pas rester terré ici, et je ne peux pas être là-bas. Je dirais même que tu dois être là-bas et que, moi, je dois rester ici.

— Donc, tu veux... qu'on arrête ?

— Je veux qu'on vive dangereusement, en devenant amis.

Elle m'adressa un de ses sourires lumineux, pas assez cependant pour effacer ce qu'elle venait de me dire. Ma rage habituelle revenait, rôdant à la surface de ma peau et prête à surgir. J'avais envie d'envoyer valser les assiettes, envie de frapper un mur aussi fort que possible.

— Je ne veux pas qu'on devienne amis, grinçai-je.

— Mais...

— Je ne veux pas. Je ne veux pas faire comme si rien ne s'était passé. Je ne veux pas t'aider à arranger ta conscience en devenant amis. Je ne vois pas en quoi le fait que tu vives ici est incompatible avec ma vie là-bas ! Des conneries, Sarah ! Rien que des conneries.

— Ce n'est pas comme ça que j'envisage une relation, répondit-elle, très sérieuse.

— Et tu y connais quoi en relation ? Ce qu'on raconte dans les livres ? Tu crois que ce genre de conneries est réaliste ? Bon sang, Sarah, ouvre les yeux !

Ma main s'écrasa contre une pile de livres qui s'effondra au sol. Elle sursauta et descendit de son tabouret, effrayée. Ce simple geste m'avait fait du bien et m'avait aidé à repousser la vague de colère qui menaçait de me submerger.

— Maxime, ce n'est pas...

— Ce n'est pas quoi ? Un monde idéal ? Une relation parfaite ? Sarah, tous ces livres, expliquai-je en les désignant de l'index, ne sont qu'un ramassis de conneries, fait pour les filles comme toi.

— Les filles comme moi ?

— Rêveuses, romantiques, coupées de la réalité. Parfois, oui, c'est compliqué. Et parfois, oui, il faut affronter la réalité et trouver des solutions. Faire des compromis.

— C'est ce que je fais, objecta-t-elle, dents serrées. Être dans une relation, ça veut aussi dire penser à l'autre.

Je la fixai, stupéfait. Sarah était si calme que je me demandais si elle n'avait pas prémédité cette conversation. Je pensais qu'elle l'évitait, mais je comprenais maintenant qu'elle avait affûté ses arguments et qu'elle s'était préparée à faire face à ma colère.

— Et tu penses qu'en décidant pour nous deux tu penses à moi ?

— Je ne fais que ça depuis le début, riposta-t-elle.

— Le début ? Et c'était quand ça ?

— Le jour où… Quand tu m'as laissée toucher ton tatouage.

— Donc, depuis ce moment-là, tu réfléchis à cette conversation ?

— Je réfléchis à comment je vais faire sans toi, avoua-t-elle, la voix enrouée. À comment te faire comprendre que ta vie n'est pas ici. J'ai vu ton appartement, Maxime. Et je connais le mien, je ne soutiens aucunement la comparaison. J'ai parlé à Mathilde, j'ai compris ce qu'était ta vie.

— « Était », oui. Je ne compte pas…

— J'ai lu le scénario, Maxime. C'est vraiment bien. À part toi, je ne vois pas qui pourrait tenir le premier rôle.

Prudemment, elle contourna le bar et s'approcha de moi. Si Sarah montrait un caractère déterminé dans la librairie, habituellement, quand nous étions ensemble, elle était beaucoup plus hésitante et intimidée. Pourtant, ce soir, je parlais avec la Sarah de la librairie, celle qui ne changerait pas d'avis.

— Tu es... Tu es acteur, Maxime. Je l'ai vu. Mathilde le voit aussi.

Elle tentait de m'amadouer, mais j'étais trop révolté pour me laisser faire. Je levai une main devant moi, lui intimant silencieusement de ne pas aller plus loin. Je pris une profonde inspiration et fermai les yeux. La colère s'évacua peu à peu, laissant place à une forme de lassitude.

J'avais toujours vécu ma vie de cette façon. Je repoussais les gens, je les mettais en garde, je les prévenais. Sarah n'avait pas tenu compte de mes avertissements et je l'avais laissée entrer dans ma vie. Et maintenant, elle en sortait.

Qu'on me quitte n'était pas une véritable nouveauté. Ma mère, Simon, Mathilde, Sarah. Mais c'était la première fois que ça me faisait aussi mal, une douleur diffuse, qui fissurait mon corps comme une lame de glace. Même une pluie de poings ne m'aurait pas fait si mal.

— Je vais aller dormir, tu as une pièce à préparer, je crois.

Je me dirigeai vers ma chambre, plus amer que jamais. Avant ce dîner, je maudissais le temps qui passait trop vite. Désormais, j'avais hâte de quitter cet endroit.

— Maxime...

— Bonne nuit, Sarah.

Je me réfugiai dans ma chambre et claquai la porte derrière moi, à en faire vibrer tout le bâtiment. L'instant suivant, je fourrai toutes mes affaires dans ma valise, ne gardant que le strict nécessaire pour les deux jours à venir.

Derrière la porte, je devinais des bruits de vaisselle.

J'espérais vaguement que Sarah frappe à la porte, qu'elle fasse ce qu'elle avait toujours fait en refusant que je prenne systématiquement la fuite. Mais elle ne fit rien. Après quelques minutes, il n'y eut que le silence.

Je m'allongeai sur mon lit, me repassant notre conversation. À quel moment avais-je perdu le contrôle de ma vie ?

— J'aime bien cette petite habitude, chantonna Anita, alors qu'elle entourait son bras autour du mien.

— Je pars après-demain, lui rappelai-je.

Nous sortîmes de la librairie et je verrouillai la porte derrière nous. Anita m'avait offert un dernier cours de remise à niveau. Je n'étais pas encore un bon lecteur, mais, en prenant mon temps, je pouvais déchiffrer un menu dans un restaurant. J'étais même parvenu à écrire une carte pour les parents de Simon. Bon, seulement quelques mots et ma signature, mais c'était plus que ce que je pouvais imaginer il y a encore quelques mois.

— Je propose qu'on ne parle pas de choses désagréables ce soir ! lança Anita.

— En effet. J'ai eu ma dose hier soir.

Anita me lança un regard en biais. Elle avait eu la version de Sarah ce matin, puis la mienne ce soir. Pour autant, elle n'avait pas su arbitrer. D'après elle, nous avions tous les deux tort d'agir ainsi.

— Elle finira par comprendre, me rassura-t-elle. Et tu finiras aussi par la comprendre, elle.

— J'en doute. Je vais me contenter de partir lundi matin. Tu connais ton texte ? demandai-je pour changer de sujet.

— Sur le bout des doigts. Regarde-moi cette foule !

Devant la salle, des dizaines de personnes patientaient. Dans ce petit village, c'était l'événement qui marquait la fin de l'été. D'ici à quelques jours, les touristes quitteraient leur résidence secondaire et, comme moi, retrouveraient leur vie normale et habituelle.

— On va passer par les coulisses, m'indiqua Anita en contournant la salle municipale.

Je la suivis, sans rien dire, dans le méandre des couloirs de la salle. Je percevais une forme d'agitation, entre les costumes à ajuster et les réglages des lumières. Sarah se tenait sur la scène, ajustant les derniers détails des décors à la perfection. Je la regardais pendant de longs instants, presque rassuré de la découvrir cernée et triste. Malgré toute sa préparation, elle vivait aussi mal que moi notre séparation.

Elle finit par deviner mon regard et leva sa main dans ma direction pour me saluer. Je ne pris pas la peine de répondre. Si nous n'étions pas ensemble, autant couper les ponts. Être amis n'était pas – et ne serait jamais – un compromis acceptable. Je reculai et retrouvai Anita et Élise au maquillage.

Nous plaisantâmes pendant de longues minutes. Élise n'était pas ravie de revenir à Paris et de recommencer les cours. Je lui proposai de venir m'aider et de reprendre le flambeau d'Anita.

— Évidemment, je te payerai. Histoire que tu aies une vie étudiante plus confortable !

— Tu veux dire que je vais pouvoir abandonner mon métier palpitant de télévendeuse ?

— Disons que je peux sûrement t'aider à trouver mieux !

— Bon sang, Élise, tu n'as pas fini de te coiffer ? nous interrompit Sarah, sur des charbons ardents.

— Dans deux minutes ! Calme-toi, ça va bien se passer !

— Si Damien finit par se pointer, oui !

— Tu l'as appelé ? demanda Anita.

— Un milliard de fois, oui !

La seconde qui suivit, elle sortit son téléphone de sa poche et composa le numéro de Damien. Anita me lança un regard inquiet, avant de vérifier l'heure sur sa montre. Sans Damien, la pièce ne tenait pas.

— Enfin ! Mais bon sang, où es-tu ? s'écria-t-elle. Le lever de rideau est dans quinze minutes !

Je distinguai la voix agitée de Damien et vis Sarah blêmir. Son visage s'affaissa et, pendant un court instant, je crus qu'elle allait s'évanouir.

— Bien. Euh… Tiens moi au courant, d'accord ?

Elle jeta son téléphone sur la table de maquillage et s'effondra sur une chaise près d'Anita, le regard vide et l'air désespéré.

— Sa fille fait une crise d'appendicite.

Il y eut un échange de regards inquiets entre Anita et Élise. Cette dernière posa les épingles à cheveux qu'elle avait en main et pivota vers Sarah.

— Et… on fait quoi ?

— On annule, répondit Sarah laconiquement.

Immédiatement, l'agitation en coulisses cessa. Les bénévoles et les acteurs s'arrêtèrent et se tournèrent vers Sarah. Le malaise et la déception étaient palpables. Cette représentation avait exigé beaucoup d'énergie et de temps. Voir tout ce travail partir en fumée les attristait.

— Le personnage de Perdican est dans quasiment toutes les scènes, je ne peux pas faire sans.

— Qui parle de faire sans ?

La proposition d'Anita plongea la petite troupe dans

la stupéfaction. Elle se tourna vers Sarah et lança une bombe que je n'avais pas vue venir :

— Maxime connaît le texte de Damien, il fera Perdican.

— Quoi ?

Sarah et moi avions crié à l'unisson. Elle, d'incrédulité, moi, de refus. Je n'avais jamais joué une pièce de toute ma vie. Et j'étais encore sous le coup de ma dernière conversation avec Sarah, donc passablement en colère : pas franchement en état pour jouer un amoureux transi qui séduit une fille pour en rendre une autre jalouse.

— Je ne crois pas que ce soit une bonne idée, murmurai-je.

— Au contraire, elle est très bonne ! Tu sais jouer et tu connais le texte ! s'enthousiasma Anita.

— Je… Non, pas vraiment.

— Si, elle a raison, intervint Sarah. Tu connais le texte sur le bout des doigts. Et on pourra t'aider entre deux scènes au pire.

— Sarah, je n'ai pas très envie de…

— Baptiste, récupère le costume de Damien ! Ça devrait lui aller !

Et l'agitation reprit, comme si rien ne s'était passé. Deux bénévoles coururent jusqu'à une loge, pendant que Sarah reprenait son souffle, usée par sa montagne russe d'émotions. Nous échangeâmes un regard triste. Malgré tous ses efforts, le destin était assez farceur pour nous réunir à nouveau.

— Merci, murmura-t-elle, au bord des larmes.

— Ce n'est pas comme si on m'avait demandé mon avis.

— De ronces et d'adrénaline. Le théâtre devrait te plaire !

Elle se leva et je compris que je laissais échapper une chance de plaider ma cause. Enfin la nôtre. Anita déboula avec mon costume et me fit retirer mon T-shirt devant tout le monde. Sarah disparut en direction de la scène, son bloc-notes plaqué contre elle.

— On va répéter pendant les deux premières scènes, proposa Élise.

Je hochai la tête, perdu et un peu abasourdi. Je n'avais aucune idée de comment faire et je devrais me contenter de mes souvenirs de répétition pour les placements.

— Ça va bien se passer, ajouta-t-elle.

Certainement qu'elle voulait se rassurer plus que me réconforter. Les applaudissements des spectateurs se firent entendre et l'ensemble de la troupe se rassembla pour une accolade confraternelle.

— Viens avec nous, m'encouragea Anita.

Cette femme me faisait faire n'importe quoi. Je me promis de le lui faire remarquer : me réapprendre à lire, m'enrôler dans une pièce de théâtre, me faire commander des fleurs.

Et maintenant, je me retrouvais dans les bras des autres bénévoles, à nous encourager mutuellement pour cette unique représentation. On me tapa dans le dos, on m'ébouriffa, on me regarda avec solennité et respect, comme si j'avais le destin de l'humanité entre mes mains.

— On y va ? fit Élise. On va tenter de faire ça vite... et bien. Bon sang, je ne peux pas croire que je vais aider Maxime Maréchal à répéter son texte.

Le rideau se leva et Anita entra en scène, dans la peau de son personnage de nounou intrusive.

Élise m'aida pour ma première scène en la relisant avec moi ; Sarah et Anita avaient raison, le texte me revint sans difficulté.

— Prêt ? me lança Sarah alors que j'attendais d'entrer sur scène.

— Maintenant on me demande mon avis ?

— Pas vraiment. Je voulais faire la conversation, dit-elle avec un sourire.

La seconde suivante, j'étais sur scène, à la stupéfaction du public. Il y eut une longue salve d'applaudissements, qui me donna la chair de poule et eut le mérite de me faire oublier pendant quelques secondes le marasme de ma relation avec Sarah et mon trac. Je me contentai de sourire, espérant rester suffisamment dans mon rôle pour ne pas saccager le travail de Sarah.

Alors que mon regard parcourait le public avec une gratitude qui ne m'avait encore jamais étreint à ce point, je reconnus des visages familiers.

Claude.

Mathilde.

Et mon père.

Tous les trois, côte à côte, au troisième rang. Mon père avait sa tenue des grands jours : une chemise à carreaux épaisse et un veston élimé. Il hocha la tête dans ma direction et un bref sourire éclaira son visage. Je pouvais compter sur les doigts d'une main les sourires de mon père. À croire qu'il les économisait pour les sortir uniquement pour les grands moments. La dernière fois, j'avais douze ans et j'avais coupé du bois pendant une après-midi entière.

Les applaudissements se tarirent, indiquant qu'il fallait me lancer. J'adressai un sourire à mon père et, avec une soudaine fierté et sans aucun trac, lâchai ma première réplique.

— Bonjour, mon père, ma sœur bien-aimée ! Quel bonheur ! Que je suis heureux !

*
* *

À la fin de la pièce, j'aperçus Sarah pleurer de joie. J'avais déjà vu des tas d'actrices pleurer, notamment lors des cérémonies de remises de prix. Mais c'était différent chez Sarah ; elle pleurait d'une joie mêlée de fierté. Elle pleurait pour nous tous, pour le travail accompli, pour la fin de l'été, pour tous les conseils qu'elle nous avait donnés et que nous avions écoutés.

Alors que le public applaudissait à tout rompre, Frédéric déboula, un bouquet de roses gigantesque à la main. Les larmes de Sarah redoublèrent et les pétales rouges firent à peine de l'ombre à ses joues brûlantes. Main dans la main, toute la troupe salua la foule et le rideau tomba.

— C'est toi qui as fait venir mon père ? demandai-je à Sarah.

— C'est toi les fleurs ? demanda-t-elle en retour.

— Oui.

— Oui. Mathilde m'a aidée. Je ne savais pas que tu jouerais ce soir, je voulais juste que vous… discutiez. Je vous laisse, il est derrière toi.

Si nos premiers mots échangés furent hésitants, ses compliments me touchèrent en plein cœur. Il attendit à la sortie de la salle que je me change et je lui offris le dîner chez Baptiste. Sur la place, je vis Sarah rentrer à l'appartement, ses fleurs serrées contre elle. Elle me fit un signe de la main et un léger sourire dansa sur ses lèvres.

Cette fois, je répondis à son geste et vis la troupe jaillir derrière elle et rire aux éclats tout en l'entourant. Pendant un temps, j'avais imaginé la convaincre de venir avec moi à Paris. Mais je comprenais maintenant ce qui la retenait ici. Je parvenais même à saisir pourquoi elle refusait une relation à distance : aucune conversation n'aurait jamais pu retranscrire l'émotion de cette soirée.

*
* *

— Prêt ?

Un mug de café à la main, Damien attendait patiemment que je charge sa voiture. Sarah lui faisait la conversation, emballant des livres pour les choix à l'aveugle. Elle avait passé son dimanche en brocante, à amasser autant d'ouvrages que possible. Ces derniers attendaient, dans des caisses, prêts à connaître une nouvelle vie.

— On peut y aller ! criai-je en lançant un dernier sac sur le siège passager.

Damien termina son mug d'un trait. Sa fille était toujours à l'hôpital, et Anita veillait sur elle pour aujourd'hui. Il me rejoignit à la voiture et me lança un regard sévère.

— Elle mérite au moins que tu lui dises au revoir correctement !

— On n'a plus grand-chose à se dire.

— Arrête de faire ton gougnafier et va faire tes adieux ! De toute façon, on ne bougera pas d'ici tant que je ne t'aurais pas vu remercier cette fille d'avoir sauvé ton cul.

Je grognai pour la forme. Je savais que Damien avait raison. Mais je savais aussi que lui dire merci ne serait jamais suffisant. Elle avait réussi à m'ouvrir les yeux sur ma vie et à me faire comprendre que j'allais dans le mur. Pour autant, elle m'avait aussi brisé le cœur en si petits morceaux que je doutais de pouvoir tous les recoller un jour.

Je rejoignis Sarah dans la librairie, fermai la porte derrière moi et la verrouillai. Je ne voulais pas qu'on soit interrompus.

— C'est le grand jour, dit Sarah en empilant les livres devant elle.

— Oui. Damien a menacé de me faire le coup de la panne si je ne venais pas te remercier. Donc, merci.

— De rien. Merci pour la pièce, c'était top. Tu es... Tu es vraiment un grand acteur, Maxime.

— Je sais. C'est pour ça que tu m'as quitté.

C'était plus fort que moi. J'espérais encore qu'elle change d'avis. À défaut, je voulais qu'elle ressente un peu de ma douleur. Je refusais d'être le seul à souffrir, c'était insupportable.

— Ton père m'a prévenue que tu étais du genre rancunier. J'espère que ça va mieux entre vous.

— Il faut plus qu'un dîner pour réparer notre relation. C'est assez compliqué de tirer un trait sur des années de silence et de reproches.

Il y eut un silence pesant. J'aurais dû partir immédiatement et rentrer à Paris pour l'oublier. Mais mon corps refusait d'obéir.

J'aurais aimé la prendre dans mes bras et me régaler de la chaleur de son corps contre le mien.

J'aurais aimé la faire rougir, une dernière fois.

J'aurais aimé lui redire que je l'aimais. Parce que je le pensais et que, quelques jours plus tôt, cette seule pensée suffisait à me rendre heureux.

J'aurais aimé être Maxime. Pas l'acteur, pas le repris de justice, pas l'arrogant qui était arrivé ici. Juste moi, le mec qui reprenait sa vie et à qui la vue de tous ces livres allait désormais manquer.

— Je t'ai commandé deux autres lots d'étagères, avouai-je finalement.

— Tu n'aurais pas dû !

— Tu pourrais les mettre sous l'escalier ou les coller au mur du fond.

— Je n'y manquerai pas.

Sa voix vacilla, trahissant son émotion. Cela me rassura. Je n'étais pas le seul à être déchiré à l'idée de nous quitter. En deux mois, tout avait changé. Damien klaxonna, chassant ainsi un nouveau silence embarrassant.

— Merci, Sarah.

À ma grande surprise, elle vint se réfugier dans mes bras et m'étreignit avec force. Mon cœur en lambeaux trouva le courage de s'emballer, pendant que je respirais son parfum de papier et d'encre.

— Prends soin de toi, d'accord ? me demanda-t-elle en se reculant.

— Je vais essayer. Si jamais je merde, je ferai en sorte de revenir ici.

— Tu peux revenir, sans merder. Surtout sans merder, lâcha-t-elle dans un rire.

— Et ne laisse pas n'importe qui t'approcher, d'accord ? Tu mérites… En fait, tu mérites une histoire d'amour de roman, de celles qui te font marcher sur l'eau.

Elle acquiesça et je déverrouillai la porte. Je sortis sur la place, respirant à nouveau librement. Être si près d'elle mais sans être avec elle était une expérience dévastatrice.

En m'installant dans la voiture près de Damien, je jetai un œil vers la vitrine de la librairie. Comme le jour de mon arrivée, Sarah sortit de sa boutique avec ce même vieux jean informe. Comme à son habitude, elle nous adressa un petit signe de la main.

Damien démarra la voiture et je me promis de ne plus jamais m'imposer de revivre ça. Jamais plus je ne supporterais sa présence si nous n'étions pas ensemble.

Chapitre 16

Trois semaines plus tard

— Mais enfin, tu vas bien fêter ça quand même ? Un verre ? Ou un dîner ? s'emporta Anita en reposant son livre sur la table basse.

— Ce n'est pas non plus un événement majeur !

— Sarah, je suis vieille, toutes les occasions pour faire la fête sont bonnes à prendre. Ton anniversaire est donc une parfaite excuse.

— Anita…

— On pourrait aller chez Baptiste ? Il te ferait ton plat préféré. Tu aimes toujours la souris d'agneau braisée ?

— Pourquoi je n'aimerais plus ça ?

— Je ne sais pas. Parfois les choses changent. Et parfois, on change d'avis sur des décisions qu'on a pu prendre.

Le club de lecture était fini depuis une bonne heure, mais Anita avait proposé de m'aider à ranger une caisse de livres qui était arrivée dans la journée. Le sujet de mon anniversaire avait surgi entre un polar des années 1950 et une romance historique. Je faisais maintenant mon possible pour détourner l'attention de mon amie.

— Alors, j'aime toujours l'agneau braisé et je ne veux toujours pas fêter mon anniversaire, résumai-je.

— Mais pourquoi ?

— Parce que je ne suis pas… Parce que j'ai du travail. Et que je suis vraiment fatiguée. Si tu veux, je finirai cette caisse demain.

Mais Anita ignora totalement ma proposition. À la place, elle sortit une pile de cinq livres et les posa près d'elle pour les trier. Je poussai un soupir las et changeai de mode opératoire. Plus vite cette caisse serait vide, plus vite je retrouverais ma solitude.

— Est-ce qu'il te manque ?

Si Anita avait eu l'audace de me poser la question, elle n'eut pas le courage de me regarder dans les yeux. Son attention était focalisée sur les livres, qu'elle feuilletait pour vérifier leur état.

— Tu as tenu trois semaines sans poser la question ?

— Pas vraiment, avoua-t-elle. J'ai demandé aux autres, mais personne n'est capable de te tirer les vers du nez.

— Autant te le dire : vous n'êtes pas très discrets à vous taire dès que j'arrive quelque part !

Je me levai de mon fauteuil, décidée à faire en sorte qu'Anita parte d'ici. Je n'avais pas envie d'avoir cette conversation. J'avais déjà du mal à ne pas penser à Maxime, parler de lui ne me ferait pas me sentir mieux. Je savais qu'Anita ne me laisserait aucun répit. Elle n'approuvait pas ma décision et n'approuvait pas plus que Maxime ait rendu les armes.

— Je ferme derrière toi, lançai-je en espérant qu'elle comprenne le message.

— Sarah !

— Je suis fatiguée… Je finirai demain.

Anita se leva à contrecœur et lâcha un soupir de désapprobation. J'avais envie d'être seule et je voulais ruminer ma tristesse dans le fond de mon lit, avec un bouquin. Eux, au moins, ne me décevaient jamais. Ils ne posaient pas de questions et ne bouleversaient pas votre vie en quelques semaines.

— À demain, Sarah.

Elle quitta la librairie avec un dernier regard circonspect. Je fermai derrière elle, éteignis les lumières et me réfugiai dans mon petit appartement. Une fois à l'abri et dans le noir le plus complet, je m'autorisai à écraser les larmes qui perlaient à mes yeux.

Quitter Maxime avait été la décision la plus dure et la plus évidente que j'avais prise dans ma vie. J'étais toujours persuadée que nous étions destinés à vivre dans deux mondes différents. J'étais certaine que sa vie parisienne était épanouissante et que sa carrière valait bien quelques sacrifices, y compris celui de notre histoire. Il aimait son métier, comme j'aimais le mien. J'aurais été incapable de vivre sans les livres, je me doutais qu'il aurait été malheureux de s'éloigner de Paris. Maxime aurait fini par s'ennuyer et je ne voulais pas être celle qui l'empêchait de réussir.

Damien restait volontairement évasif. J'imaginais qu'il ne voulait pas remuer le couteau dans la plaie. Anita et Baptiste veillaient sur moi, cachant autant que possible la une des magazines people. Élise avait repris sa vie d'étudiante dans la capitale. J'enviais presque sa situation. Au moins, elle, avait la chance de voir son visage.

Sans lui, l'appartement me paraissait désespérément vide. Ma routine s'était réinstallée : la librairie, mes dîners au restaurant, les clients, les brocantes. Le rythme avait repris, mais j'étais bancale. Je n'avais pas perdu mon enthousiasme, ni mon envie mais, désormais, je cherchais le sens dans ce que je faisais. J'avais dit à Maxime que j'aimais vivre ici. Et c'était vrai. J'avais adoré vivre ici avec lui. J'avais apprécié nos dîners et nos conversations. J'avais été honorée qu'il me confie son secret.

Et maintenant que j'étais seule, je cherchais mon équilibre d'avant. En vain, depuis trois semaines. Mes techniques habituelles ne fonctionnaient pas ; faire l'autruche avait ses limites. En particulier quand vous viviez dans l'endroit que vous vouliez éviter. Un endroit empli de souvenirs, et de la présence de celui qui était désespérément absent.

Me réfugier dans les livres avait marché au début. En tout cas, les vingt premières pages des quinze livres que j'avais commencés m'avaient permis de refouler les images de Maxime. Ensuite, invariablement, tout resurgissait.

Ses baisers.

Nos étreintes.

Sa façon déroutante de me regarder.

Son rire si rare et si agréable.

Si j'avais eu le courage d'affronter mes pensées les plus sombres, j'aurais répondu à Anita. Maxime me manquait. Il me manquait comme le souffle vous manque quand vous êtes sous l'eau.

À la librairie, j'affichais un visage neutre, je donnais le change, je souriais. Dans l'appartement, j'étouffais. Chaque recoin de cet endroit révélait une partie de Maxime que j'aurais préféré oublier.

Ce soir, sûrement parce qu'Anita avait abordé le sujet, la douleur était plus intense et pesait une tonne dans l'estomac. C'était nouveau pour moi. J'avais déjà ressenti la perte, j'avais déjà dû digérer plusieurs abandons. Je savais faire. Le temps et le travail me permettaient d'enterrer ce sentiment nauséabond dans un coin de mon cerveau. Mais, sans Maxime, j'étais perdue.

Peut-être parce que j'étais celle qui avait choisi pour

nous deux, peut-être parce qu'être amoureux de quelqu'un n'est pas si idyllique qu'on voudrait vous le faire croire, peut-être parce que je savais qu'il continuait sa vie tandis que je traînais ma douleur et le manque, avec le désagréable pressentiment qu'ils finiraient par gagner et par m'enterrer.

Après deux heures de lutte infructueuse pour trouver le sommeil, je redescendis à la librairie. Je finis de trier et ranger les livres et réarrangeai un rayonnage entier. Je fis mon possible pour ne pas m'arrêter devant la tirade encadrée de Perdican que Maxime m'avait offerte. Vers 1 heure du matin, je trouvai finalement le sommeil et me réveillai quelques heures plus tard… recroquevillée sur le canapé du coin lecture.

— Ça suffit, grognai-je. Ça suffit.

Je me levai et m'étirai de tout mon long. À ma fatigue allaient désormais s'ajouter des courbatures. Formidable. Je détestais ce que Maxime avait fait de moi : une pauvre fille fatiguée et incapable d'accepter une décision qu'elle avait elle-même prise. J'étais devenue un cliché, une fille en plein chagrin d'amour, incapable de reprendre pied.

Je terminai ma nuit dans le fond de mon lit. Décider que j'avais assez souffert était une chose, faire en sorte que l'univers le sache en était une autre. Cette nuit-là ne fut donc pas meilleure que les autres. À mon réveil, je songeai qu'il me faudrait encore affronter ma journée d'anniversaire et les regards inquiets de mes proches amis.

J'ouvris la librairie à 10 heures, décidant que la caféine serait ma meilleure alliée pour la journée. Je sortis les tables sur la terrasse, surveillant la météo, plutôt aléatoire dernièrement.

— Laisse-moi t'aider, proposa Frédéric en me rejoignant d'un pas alerte.

— Merci beaucoup.

En quelques minutes, la terrasse fut garnie de tables et de chaises. Il m'aida même à installer une des nouvelles étagères commandées par Maxime contre la vitrine, s'arrêtant devant la rangée de livres emballés dans du papier kraft.

— À l'aveugle, hein ?

— Donner sa chance à un livre, c'est important.

Il me fixa de longs instants, pendant que je me perdais dans une nouvelle envolée de souvenirs avec Maxime. Si le principe des livres aveugles l'avait au départ dérouté, il avait pris un soin particulier pour que ce rayon soit toujours parfaitement rangé et attirant.

— Tu as une minute ? demanda Frédéric.

— Bien sûr.

Il galopa jusqu'à sa boutique et revint avec un superbe bouquet de pivoines. Il me le tendit maladroitement, avant de lancer un timide « joyeux anniversaire ».

— Merci. Tu n'aurais pas dû, c'est... c'est vraiment trop !

— Commandées spécialement pour toi. Elles portent ton prénom. Ce sont des Sarah Bernhardt. Je me suis dit que...

— Ça me fait très plaisir, l'interrompis-je. Je... Je vais aller les mettre dans l'eau.

Et surtout, je devais trouver le moyen de m'éloigner de Frédéric. Ces fleurs étaient une parfaite excuse pour mon anniversaire et une excuse encore meilleure pour tenter de revenir dans ma vie. Je ne voulais pas le laisser croire qu'il en avait la possibilité. Tout en glissant les fleurs dans un vase, je songeai à ce que j'avais dit à Maxime.

Vivre dangereusement.

Avec Frédéric, cette option n'était pas à l'ordre du jour.

Il me rejoignit dans la boutique et fit un tour des rayonnages, me complimentant sur les travaux qui avaient été faits. Quand il revint à ma hauteur, je jouai encore avec les fleurs, me cachant volontairement derrière les corolles généreuses.

— Je vais retourner à la boutique, abdiqua-t-il.

— D'accord.

— On se revoit plus tard ?

Je me contentai d'un vague grognement, qui ne signifiait pas grand-chose. J'avais juste envie de me retrouver seule. Il quitta finalement la librairie et je soupirai de soulagement.

Le reste de la matinée s'écoula sans encombre. Je déjeunai chez Baptiste et dus une nouvelle fois argumenter sur l'absence de festivités pour mon anniversaire.

— Il t'a rappelée ? m'avait-il demandé en m'apportant mon café.

— Non. Il a du travail, avais-je menti pour excuser Maxime.

— Même quand j'ai du travail, je parle à ma femme chaque jour.

— Dans la mesure où vous vivez et travaillez ensemble, cela me semble un prérequis de base !

— Ah, tu vois que tu veux qu'il revienne ! Je le savais !

Il avait quitté ma table, sans rien ajouter, avec un sourire victorieux aux lèvres. Je préférais ne pas le contredire. La perspective de devoir lutter contre mes amis me fatiguait. Ils finiraient par se lasser de cette histoire et trouveraient un nouvel os à ronger à la première occasion.

Dans l'après-midi, je réceptionnai de nouveaux cartons de livres, récupérés d'une maison vendue récemment.

Les anciens propriétaires faisaient au plus simple pour débarrasser les lieux à moindre frais. Je vidais le contenu du troisième carton, quand un livreur se présenta avec un paquet.

— Il faut signer ici ! m'intima-t-il en me montrant l'écran de son téléphone.

Je m'exécutai et récupérai le paquet carré d'entre ses mains. Le livreur bougonna et quitta la librairie l'instant suivant. Je n'eus même pas le temps de le remercier. Je soupesai le colis et le secouai. Aucun bruit. Je l'ouvris avec précaution, trouvant, coincé entre plusieurs couches de papier bulle, un paquet emballé dans du kraft.

Je le retirai délicatement, trouvant la même étiquette que celle que j'utilisais pour les livres à l'aveugle. « Joyeux Anniversaire » était tout ce qu'il y avait d'inscrit. Je déballai le livre et tombai sur une ancienne édition de *La Dame aux camélias*. Je savais déjà que Maxime était derrière ce cadeau.

Dans le carton, je cherchai une carte de sa part, en vain. Il faudrait me contenter du livre. Je le feuilletai et en respirai le parfum, m'enivrant de l'odeur du vieux papier. Que Maxime se souvienne de mon anniversaire me touchait, qu'il m'offre ce livre – et non pas des fleurs – me bouleversait au point d'en avoir les larmes aux yeux. La douleur de notre séparation se raviva aussitôt.

Je passai de longs instants à admirer mon cadeau, me calant sur le canapé du coin lecture. Évidemment, ma bonne résolution de la nuit s'évapora sans que je tente de la tenir. Aussi, quand une heure plus tard, je vis le livreur réapparaître, je sautai sur mes pieds pour l'accueillir. Cette fois, il n'eut pas besoin de me rappeler que je devais signer la réception du colis.

À peine fut-il parti que je déchiquetai le colis, puis le papier kraft.

Le Pavillon des Pivoines.

J'éclatai d'un rire franc et sonore. Les pivoines de Frédéric étaient bien fades face à ce cadeau. À nouveau, je le feuilletai, à la recherche d'un mot. Mais il n'y avait rien. Ravalant ma déception, je le posai sur le bar, guettant déjà ma montre en espérant une nouvelle livraison.

Et elle eut lieu. Puis une autre. Et encore une autre. Le livreur n'avait même plus un mot à dire. Je lui sautais dessus à peine son camion garé.

— Il y en a encore combien ? demandai-je.

— Ça, j'aimerais bien le savoir, s'agaça-t-il.

À 18 heures, il finit par me déposer un carton entier de livres abîmés. Je jubilais.

Mieux que tous mes Noëls réunis, ce semblant de chasse au trésor m'enthousiasmait. Je ne m'étais pas sentie aussi bien depuis… depuis lui. Je devais l'admettre. Savoir que ces livres venaient de sa part ne faisait que renforcer mon excitation et ma joie.

Après avoir tout ouvert, je regroupai les livres. Cela représentait une trentaine d'ouvrages, tous avec des titres de fleurs et tous de seconde main. Il n'y avait pas d'autre point commun : il y avait des classiques, comme des titres beaucoup plus récents, des grands formats, des poches, des rééditions, comme des éditions originales. Je les alignai les uns contre les autres sur le bar et les admirai.

Damien entra dans la boutique et ne prit même pas la peine de me saluer.

— Je sais que tu bougonnes dans ton coin, mais tu ne vas quand même pas refuser une offre à dîner, hein ? Je promets de ne pas parler de lui !

— Avec plaisir !

Je chantonnais presque de joie. C'en était ridicule. Maxime faisait une courte réapparition dans ma vie et je redevenais une fille joviale. Damien me fixa comme si un troisième œil me poussait sur le front. Depuis trois semaines, je refusais systématiquement les propositions à dîner ou à boire un verre. Je me trouvais presque pathétique d'être aussi affectée.

Et amoureuse. Parce que c'était ce sentiment qui me rendait le sourire. Aimer Maxime me rendait heureuse, mais ne pas pouvoir être avec lui me déchirait.

— Élise t'a laissé des livres ? demanda Damien.

— Élise ?

Damien saisit un des livres et le tourna pour me montrer la tranche. Je découvris alors, parfaitement visible, la marque d'un tampon.

— Bibliothèque du 9e arrondissement, elle étudie à côté, non ?

Mon cœur manqua un battement. Je vérifiai les autres livres et, sans surprise, y vis le même tampon. C'était le signe que j'avais cherché pendant toute l'après-midi, une autre forme de tatouage, tout aussi indélébile, qui me montrerait le chemin. Maxime jouait encore de son aura de mystère.

— Bon, on va dîner ?

— Il y a toujours une aire d'autoroute juste après le péage ?

Désarçonné, Damien resta muet. Je récupérai mon gilet et les clés de la librairie, puis le repoussai à l'extérieur. Par chance, j'avais enfilé un short mettable et j'estimais être présentable. Je verrouillai la porte, observant Damien à la dérobée. Il me regarda faire, interdit et balbutiant mon prénom.

— Alors, cette aire ?

— Euh, oui. Mais…

— On va manger un truc là-bas, on va à Paris.

— Quoi ?

J'étais déjà dans sa voiture quand Damien finit par décoller les pieds de la place principale. Il secoua la tête et s'installa derrière le volant. Je piaffai d'impatience, agitant mes pieds et vérifiant l'heure sur mon téléphone. Je devais voir Maxime tout de suite… peu importait l'heure, mais je devais le voir vite.

— Avec tout ce que j'ai fait pour vous, vous avez intérêt à donner mon nom à votre premier enfant, ironisa-t-il.

À notre arrivée à Paris, il faisait nuit et frais. Damien râla contre la conduite des Parisiens, pendant que je me cramponnais à mon siège en priant pour ne pas mourir. Nous nous perdîmes deux fois, avant de trouver la bibliothèque Drouot, d'où venaient les livres.

Il se gara sur une place réservée aux bus et ce ne fut qu'à cet instant, quand la frénésie et la peur s'estompèrent, que je réalisai ce que j'étais en train de faire. Nous avions avalé plus de quatre cents kilomètres en pleine nuit sur un coup de tête, le tout à cause d'une théorie inventée à partir de tampons sur des livres.

Si, à la librairie, tout m'avait semblé clair et certain, devant ce grand bâtiment de fer et de verre, je doutais. Maxime avait été sincère avec moi. Être amis ne l'intéressait pas. De mon côté, je ne savais plus dire si la perspective de continuer sans lui était plus insupportable que celle d'abandonner toute ma vie.

— Tu es sûre de toi ? me demanda Damien.

— Pas vraiment, non. Un conseil à me donner ?

— Je vais te dire exactement ce que j'ai dit un jour à ma femme : fais comme tu le sens, tant que tu n'as pas de regrets.

Je fixai la porte d'entrée, espérant presque qu'elle soit verrouillée. Affronter Maxime allait me demander de l'énergie. Je savais qu'il ne me laisserait aucune chance de fuir, que me faire venir ici était déjà un signe. J'abandonnai la lutte.

— C'est un bon conseil, murmurai-je.

— Ma femme a divorcé juste après.

Son sourire fut fugace mais je décelai une pointe d'amertume. Si Damien semblait avoir parfaitement digéré son divorce, il n'avait pas réussi à revivre une histoire d'amour depuis. Sa fille était devenue le centre de sa vie.

Je pressai sa main, le consolant silencieusement.

— Merci pour ce soir. Et pour le reste aussi, ajoutai-je dans un sourire chaleureux.

C'était grâce à lui que la librairie était toujours ouverte, grâce à lui que Maxime avait déboulé dans ma vie, grâce à lui que j'avais compris le message caché dans ses livres.

— Je t'en prie. Je n'avais juste pas prévu que cela finirait comme ça !

— Comme ça ?

— Eh bien toi ici, et nous… là-bas.

Mon cœur se recroquevilla douloureusement. En une phrase, Damien venait de résumer mon dilemme. Il ne s'agissait plus de Maxime. Il s'agissait de moi, uniquement, des choix que je devais faire, de ce que je voulais faire de ma vie, de ce que je ressentais en ce moment même. J'avais dit à Maxime que je ne voulais pas qu'il soit déçu ou privé de sa carrière. Je m'étais menti. En repoussant Maxime, en le renvoyant chez lui, j'avais surtout choisi de me préserver et de ne rien changer à ma vie. J'avais eu peur, peur de me jeter dans la vraie vie, sans la possibilité de pouvoir refermer les pages de mon livre si une scène m'effrayait.

— Je ne sais pas si... Enfin, il y a la librairie et... puis, vous tous.

— On survivra, je t'assure. Quant à la librairie... Je crois que tu devrais te tourner vers l'avenir, Sarah, et cesser de faire comme si cette librairie était toute ta vie.

— Elle l'est, contrai-je.

— C'est une partie de ta vie. Celle qui te rattache à ton passé. C'est un refuge comme un autre. Je ne te blâme pas, je me cache dans mes vignes à la moindre occasion. Mais peut-être qu'il est temps d'aller de l'avant !

Je jetai un nouveau coup d'œil vers la bibliothèque. J'adorais Chateaurenard. J'adorais y connaître les habitudes de tout le monde, j'adorais pouvoir plaisanter avec les vacanciers, j'adorais arpenter les brocantes alentour pour y dénicher de nouveaux trésors.

Mais j'aimais Maxime.

Je l'aimais dans ses imperfections et dans ses doutes.

Je l'aimais comme on aime dans les livres, avec inconscience et abandon.

— Tu crois qu'il est à l'intérieur ? demandai-je en scrutant les étages.

À l'instant où mes yeux retrouvaient la porte d'entrée, je distinguai une silhouette masculine se découper à la lumière du réverbère. Mon cœur s'emballa dans l'instant, incapable de se refréner. Après trois semaines sans se voir, je me doutais que nos premiers mots seraient emplis de silences et de reproches. Damien me ramena à la réalité :

— Je vais prendre une chambre à l'hôtel, je t'appelle demain, d'accord ?

Je hochai la tête, la gorge bien trop serrée pour articuler le moindre son. J'ouvris la portière qui grinça de protestation et me retrouvai nez à nez avec Maxime. Sa veste et sa chemise bleu nuit accentuaient le dessin carré de ses épaules. Son col, entrouvert, laissait apparaître une infime partie de son tatouage.

Avec ses sourcils froncés et ses mâchoires serrées, il dégageait toujours le même magnétisme. Pourtant, dans son regard, quelque chose avait changé. Ses yeux n'étaient plus aussi sombres et ses poings n'étaient pas aussi serrés.

— Laisse-moi deviner, il t'a offert des fleurs ? demanda-t-il.

— Oui.

Je risquai un sourire. Apparemment, Maxime et son sarcasme habituel étaient prêts à me repousser dans mes retranchements. Cela me rassura presque sur la suite de notre conversation.

— Je te l'avais dit, qu'il le ferait. Les gentils sont prévisibles.

— Et tu m'avais dit que tu m'offrirais des livres. Merci, c'était… inattendu et parfait.

— Je pensais que tu arriverais plus tôt.

Il effaça la courte distance entre nous et caressa ma joue de son pouce. Je frissonnai et fis comme si mes jambes ne s'étaient pas transformées brutalement en gélatine tremblotante. En un seul geste, Maxime estompa les souvenirs désagréables de ces trois dernières semaines.

— Tu en as mis du temps, ajouta-t-il dans un murmure.

Je ne sus pas déceler s'il parlait de ce soir ou des dernières semaines. Les bras le long du corps, j'hésitais à le toucher. Pourtant, je voulais m'assurer que c'était bien réel, que la chaleur sensuelle qui se diffusait dans mon corps n'était pas le fruit de mon imagination. Je devinais son parfum et finis par agripper sa chemise pour éviter de tomber.

— Je n'avais pas vu... Je n'avais pas remarqué le tampon de la bibliothèque.

— Viens, il faut que je te montre quelque chose.

Il s'écarta de moi mais captura ma main pour la prendre dans la sienne. Mon cœur connut un nouveau soubresaut à ce contact tant attendu.

— Tu connais le code ? demandai-je alors qu'il ouvrait la porte de la bibliothèque.

— Élise travaille ici.

— Tu as fait jouer tes relations ?

— Un peu.

Il m'adressa un sourire complice alors que nous grimpions les escaliers. Maxime agissait comme s'il connaissait le lieu comme sa poche. Il poussa une lourde porte battante en bois et nous nous retrouvâmes plongés dans le noir.

— Tu n'as pas peur du noir, au moins ?

— Non.

Ma voix chevrotait, mais il ne releva pas. Je n'avais aucune idée de ce que nous faisions ici, en pleine nuit. J'étais perdue et je tentai de me concentrer sur ce que je ressentais : la main de Maxime dans la mienne, le parquet sous mes pieds, le parfum familier du papier et de la poussière.

— Qu'est-ce qu'on fait ici ? demandai-je finalement.

— On fête ton anniversaire. Attends-moi là.

Il embrassa le dos de ma main avant de la lâcher. L'instant suivant, une multitude de minuscules lampes illumina une grande pièce, garnie de rayonnages et de livres. La bibliothèque était spacieuse et s'étirait vers l'arrière du bâtiment. Je pivotai sur moi-même, découvrant des espaces de lecture pour enfants et une salle de travail.

— Est-ce qu'on a le droit de faire ça ? m'inquiétai-je en m'approchant de Maxime.

— On peut tout faire, Sarah. Si tu en as envie.

Il se glissa derrière moi et me fit retirer mon gilet. Il enleva sa veste et jeta les deux vêtements sur une chaise. Ses mains traînèrent sur mes hanches et il pressa son torse contre mon dos. La cavalcade de mon cœur reprit, mais ce n'était plus la même émotion ; ce n'était pas de l'excitation, ni du désir. Cette fois, j'étais nerveuse, anticipant une nouvelle manœuvre inattendue de la part de Maxime.

— J'ai réfléchi à ce qu'il s'est passé, avoua-t-il, derrière moi. Et à ce que tu m'as dit.

Sa voix vibra contre la peau de mon cou et un nouveau frisson délicieux et chaud me parcourut. Il me fit avancer dans la grande allée centrale de la bibliothèque. Nos pas résonnaient et on pouvait deviner nos respirations courtes.

— Tu as raison, j'aime mon métier, continua-t-il.

— Maxime…

— Mais ce que je ressens pour toi est… différent.

Nous parvînmes au milieu de l'allée. Sur la gauche, une grande verrière avec des plantes donnait sur l'extérieur. Quelques guirlandes lumineuses y avaient été accrochées, lui donnant un aspect féerique. Quand je pivotai sur la droite, je me figeai.

— Et je crois que c'est ce que tu lis dans les livres, non ?

Pendant plusieurs secondes, je demeurai bouche bée, à la recherche de mon souffle.

C'était la grande force de Maxime : parvenir à ses fins en deux phrases. Comme s'il avait besoin de ça… Tout en lui m'attirait ; le puzzle Maxime était fascinant et, ce soir, il venait encore d'ajouter des pièces, dévoilant une nouvelle facette de lui-même.

— Tu… C'est toi qui… ?

— J'ai mis la table, mais le dîner a été livré, me rassura-t-il dans un rire.

— On va manger ici ?

— Eh bien, j'étais vraiment certain que tu arriverais plus tôt et j'ai très faim. Qu'en dis-tu ?

J'avais l'estomac trop noué pour répondre. Maxime avait préparé une table de rêve, avec des bougies, des fleurs et de la porcelaine blanche. *Comme dans les livres.* J'étais l'équivalent de *Pretty Woman…* sauf que mon opéra était une bibliothèque.

— Sarah ?

— Je… Je ne sais pas. En fait, je… je suis un peu perdue. Je pensais que tu étais en colère contre moi !

— Je l'ai été, c'est vrai, admit-il dans un sourire. J'ai détesté notre dernier dîner, j'ai détesté que tu me tiennes tête. Mais c'est aussi ce que j'aime chez toi. Que tu me tiennes tête et que tu ne me laisses pas me défiler. Tu es déroutante, Sarah, tu ne réagis pas comme les autres femmes.

— Tu veux dire, celles qui se laissent faire après deux verres avec toi ? plaisantai-je.

— Plutôt un verre.

— Une chance pour toi que j'aime les méchants, alors.

— Une chance pour moi, en effet. Mais je sais aussi que tu aimes les livres. Alors, je me suis dit que j'allais t'en offrir.

— Et donc, tu les as emballés toi-même ?

Il sembla embarrassé soudainement. Je m'approchai de lui, touchée par son geste. Je n'osais pas imaginer le temps et l'énergie déployée pour réussir à me faire venir ici. Il avait dépassé sa colère, il était plus posé. Il était toujours Maxime, sincère et brut, mais il avait réussi à canaliser sa rage permanente.

J'avais la ferme intention de l'embrasser. Un nouveau premier baiser, une nouvelle chance. J'avais enfin compris et j'étais sûre de moi. Aucun regret, aucune envie de retourner en arrière pour retrouver ma solitude. Je le voulais lui, l'homme de ronces et d'adrénaline.

— Ça m'a pris une éternité, soupira Maxime en passant une main dans sa chevelure. Mais, puisque tu es là, on va dire que ça valait le coup !

— C'était très bien, le rassurai-je.

— Je n'ai pas emballé tous les autres.

— Tous les autres ?

— Ceux-là.

Il désigna l'espace autour de nous. Je le fixai, éberluée. J'avais dû mal comprendre.

— Ceux-là ? répétai-je. Tu veux dire…

— Ceux de la bibliothèque.

Mon cœur manqua un battement. Ou même peut-être deux. Je reculai, comme encaissant le choc d'un uppercut. Mon dos heurta une étagère et je fus ravie de trouver un semblant de soutien.

— Tu veux dire que… cet endroit est…

— Je l'ai acheté. La mairie voulait s'en débarrasser et je voulais te récupérer.

Il plongea ses yeux dans les miens. J'avais le tournis. Ou le mal de mer. Tout mon corps tremblait et le sol semblait presque se dérober sous mes pieds. Je passai une main sur mon front, tentant de reprendre mes esprits.

— Donc, tu t'es dit que… tu allais… m'offrir cet endroit ?

— J'ai compris que je ne suffirais pas à te faire abandonner la librairie. Alors oui, il y a les livres et il y a moi. Moi, en plusieurs tomes et un million de chapitres.

Je me sentis rougir comme jamais. Après le mal de mer, j'encaissais une violente vague de chaleur. Je n'avais plus de souffle, plus d'air et à peine la force de tenir debout. Quel genre d'homme pouvait offrir une bibliothèque à une femme, en faisant comme si tout ça était normal ?

— Tu avais tort, murmurai-je finalement.

Son regard se voila et je m'approchai de lui pour évacuer ses doutes. Il me regarda avec prudence, son accès de confiance du début de soirée maintenant envolé.

— Tu es une raison suffisante. Largement.

— Vraiment ?

Ses yeux s'illuminèrent comme ceux d'un enfant au pied du sapin de Noël. Je lui adressai un sourire et ravalai mes larmes d'émotion. Qu'il m'offre des livres était émouvant, qu'il m'offre une bibliothèque était irréel.

— Je veux que tu vives ici, dit-il en me serrant dans ses bras. Je suis certain que tu pourrais faire des miracles ici, reprendre des livres d'occasion, lancer un club de lecture, ou encore…

Je le fis taire en pressant ma bouche contre la sienne. Ses mains enserrèrent ma taille et il me souleva contre lui pour me faire asseoir sur la table de notre dîner. La porcelaine tomba au sol et je manquai de me brûler avec une bougie. Maxime profita de ma surprise pour glisser sa langue dans ma bouche et je laissai échapper un gémissement honteux. Ce baiser, c'était l'air qui me manquait depuis des jours.

Je n'avais jamais fait l'amour dans une bibliothèque ; c'était le moment ou jamais de tenter l'expérience. Je déboutonnai sa chemise et l'aidai à la retirer. Mon cœur repartit de plus belle, enchaînant avec une facilité déconcertante la montagne russe d'émotions de ce soir.

— Cette fois, c'est vraiment le premier, chuchota Maxime. Celui qui fait rougir, ajouta-t-il en passant son pouce sur mes joues.

— Celui des livres et d'une nouvelle vie.

Je posai la main sur son tatouage, la ronce enfermant son cœur solidement, puis y déposai un baiser furtif. Après avoir souffert pendant trois semaines, après m'être menti avec un aplomb inédit et surtout après avoir découvert que Maxime m'avait offert cet endroit, il n'y avait plus de retour en arrière possible.

— C'est vraiment pour toi, me dit-il alors que je suivais l'encre sur sa peau. Je veux que tu restes, Sarah. Je déteste… déteste vivre sans toi. Merde, j'ai oublié la musique !

Il s'échappa de mon étreinte et alluma une petite enceinte cachée sur une des étagères. Aussitôt, *À Groovy Kind of Love*, une vieille chanson des années 1960 emplit la bibliothèque.

— Je t'ai déjà dit que tu étais suffisant ! m'esclaffai-je alors qu'il revenait vers moi.

— Je voulais être à la hauteur. Je voulais… Je voulais que tu marches sur l'eau, pour moi.

Je retrouvai le goût de ses lèvres, répondant silencieusement à sa question. Pour Maxime, je ne marchais pas, je courais sur l'eau à en perdre haleine et à m'en exploser le cœur. Ses mains glissèrent sur mes cuisses et saisirent l'arrière de mes genoux. Il m'attira contre lui et abandonna mes lèvres pour souder son front au mien.

— Je marche sur l'eau pour toi, avoua-t-il dans un sourire.

— Je marche sur l'eau pour toi, répondis-je.

Il fondit sur mes lèvres et me fit allonger sur la table de notre dîner. Comme je l'avais fait toute ma vie, je décidai de suivre le seul chemin que je connaissais parfaitement, le seul chemin qui ne m'avait jamais déçue.

Celui d'encre, de ronces et d'adrénaline.

Bonus

— Tu crois vraiment que je dois le faire ?

Je poussai le scénario vers Mathilde. Nous étions attablés dans ce café depuis une bonne heure, à parler de nos projets respectifs. Entre son déménagement et mes tournages, cela faisait plusieurs semaines que je n'avais pas parlé à mon agent.

— Ça serait dommage de passer à côté, dit-elle avec un sourire. La réalisation sera soignée et le casting, à la hauteur. Franchement, Maxime, c'est une belle opportunité.

— Bien. Si tu le dis.

— Tu n'as pas l'air convaincu !

Elle leva la main vers le serveur pour renouveler nos commandes. Un thé pour elle, un expresso pour moi. Je frottai mes mains l'une contre l'autre, tentant de chasser un accès de nervosité. Pour parler à Mathilde, je n'avais pas eu d'autre choix que de la rejoindre dans ce café, à proximité de la gare. Constamment suivi par les photographes, j'évitais au maximum les apparitions publiques. Malgré la présence de Sarah depuis presque un an, ma colère était toujours présente. Elle se manifestait moins… mais ces photographes étaient comme une nuée d'étincelles frôlant un tas d'herbe sèche.

— Je t'assure, Maxime. C'est un excellent choix. Pourquoi es-tu aussi inquiet ?

— Je ne suis pas inquiet.

Mathilde posa sa main sur les miennes ; j'avais les doigts noués et le corps tendu. Elle m'adressa un sourire maternel, et mon anxiété baissa d'un cran. Mon agent me connaissait bien. Parfois, elle parvenait à dompter mon esprit tempétueux. Je décidai de détourner son attention.

— Ton train est à quelle heure ?

— Dans vingt minutes. Le temps pour moi de te rappeler ton emploi du temps.

— Génial, sifflai-je.

Elle m'adressa un regard amusé et ouvrit son agenda. Elle pesta quand des cartes de visite et une flopée de post-it s'en échappèrent, et râla davantage quand une photo de son fils glissa sur la table. J'ignorais comment elle parvenait à rester rigoureuse alors que ce simple objet montrait sa tendance naturelle à la désorganisation. Je me promis de lui offrir un nouvel agenda pour Noël.

Consciencieusement, elle éplucha les pages des deux mois à venir. Je devais assurer quelques interviews pour un film, remettre un prix dans un festival et prendre la pose pour un photographe de mode.

— Et pour ce soir ?

— Ma réponse reste inchangée.

— J'aurais vraiment aimé que tu rencontres ce scénariste anglais. Il vient rarement à Paris et…

— Non négociable. C'est ce soir que Sarah donne sa pièce.

Une fois arrivée à Paris, Sarah avait tenu deux mois avant de se lancer dans un nouveau projet théâtral. Après avoir transformé la bibliothèque en librairie, elle avait sympathisé avec une professeure de littérature et, en quelques semaines, l'idée de monter une pièce avec des lycéens avait fleuri. Je n'aurais manqué cette soirée pour rien au monde.

— Bien. Comme tu veux.

— Bon sang, tu n'insistes pas ? ricanai-je.

— Est-ce que tu changeras d'avis si j'insiste ?

— Je ne pense pas.

— Alors pourquoi m'épuiserais-je ? Te gérer est déjà très fatigant. Quand je le peux, je m'économise.

Elle jeta un coup d'œil à sa montre et glissa son agenda dans son sac. Je réglai nos consommations et raccompagnai Mathilde jusqu'à son train.

— Tu es certain que tout va bien ? Je te trouve un peu… ailleurs !

— Tout va bien, assurai-je sans conviction.

— C'est Sarah ? Écoute, je sais qu'elle n'aime pas cette… notoriété autour de vous, mais on peut trouver des solutions et vous aider pour…

— Sarah va bien. Elle a trouvé son rythme. Je t'assure qu'elle va bien, répétai-je à Mathilde, en affrontant son regard soupçonneux. Ton train va partir, tu devrais t'installer.

Elle secoua la tête, avant d'éclater de rire. Elle réajusta la bandoulière de son sac sur son épaule et croisa les bras sur sa poitrine.

— Deux manœuvres de diversion en moins de trente minutes, tu me prends pour une débutante ?

Je levai les mains devant moi, en signe de défense. Mathilde était bien trop futée pour ne pas remarquer que j'étais plus nerveux que d'habitude.

— Je déteste les acteurs ! Tu ne vas vraiment rien me dire ?

— Non.

— Tu ne vas pas mettre un terme à ta carrière au moins ? s'inquiéta-t-elle.

— Non, soufflai-je dans un rire.

— Bien.

Elle tentait de se rassurer, mais je distinguais nettement le voile d'inquiétude dans son regard. Le suicide de Simon avait accentué son comportement ultra-protecteur. Elle s'inquiétait plus, m'interrogeait sur ma vie privée, comme si elle craignait que l'histoire se répète. Il n'y avait aucune chance que cela arrive avec moi : Sarah me protégeait de moi-même.

— Tout va bien, Mathilde. Monte dans ce train avant qu'il parte.

À contrecœur, elle s'exécuta. J'attendis qu'elle soit installée et qu'elle me fasse un signe furtif de la main pour quitter le quai. Mathilde n'avait pas besoin de savoir ce qui me tourmentait. Elle l'apprendrait tôt ou tard.

Je rejoignis la gare et déambulai dans la librairie. Je m'arrêtai devant le rayon des livres de poche et parcourus les titres. J'esquissai un bref sourire : j'avais enfin déniché la solution à ce qui m'avait préoccupé et, par ricochet, cela avait alerté Mathilde.

En fait, je ne m'inquiétais pas.

Au contraire, j'étais serein. Mais, comme tous les acteurs avant de monter sur scène pour un grand rôle, j'avais le trac. Le genre de trac qui vous met dans un état second et qui vous empêche de réfléchir convenablement.

L'achat du livre me permit de me détendre un peu. C'était sûrement un signe du destin, un de ces petits cailloux balancés sur ma route pour me guider vers Sarah.

Après un rapide crochet par l'appartement, je m'installai au fond de la minuscule salle de théâtre louée par Sarah. Elle avait obstinément refusé mon aide, alors que j'aurais pu lui trouver un endroit trois fois plus grand. Mais Sarah tenait à son indépendance et m'avait même interdit de l'aider à la librairie.

— Mais enfin, Sarah, c'est ridicule, tout le monde sait que nous sommes ensemble, lui avais-je fait remarquer. Je ne vois pas où est le problème à vouloir faire jouer quelques relations.

— L'intégrité, ça te dit quelque chose ? avait-elle demandé, un peu ronchon.

— Vaguement.

J'avais alors repoussé les cheveux qui masquaient son visage et avais fait tout mon possible pour garder mon regard scellé au sien. J'avais pressé mon corps contre elle et lentement, je l'avais fait reculer jusqu'à ce que son dos rencontre la porte de notre chambre.

— Je ne veux pas rester ici, sans rien faire, à te demander de m'aider. C'est contraire à tout ce que je suis. Et puis, si jamais nous deux… Enfin, si tu décides que…

Mes lèvres avaient trouvé la peau de son cou, pendant que mes mains s'étaient faufilées sous son pull. Dans un soupir, Sarah avait cédé.

Ou presque.

— Maxime, arrête ça !

— Arrête de penser que je vais te quitter un jour.

— Pourquoi ?

— Parce que ça n'arrivera pas.

Je l'avais promis autant à moi qu'à elle. Sarah était une muraille entre mes vieux démons et moi. Elle m'avait sauvé de moi-même, de ma colère, de ma rage, de ma honte. À chaque mot qu'elle me laissait — de la liste de courses à ses mots d'encouragement, je me sentais revivre. D'ailleurs, je les conservais avec fierté, tous accrochés, comme des trophées aux murs de notre chambre.

Je serrai contre le moi le livre que je lui avais acheté à la gare. J'avais eu le temps de le recouvrir de papier kraft et de créer son étiquette. Mon trac était toujours présent, rehaussé d'une touche d'adrénaline. Je savais que ça lui plairait.

La pièce se déroula sans accroc et je fus même très convaincu par le jeu d'une jeune bénévole. Sous les applaudissements de la foule, Élise se chargea de présenter les acteurs. Timidement, Sarah fit son apparition sur scène. Je sifflai aussi fort que possible, et les applaudissements redoublèrent d'intensité. Dans le regard de ma petite amie, je lus une fierté mêlée de joie. Elle rayonnait de bonheur et les acteurs la remercièrent avec chaleur.

La salle se vida peu à peu et, malgré des regards insistants, personne n'osa m'adresser la parole. Je devais faire encore un peu peur. Tant mieux, c'était la soirée de Sarah et je ne voulais pas lui voler la vedette.

— Tu as aimé ? demanda-t-elle en me rejoignant.

Je l'aidai à mettre sa veste, tout en acquiesçant.

— C'était super. Cette fille, là... Celle qui jouait Juliette, elle est géniale.

— Je sais. Elle hésite à prendre des cours de théâtre. Ses parents n'ont pas vraiment les moyens.

— Qu'elle s'inscrive, je paierai s'il le faut. Et j'en parlerai à Mathilde.

Nous sortîmes de la salle main dans la main. La soirée était suffisamment chaude pour rentrer à pied. J'attirai Sarah contre moi et l'embrassai sur le front.

— Bravo ! Je suis fier d'avoir une petite amie aussi brillante !

— C'est juste un truc amateur. Je vais pouvoir reprendre ma vie normale au milieu des livres.

— En parlant de livre, j'ai ça pour toi.

Je refoulai une nouvelle vague de nervosité. Pourtant, Sarah perçut immédiatement que quelque chose n'allait pas.

— Tout va bien ?

— Parfaitement. Tu devrais l'ouvrir.

Elle tourna le livre en tous sens, traçant, du bout des doigts, les contours. Elle éclata de rire en voyant l'étiquette. Ma respiration s'arrêta presque quand elle se figea, en plein milieu de la rue.

— Choix à l'aveugle ?

— Pour changer, oui.

Ma voix chevrotait lamentablement. Mais Sarah ne l'entendit pas. Elle était bien trop concentrée sur l'étiquette du livre et les deux mots-clés que j'avais écrits.

— « Suspense et épopée » ?

Elle fronça des sourcils et déchiqueta le papier marron, comme un enfant aurait déchiré l'emballage d'un cadeau attendu depuis trop longtemps. Elle prit soin d'avancer sous un réverbère et j'eus tout le loisir de voir ses joues rosir. Elle me jeta un regard, incrédule.

— Suspense et épopée, répéta-t-elle, d'une voix blanche.

— Tu devrais l'ouvrir.

Elle s'exécuta et découvrit, dans son écrin, niché au cœur des pages découpées, la bague que j'avais choisie pour elle deux mois auparavant. J'approchai d'elle, pendant qu'elle découvrait ma demande sur la première page du livre. À nouveau, elle coula un regard vers moi. Je devinai quelques larmes qui masquaient à peine son regard stupéfait. Je lui pris le livre des mains et récupérai la bague pour la glisser à son annulaire en répétant :

— Suspense et épopée… enfin, si tu le veux bien.

— Tu as massacré *Le Seigneur des anneaux*, souffla-t-elle.

— On regardera le film !

— Sacrilège ! Le livre est toujours mieux.

Ce simple échange dissipa mes doutes. L'entêtement de Sarah, ses convictions, ses rougissements. Autant de raisons de lier ma vie à la sienne. Autant de raisons qui me confirmaient que je ne pouvais plus vivre sans elle.

— Épouse-moi, chuchotai-je contre ses lèvres.

Son murmure contre ma bouche fut à peine audible, pourtant, il me donna l'impression de ricocher contre les murs et sur l'asphalte. Un murmure qui valait tous les cris. Un murmure qui allait me rendre heureux jusqu'à la fin des temps.

Composé et édité par HarperCollins France

Achevé d'imprimer en France par CPI
en octobre 2019

Dépôt légal : juin 2019
N° d'impression : 2047636

Pour l'éditeur, le principe est d'utiliser des papiers composés de fibres naturelles, renouvelables, recyclables, et fabriquées à partir de bois issus de forêts qui adoptent un système d'aménagement durable. En outre, l'éditeur attend de ses fournisseurs de papier qu'ils s'inscrivent dans une démarche de certification environnementale reconnue.